El amor en caso de emergencia

DANIELA KRIEN

El amor en caso de emergencia

Traducción de
Laura Manero Jiménez

Grijalbo narrativa

Papel certificado por el Forest Stewardship Council®

Penguin
Random House
Grupo Editorial

Título original: *Die Liebe im Ernstfall*
Primera edición: abril de 2021

© 2019, Diogenes Verlag AG Zürich. Todos los derechos reservados.
© 2021, Penguin Random House Grupo Editorial, S. A. U.
Travessera de Gràcia, 47-49. 08021 Barcelona
© 2021, Laura Manero Jiménez, por la traducción

La traducción de este libro ha recibido una subvención del Goethe-Institut

Penguin Random House Grupo Editorial apoya la protección del *copyright*.
El *copyright* estimula la creatividad, defiende la diversidad en el ámbito de las ideas y el conocimiento,
promueve la libre expresión y favorece una cultura viva. Gracias por comprar una edición autorizada
de este libro y por respetar las leyes del *copyright* al no reproducir, escanear ni distribuir ninguna
parte de esta obra por ningún medio sin permiso. Al hacerlo está respaldando a los autores
y permitiendo que PRHGE continúe publicando libros para todos los lectores.
Diríjase a CEDRO (Centro Español de Derechos Reprográficos, http://www.cedro.org)
si necesita fotocopiar o escanear algún fragmento de esta obra.

Printed in Spain – Impreso en España

ISBN: 978-84-253-5982-8
Depósito legal: B-779-2021

Compuesto en Fotoletra, S. A.

Impreso en Liberdúplex
Sant Llorenç d'Hortons
Barcelona

GR 59828

Paula

El día que Paula constata que es feliz es un domingo de marzo.

Llueve. Ha empezado por la noche y no ha parado desde entonces. Cuando despierta sobre las ocho y media, las gotas golpetean contra la ventana inclinada del dormitorio. Paula se vuelve de lado y se tapa con la manta hasta la barbilla. Por la noche no se ha despertado ni una sola vez. Tampoco recuerda ningún sueño.

Tiene la boca seca, y una ligera presión en la cabeza le recuerda la velada anterior. Wenzel preparó la cena y descorchó una botella de tinto francés para acompañar. Después se sentaron juntos en el sofá a escuchar música: *La canción de la Tierra* de Mahler, la última sonata para piano de Beethoven, piezas de Schubert, Brahms y Mendelssohn. Buscaban diferentes intérpretes en YouTube para compararlos unos con otros y se alegraban como niños cuando sus opiniones coincidían.

Paula habría podido quedarse a pasar la noche con él, pero le dijo que se había dejado la medicación en casa. En realidad llevaba la hidrocortisona en el bolso. Lo que no tenía era el cepillo de dientes y el limpiador facial. A Wenzel le habrían parecido cosas sin importancia y la habría convencido para que no se marchara.

Sobre las dos de la madrugada se subió a un taxi. Él se quedó en el portal hasta que el coche dobló la esquina.

Alcanza la botella de agua que tiene junto a la cama y bebe, luego enciende el teléfono y lee su mensaje.

> Buenos días, preciosa. Siempre eres lo primero en lo que pienso al despertar

Todas las mañanas y todas las noches, un saludo. Desde hace ya diez meses, sin saltarse un solo día.

A Leni también le cae bien Wenzel, y a Wenzel le cae bien Leni.

En su primer encuentro, él la impresionó con un retrato de su cara hecho en apenas unos segundos. El parecido era pasmoso, y Leni quiso más para poder presumir de ellos en el colegio.

Paula mira el reloj. Todavía faltan nueve horas para que Leni vuelva. Tirará sus cosas por ahí, mascullará un «Hola» y se encerrará en su cuarto, o bien le hará un completísimo informe del fin de semana que incluirá fotografías de sus medio hermanos y grandes elogios hacia las habilidades culinarias de Filippa.

Contesta al saludo matutino y ya lo echa de menos.

A primera hora es cuando más ganas tiene de él. Mientras se prepara el café, le escribe un mensaje muy directo.

Desde que está con Wenzel, añora menos a su hija los fines de semana. ¿Qué se le va a hacer? Leni ya no es una niña pequeña. Por la mañana ensaya delante del espejo diferentes formas de sonreír, se abre agujeros en los pantalones, lleva camisetas que se le resbalan del hombro como por casualidad, usa brillo de labios y envía enigmáticos mensajes al chat de clase de 7.º b, casi siempre consistentes en emoticonos y abreviaturas. A veces habla por los codos, pero solo para caer en un silencio agresivo poco después. Su hija ya se las apaña sola con las pesadillas nocturnas, y hace mucho que Paula no la ve desnuda. Ni siquiera una mañana que Leni le preguntó si con trece años se podían tener las tetas caídas. Se miró sus propios pechos y declaró que tenían una forma «así», y entonces trazó un contorno ridículamente exagerado en el aire con la mano derecha mientras con el brazo izquierdo se apretaba el torso. Antes de que Paula pudiera contestar, su hija la culpó de haberle dejado de herencia solo lo peor, las pecas y la piel clara, el pelo pelirrojo, las rodillas huesudas, la miopía y el ser negada para las asignaturas de física y química.

Paula argumentó que la herencia era arbitraria, no una decisión, y quiso acariciarle el pelo a su hija, pero Leni se apartó de ella, salió corriendo y dio un portazo. Poco después regresó y se lanzó a los brazos de su madre como si quisiera recargarse para la siguiente fase de distanciamiento.

Sigue lloviendo sin parar. Paula exprime naranjas y se espuma la leche para el café. En la mesa tiene un ramo de tulipanes.

Solo un año antes, la inmensidad de un día entero por delante habría desatado el pánico en ella. Le habría dado por limpiar o por poner lavadoras, habría salido a correr o al cine, habría llamado a Judith para acercarse con ella a ver a su yegua. Daba igual lo que hiciera, lo fundamental era hacer algo. Porque si no aparecían los demonios y se la llevaban consigo.

Tras separarse de Ludger, a menudo se preguntaba cuál había sido el principio del fin. ¿Cuándo se les habían ido las cosas de las manos?

La muerte de Johanna fue una fractura decisiva. Sin embargo, con el tiempo Paula empezó a datar su fracaso en otros sucesos, anteriores, cada vez más atrás en el tiempo, hasta que ya no le quedó ningún «más atrás».

Todo había empezado en una fiesta.

Paula y Judith pasaron casualmente por delante de la tienda de productos naturales del barrio de Südvorstadt el día que celebraba su inauguración. Habían estado tomando el sol desnudas en el lago, se habían puesto crema la una a la otra, habían comido helado y atraído muchas miradas. Satisfechas consigo mismas y con el efecto causado, regresaron con las bicis pasando junto a la Reserva de Animales Salvajes y cruzando el bosque de ribera hasta llegar a la ciudad, donde seguía haciendo un calor bochornoso.

Ya de lejos vieron los globos, los maceteros llenos de flores y a un montón de personas delante del establecimiento. Les apetecía beber algo fresco, así que pararon.

Ludger no estaba muy lejos de la puerta cuando entraron. Paula lo vio al instante. Más adelante, Ludger dijo que también él la había visto de reojo y que la siguió con la mirada. Paula llevaba un vestido verde musgo sin tirantes y una pamela bajo la que sobresalían sus rizos pelirrojos.

Fuera hacía un sol abrasador, los olores de los gases de combustión y de las flores de tilo llenaban las calles, y con cada soplo de brisa entraba esa mezcla empalagosa en la tienda. Ludger llevaba una camisa de lino. Tenía el pelo rubio, los ojos azules. No iba de conquistador.

Los dos se marcharon de la fiesta poco después. Charlaron mientras empujaban las bicis una al lado de la otra.

Ludger se volvía hacia ella de vez en cuando, pero no le sostenía la mirada. Cuando hablaba una tirada larga, se quedaba parado.

Igual que Paula, buscaba los caminos con sombra.

En la orilla del río, él le rozó el brazo como sin querer.

En un banco del parque a la luz del atardecer, ella lo besó.

Las primeras semanas se veían a diario.

Las citas arrancaban en un roble del parque de Clara Zetkin. Paula, que siempre llegaba pronto, lo veía torcer por el camino con su bici de carreras y lo saludaba con la mano desde lejos. Cada reencuentro empezaba con una ligera timidez, pero esta desaparecía después del primer beso.

Desde aquel árbol daban paseos por el parque y el barrio colindante. A Paula le gustaba cómo ladeaba él la cabeza y sonreía al verla. Le cautivaban su voz grave y su forma de hablar pausada. Le atraía su afán de moverse, y sus conocimientos sobre agricultura ecológica, vida autárquica, fauna y flora la impresionaban.

Ludger iba a visitarla a menudo a la librería.

A veces ella veía aparecer su cabeza cuando él subía por la escalera mecánica a la sección de literatura. A veces él la sorprendía mientras estaba ocupada ordenando libros o despachando encargos. Entonces le tocaba la mano o el brazo con discreción, y ella se volvía y sentía una alegría furtiva porque seguramente sus compañeras se habían fijado en lo guapo que era.

Las noches que pasaban juntos iban a casa de él. Ludger solo se quedó una vez a dormir en el piso de ella, que por aquel entonces compartía con Judith. Cenaron los tres juntos, pizza y vino tinto. Ludger relacionaba cualquier tema de conversación con su especialidad: la huella ecológica que dejaba una persona y cómo se podía conseguir reducirla al máximo. No hacía más que interrumpir a Judith para profundizar en un punto o corregir una formulación imprecisa.

Paula vio el balanceo del pie de su amiga y la curva tensa de sus labios y lo supo.

Al día siguiente, Judith se presentó en la habitación de Paula. Llevaba en las manos una pila de libros especializados de medicina, le explicó que faltaba muy poco para los exámenes finales, que necesitaba tranquilidad en el piso y que sería mejor que de momento Ludger no se pasase por allí.

Por la noche dormían muy acurrucados.

Sus manos o sus pies siempre se tocaban. Paula le acariciaba la espalda mientras contaba las campanadas de la iglesia de enfrente y, si todavía faltaba un buen rato hasta la mañana, le ponía una mano entre las piernas.

No le preocupaba cómo eran en la cama, ni el hecho de que Ludger dijera «esto» para todo lo que hacían. ¿Te gusta esto? ¿Quieres esto? Tampoco le extrañó que se apartara la primera vez que ella exploró con la lengua los lugares innombrables de su cuerpo. Al final, la dejó hacer. Se quedó muy quieto, con los brazos cruzados sobre la cara.

Después de eso se abrieron.

Ludger le habló de la muerte de sus padres. Cuando le explicó que su coche quedó aplastado por un camión al final de una caravana, su voz se volvió torpe. Iban a verlo a él, que unos días antes se había sacado la carrera de Arquitectura.

Paula le besó los hombros y el cuello, y él puso la cabeza sobre su pecho.

Un par de meses después de conocerse, Ludger le pidió que se pasara por su estudio. Sonaba emocionado, pero no quiso desvelarle el motivo. Cuando Paula se presentó en Brinkmann & Krohn, los hermanos Brinkmann se volvieron simultáneamente en sus sillas y sonrieron. Ludger agachó la cabeza, tomó a Paula de la mano y se la llevó a la sala de reuniones.

Encima de la mesa había un plano de un piso. Era un loft con techos de cuatro metros de alto y trescientos metros cuadrados de superficie útil. Sin parar para respirar, Ludger le explicó en qué lugares deberían instalarse tarimas para estructurar el espacio, por dónde subiría la escalera hasta una galería abierta, y por qué vivir sin habitaciones cerradas, e incluso sin tabiques de separación, era algo que funcionaba. Llevado por su propio entusiasmo, no fue hasta el final cuando anunció como de pasada:

—Aquí es donde viviremos.

Paula no contestó nada. Tardó unos momentos en entenderlo.

Recordó la cantidad de veces que Ludger había comentado que la iglesia de delante de su piso lo deprimía. No quería que le recordaran a diario las reverenciales construcciones que «la comunidad cristiana», como la llamaba él, había erigido para su dios.

—¿Qué me dices? —preguntó Ludger—. ¿Estás contenta?

Al día siguiente fueron en bicicleta a ver el sitio. Quedaron en el roble del parque. Ataviados con gorras, bufandas y guantes, pedalearon hasta aquel barrio por el que Paula pocas veces se perdía pero para el que Ludger profetizaba un rápido ascenso. El loft se encontraba en una calle adoquinada y bordeada de árboles, daba al canal y era tan grande como el vestíbulo de una estación. En los alrededores no solo no había ninguna iglesia, sino que tampoco había mucho más. El edificio se levantaba ante Paula desnudo, dentro hacía frío, y su primer impulso fue salir corriendo de allí.

Ludger extendió el plano en el suelo. Midió el espacio a pasos, comprobó la mampostería y las ventanas y se puso a describirlo todo. Y entonces Paula vio la unidad de la cocina montada sobre una tarima de madera, sintió los tablones bajo los pies, subió la escalera hacia la zona del dormitorio y se asomó a la barandilla de la galería para contemplar toda la sala.

Le costó mucho despedirse de Judith.

Habían vivido juntas cinco buenos años. Nadie más estaba tan unido a ella. De pequeñas, sus madres las sacaban a pasear una al lado de la otra en cochecitos prácticamente idénticos, fueron a la misma guardería, al mismo centro de prescolar, al mismo colegio. Hicieron juntas la confirmación, les vino la regla el mismo mes del mismo año, y ambas se marcharon de Naumburgo tras cumplir los dieciocho. Judith entró en la facultad de Medicina de Leipzig; Paula encontró unas prácticas de formación profesional en una librería de Ratisbona.

En el traslado, Judith estuvo todo el rato por allí en medio pero sin participar en nada. Escuchó en silencio los elogios del nuevo piso que hacía todo el mundo y se despidió de Paula antes incluso de que sacaran la última caja del camión de mudanzas.

Los primeros meses de convivencia, Ludger solo tenía un tema de conversación: un proyecto de rehabilitación del centro de la ciudad. Se trataba de una casa del siglo XVII en la que, a pesar de la reforma, no hacían más que aparecer humedades y moho. El arquitecto a quien habían encargado el proyecto originariamente fue apartado del trabajo; la nueva estimación de costes superaba por mucho el límite máximo original, y Ludger aprovechó la oportunidad. Envió una oferta que nadie pudo mejorar; era tan barata que despertaba desconfianza, una solución que parecía demasiado buena para ser verdad.

El inventor del método, el restaurador Henning Grosseschmidt, había probado con éxito la «atemperación» en numerosos palacios y museos siguiendo el principio de la redistribución del calor. Ludger había sido discípulo de Grosseschmidt y había asistido a numerosos seminarios con él.

En lugar de los habituales radiadores, se instalaban tubos de calefacción por debajo del enlucido de las paredes exteriores, y ese calor uniforme que se extendía por todos los niveles acababa con el problema de las humedades y el moho. La temperatura ambiental aumentaba, la calidad del aire mejoraba y el consumo energético, así como los gastos de mantenimiento, eran mínimos.

Incluso mientras cenaban, Ludger extendía planos y le explicaba a Paula a qué profundidad irían los tubos por debajo del revoque, de qué material estaban hechos, en qué edificios se había aplicado ya el método con éxito. La palabra «atemperación» sonaba casi solemne cuando salía de sus labios, y la planificación de su inminente boda no consiguió despertar en ningún momento en él un entusiasmo parecido.

Ludger se negaba a celebrar un enlace por la Iglesia, y Paula se conformó. Alcanzar la armonía cediendo por su parte le pareció lo más correcto. Además, la mayoría de los invitados a la boda eran de ella. Ludger había invitado a los hermanos Brinkmann junto a sus mujeres, y también a la cuadrilla que había realizado el traslado, pero no asistiría nadie de su familia. Sus contactos se limitaban a compañeros de profesión, clientes y operarios.

De la planificación del banquete se encargó Paula, igual que de la selección de las bebidas, el diseño de las invitaciones y la decoración del piso. Ludger solo quiso opinar en cuanto a la música.

Se pasaron media noche con eso. Ludger empezó a buscar las mejores piezas de sus discos de jazz mientras fumaba y tarareaba en voz baja. Cuando Paula, después de la segunda copa de vino, se puso a bailar espontáneamente, él la miró con la típica timidez que ella ya le conocía.

Ludger, con la cabeza gacha entre los hombros, la botella de cerveza pegada a la boca, se quedó ahí sentado contemplándola. Siguiéndola con la mirada.

Paula se dejó caer en su regazo y él apartó la cerveza, le pasó los brazos por la cintura y la besó, pero justo después se la quitó de encima y se levantó. Se estiró, paseó la mirada a su alrededor y anunció con entusiasmo que también allí la atemperación sería la solución más adecuada.

Nadie era como una quería, pero Paula esperaba que el tiempo cerrara esas brechas entre el deseo y la realidad.

Todavía va en camisón cuando, después de desayunar, sale al balcón y mira el jardín de abajo. Ese es el quinto piso de Paula en la ciudad; por fin se siente a gusto.

El azafrán y las campanillas blancas florecen en el terreno de uso comunitario que está separado de los jardines colindantes por altos muros de piedra. Debajo de Paula y Leni vive una familia con dos niños pequeños; en el entresuelo, un matrimonio mayor. Casi siempre coexisten en paz. Solo el jardín provoca algún que otro desencuentro. El deseo de orden del matrimonio mayor choca con las espontáneas campañas de plantación de la familia del piso intermedio, y pocas veces acaban bien. En general, sin embargo, se respetan, y una vez al año celebran la fiesta del verano.

Paula camina despacio de un extremo al otro del balcón, que se extiende a lo largo de tres habitaciones, con una puerta en cada una de ellas. La lluvia ha empezado a remitir poco a poco y todavía no tiene respuesta de Wenzel. Tal vez esté trabajando en el estudio, quizá no haya visto aún su mensaje, o a lo mejor ya va de camino a verla. No tiene ninguna duda de que acudirá.

Pasa las manos por la barandilla de madera, toma conciencia del movimiento de sus brazos, de sus manos, también de su respiración y de cómo debe esforzarse por sentir su cuerpo, que no la incordia con dolores, rigidez o un cansancio desmesurado. Hace ya tiempo que Paula dejó de considerar esas supuestas trivialidades como algo trivial.

Durante el matrimonio con Ludger tenía la mirada puesta en un futuro impreciso; tras la muerte de Johanna, en un pasado demasiado nítido. En el presente, oye el timbre de la puerta y corre a abrir.

Wenzel le ha traído flores robadas. Las recoge de camino, en el parque de Rosental, y acaban repartidas en jarrones minúsculos por todo el piso de Paula.

Se ha rapado el pelo, que le ralea un poco. Wenzel es el primer hombre al que Paula no intenta cambiar. El primero que a veces se preocupa solo del deseo de ella. El primero al que no le ha presentado a sus padres.

Lo toma de la mano y se lo lleva al dormitorio.

Mientras él la desnuda despacio, le dice que se tumbe boca arriba y la acaricia con la punta de los dedos desde el cuello hacia abajo, con firmeza, hasta los muslos, y se los separa, ella percibe brevemente el recuerdo de lo que guarda encerrado en su interior. Y entonces le habla de esos otros hombres. Le cuenta lo lejos que llegó con ellos, las cosas que les permitió hacer solo para sentir otra clase de dolor. Un dolor que dominara el del luto, que la desgarraba por dentro como un demonio desbocado. Le explica entre lágrimas lo que le avergonzó, lo que le gustó aun a pesar de avergonzarla, y cómo esa sumisión le permitía olvidar la muerte de su hija durante unas horas. Cuando deja de hablar, él la besa y sigue con sus labios el mismo camino que antes la punta de sus dedos.

La mañana de la boda los despertó un ruido. Una ventana se había quedado abierta por la noche y acababa de entrar un pájaro. El ave aleteaba entre lámparas y muebles, muy asustada. Al volar, se estrelló contra el cristal de la ventana y cayó al suelo, tomó impulso de nuevo y volvió a fallar, no encontraba la salida.

Paula saltó de la cama y abrió todas las ventanas. El corazón le iba a mil. Cada vez que el pájaro se golpeaba, ella se estremecía. Ludger fue a ayudarla y juntos lo azuzaron por aquel espacio gigantesco, pero no sirvió de nada. El animal no encontraba la forma de salir. Todavía era temprano, el alba despuntaba con una luz rosada y el pájaro se quedó descansando en el suelo, así que decidieron esperar.

De vuelta en la cama, Ludger se acurrucó a su lado. La rodeó con un brazo y hundió la cabeza en su pelo. Le acarició la barriga con la punta de los dedos, pero se detuvo en cuanto un temblor recorrió el cuerpo de ella. Poco después volvió a quedarse dormido.

Paula oía los aletazos y los breves gritos chillones del pájaro mientras movía los dedos entre sus piernas abiertas. Se había liberado con cuidado del abrazo de él, estaba tumbada boca abajo y apretaba la cara contra la almohada.

Más tarde los sobresaltó el despertador. Se levantaron enseguida y buscaron por todo el loft. El pájaro había desaparecido.

Del viaje de novios, que pasaron en los Vosgos haciendo senderismo, Paula regresó agradablemente exhausta. Desde Sainte-Odile habían llegado a Kaysersberg pasando por el Col du Kreuzweg, luego habían seguido hacia el sur por la reserva natural, siempre con una climatología cambiante y —al parecer de Paula— realizando ascensiones y descensos en los que se habían jugado la vida. A veces caminaban el uno detrás del otro sin decirse nada durante horas porque los senderos eran estrechos y hablar consumía demasiada energía. Después volvían a ponerse el uno junto al otro e imaginaban el futuro.

Durante largos trechos no se encontraban con nadie. Paraban para comer en peñascos calentados por el sol, en castillos en ruinas y en antiguas fortificaciones.

En cuanto se sentaban, Ludger sacaba los mapas. Tenía varios a escalas diferentes, y siempre le mostraba a Paula el punto exacto donde se encontraban. Mientras comían pan, queso y manzanas, él le detallaba la ruta de las siguientes horas. Su entusiasmo por la exactitud de los mapas de senderismo, en los que aparecía señalado hasta el camino más minúsculo, no tenía límites.

En los albergues rurales donde dormían, compartían

habitaciones de varias camas con otros montañeros. En los diez días de viaje, solo la primera y la última noche se hospedaron en un hotel con baño propio y una cama doble y cómoda, y solo esas dos noches se lo montaron. Al terminar, Ludger tenía la costumbre de hacerse un ovillo y apoyar la cabeza en el pecho de Paula. Así era como más le gustaba quedarse dormido. Si ella, que en esa postura no podía conciliar el sueño, se apartaba un poco con delicadeza, él se arrimaba de nuevo. Incluso profundamente dormido, en cuanto sus cuerpos perdían el contacto volvía a acercarse a ella. Al final Paula tenía que levantarse por un lado de la cama e ir a tumbarse al otro. De todas formas, esa constatación física del amor de Ludger le gustaba.

El primer día de trabajo después del viaje, los compañeros la saludaron por su nuevo nombre: Paula Krohn. Y cuando Marion, que trabajaba con ella en la sección de literatura, al final de la jornada exclamó: «¡Paula, tu marido está aquí!», ella se irguió y sonrió.
Fue uno de esos momentos que ni siquiera más adelante perderían valor.
Ludger, con vaqueros y una camisa de lino, la saludó con la mano desde la mesa de las novedades. No habría sabido decir por qué, pero se sintió orgullosa.

Hasta que el velo de las hormonas se levantó.
Paula estaba muchas noches sola en el loft. Si abría la ventana que daba al canal, el olor salobre del agua sucia se metía dentro; si la cerraba, el silencio le resultaba inso-

portable. Su propia voz resonaba en ese espacio tan grande. No había habitaciones separadas, solo un cubo central donde se encontraba el baño.

Todas las noches esperaba a que Ludger regresara a casa. El encargo de atemperación lo absorbía como ningún otro proyecto y llegaba tarde a menudo. Durante las horas de espera, cocinaba o leía, hablaba por teléfono o se acercaba a la ventana, pero siempre tenía presente que con cualquier actividad no pretendía más que llenar el vacío. La tensión no se disipaba hasta que oía la llave en la cerradura, y Paula se preguntaba si de verdad ese vacío no era más que el que contenía el piso.

En el loft no dejaban de entrar pájaros extraviados, y no todos conseguían salir. Un día se encontró una paloma con un ala rota en el suelo, junto a la mesa del comedor. Un gorrión apareció muerto debajo de la ventana por la que había entrado.

A partir de entonces, las ventanas se quedaron cerradas.

Todos los domingos desayunaban en el Café Telegraph. Ludger leía los diarios *Frankfurter Allgemeine Zeitung* y *Neue Zürcher Zeitung*; Paula, los semanarios *Der Spiegel* y *Die Zeit*.

Salían en bici por los caminos que seguían el curso de los ríos Saale y Mulde, visitaban exposiciones, iban al cine y se peleaban por la elección de la película. Ludger prefería los documentales; Paula, los *biopics* de artistas. Ludger le echaba en cara que en realidad ella no habría aguantado ni un solo día en la vida de alguien como el poeta Georg Trakl, ni una semana en la de la escultora

Camille Claudel. Paula le recriminaba que se lo tomara todo tan en serio, que le faltara sentido del humor, frivolidad, y él contraatacaba diciendo que precisamente esa frivolidad, esa despreocupación, era lo que llevaba el mundo a la ruina.

Discutían por cosas de las que nunca habrían creído posible discutir. Cuando salían en bici, él iba más deprisa que ella y no volvía la cabeza para ver si lo seguía. Aceleraba en los semáforos a punto de ponerse en rojo y continuaba pedaleando al otro lado mientras Paula esperaba a que se pusiera en verde. También era él quien decidía el trayecto. Ludger conocía la mejor ruta desde cualquier punto de la ciudad hasta cualquier destino, y las protestas de Paula se acababan como muy tarde cuando consultaban el mapa que él siempre llevaba encima.

A veces ella se quedaba rezagada a propósito y seguía su propio camino. Sabía lo mucho que cabreaba eso a Ludger, y sabía que a veces se reconciliaban en la cama.

Cuando estaba furioso no contenía su fuerza física. El sexo era entonces más libre que nunca, y a ella esas noches le daban esperanza. Otras, en cambio, se quedaba tumbada despierta, escapaba de los brazos de él y no sabía qué hacer con su deseo.

Dejar el loft fue la primera decisión que impuso Paula.

No era lo más sensato. El precio de los alquileres subía y Ludger estaba en plena crisis.

A pesar del éxito de la atemperación, no había recibido más encargos. Su meta le había parecido tan al alcance de la mano... Brinkmann & Krohn podría haber sido conocido en poco tiempo como el mejor estudio de arquitectura en el sector de la construcción ecológica. Ludger había rechazado otros proyectos lucrativos y se había peleado con los hermanos Brinkmann.

En ese momento, la niña que Paula llevaba dentro debía de medir unos ocho centímetros. Podía meterse el pulgar en la boca y sostener el cordón umbilical entre los dedos, y se movía con energía.

La ecografía estaba sobre la mesa, entre ambos. Paula lloraba. Había hablado y suplicado.

—¡Paredes y habitaciones! —repitió Ludger sacudiendo la cabeza.

Según él, la cama era lo bastante grande para tres y el loft resultaba ideal para un bebé. Allí se podía jugar a toda clase de cosas. Ir en bici, saltar en una cama elástica, columpiarse... ¿Qué más quería?

Paula se levantó de la mesa, se secó las lágrimas de las mejillas, recuperó la ecografía y se la guardó en el bolsillo.

Los meses siguientes se dedicó a recorrer la ciudad de arriba abajo con su bicicleta Gazelle. Llamaba por teléfono a agentes inmobiliarios y propietarios particulares, iba a ver pisos y realizaba una preselección que le enseñaba a Ludger por la noche.

Él le venía entonces con que esos pisos estaban en zonas de la ciudad que para él quedaban descartadas, en calles sin árboles y por lo tanto inaceptables, o decía que tenían un estado de conservación que no le parecía adecuado, o que los vecinos no le gustaban, aunque solo fuera por lo que había oído decir. Se negaba a vivir puerta con puerta con abogados, asesores fiscales o agentes inmobiliarios. Detestaba esos utilitarios deportivos desde los que miraban con desprecio a todo el mundo, con los que se saltaban las reglas de preferencia y aparcaban en doble fila. Le horrorizaban sus símbolos de estatus, sus solicitudes para talar árboles en favor de más plazas de aparcamiento, su poca conciencia de lo que era llevar una vida correcta.

Por fin, un día que salieron al balcón de un piso de cuatro habitaciones medio reformado que estaban visitando, Ludger dio su consentimiento mientras miraban hacia el bosque de ribera que quedaba al sur. Paula, sin embargo, no sintió ninguna alegría. El olor mohoso y húmedo del ajo silvestre le provocaba arcadas. Se apoyó en la barandilla y cerró los ojos.

El piso quedaba en la parte posterior del edificio. No estaba expuesto al ruido del tráfico ni a los temblores causados por el tranvía, solo a las verdes copas de los árboles y al canto de los pájaros. Se tardaban diez minutos en llegar en bicicleta al centro de la ciudad, sus dos puestos de trabajo quedaban a la misma distancia. El portal estaba lleno de bicis, y lo mismo daba a qué ventana se asomaran, no se veía ni un solo coche. Era perfecto.

El día del traslado, Paula solo pudo mirar y dar órdenes a los operarios. Faltaban cuatro semanas para la fecha prevista de parto. Le dolían las piernas, los zapatos le apretaban los pies hinchados, tenía acidez de estómago y estaba terriblemente cansada. Le habría gustado poder refugiarse como un caracol en el interior de su concha.

No obstante, al final del día, en mitad de aquel caos de cajas, maletas y muebles desmontados, al menos la cama estaba en su lugar. Y cuando por fin se tumbó en ella, pensó en las noches en vela que había pasado allí y en la criaturita aún sin nombre que llevaba dentro.

Su hija vino al mundo dos semanas antes de lo previsto y en esa misma cama. El parto en casa fue idea de Ludger. A Judith, que trabajaba en Hannover haciendo sus prácticas médicas, Paula no le contó nada de eso. Conocía muy bien la opinión de su amiga. «Medieval —habría dicho—, una auténtica locura.»

Acalló sus propios miedos convenciéndose de que un médico estaría allí en cuestión de minutos si fuera necesario. También sus compañeros de trabajo reforzaron la decisión de dar a luz en casa. Corrían historias sobre gérmenes multirresistentes, así que el hospital no era un lugar más seguro que su propia cama.

De pronto se vio arrodillada ahí delante, mirando al techo. Una bombilla colgaba desnuda de un cable. Todavía tenían que instalar lámparas y montar estanterías. Habían pasado veinte minutos desde que había llamado a Ludger por teléfono. «Ven en taxi», le había pedido sin demasiadas esperanzas. Sin embargo, como era de prever, Ludger volvió a casa en bicicleta. Ella oyó la llave en la puerta, los pasos en el recibidor, el ruido de la bolsa cuando la dejó caer en el suelo y... nada más. Tuvo una contracción y toda su percepción quedó reducida a su espalda y su vientre.

Durante las nueve horas siguientes, Ludger salía de la habitación a menudo y luego volvía a entrar. Se arrodillaba a su lado, se tumbaba con ella, le apretaba la mano y le secaba el sudor de la frente.

—¡Una goma para el pelo! —gritaba ella—. ¡Apaga la música! —ordenaba—. ¡Cierra la ventana!

Cuando la comadrona por fin le permitió empujar, ya no le quedaban fuerzas para más palabras.

Aun así, qué pronto se desvanecieron los detalles, con qué rapidez olvidó los dolores... La comadrona le dejó el bebé sobre la barriga y, cuando Paula vio que era una niña, se hundió sonriendo en la almohada. Ludger cortó el cordón umbilical, y poco después Leni Antonia Krohn mamaba del pecho de su madre.

Ludger se quedó en casa tres semanas.

Durante esos días, ella, Leni y él fueron el mundo entero. Ludger se tumbaba con ambas mientras Paula amamantaba a la niña. Despachaba las salidas obligatorias todo lo deprisa que podía. Los tres eran como un campo de fuerza que perdía su poder en cuanto alguno de ellos salía del círculo cerrado.

En su última visita, la comadrona comentó que pocas veces había acompañado a una familia en la que todo fuese tan como la seda.

Su último día juntos se levantaron al alba, aunque Paula habría preferido quedarse en la cama. Por la noche había dado el pecho a Leni cada dos horas; el agotamiento era tan inmenso que incluso caminar hasta el cuarto de baño le parecía demasiado.

El parque estaba desierto. La niebla matutina pendía sobre la hierba y la temperatura era fresca y otoñal. Cuando llegaron al roble donde quedaban siempre al principio, Ludger dejó la mochila en el suelo, sacó un pico y una pala y empezó a cavar un hoyo, pero el pico dio con una raíz, rebotó y casi le golpeó en la cabeza. Buscó otro lugar.

Leni se puso a llorar. Iba en el cochecito, muy abrigada, movía los brazos de aquí para allá y sus berridos rasgaban el silencio. Paula no dejaba de menear el cochecito. Un ciclista pasó junto a ellos a toda velocidad; los caminos pronto se llenarían de bicicletas, de runners y dueños de perros. Paula se alejó unos metros de Ludger, poco a poco, como si no fueran juntos, como si ella solo estuviera paseando por allí.

Unos diez minutos después, Ludger por fin consiguió tener un agujero de unos treinta centímetros de profundidad. Regresó a donde tenía la mochila, sacó la placenta medio descompuesta de una bolsa de plástico, la sostuvo un momento en las manos y la metió en el agujero. Luego alargó un brazo en dirección a Paula.

Tenía la mano mojada, y ella notó un sabor dulzón en la boca.

Cuando el agujero volvió a estar tapado, Leni seguía gritando. Paula dio media vuelta y empujó con premura el cochecito por la hierba para regresar al camino. Solo se volvió un momento para mirar atrás. Un perrazo corría derecho al lugar donde la tierra removida sobresalía del verde del césped.

Apartó la mirada antes de que el animal llegara a la tumba de la placenta.

Estar sola con la niña era otra cosa.

El ritmo de su vida seguía las necesidades del bebé en cuanto a mamar y dormir. Su cuerpo le era extraño. Los pechos pertenecían a Leni, las extremidades le pesaban, notaba el pelo áspero, y su barriga estaba tardando mucho en recuperar su forma anterior.

Cuando Ludger llegaba a casa, solo tenía ojos para su hija. Si Paula la mecía en brazos, él se la quitaba sin preguntar. «Papá ha estado en la obra», le decía, o: «A papá le han hecho un nuevo encargo». Y entonces le explicaba a Leni por qué las casas de bajo consumo energético eran propensas al moho, qué ventajas comportaban los paneles de barro, cómo quería convencer a sus clientes para que instalaran atemperación y qué hierbas y plantas eran las más adecuadas para un tejado verde con recubrimiento de tierra.

Por la noche, Ludger hacía arreglos en el piso. Todo lo que tocaba se volvía bonito. La estantería iluminada del escobero, hecha a mano; el perchero de la entrada, diseñado por él; las lámparas extravagantes... Todo era perfectamente imperfecto.

Cuando terminaba algo, la llamaba, y entonces Paula acudía y lo alababa, y la mano de él buscaba la suya.

Era más adelante, ya en la cama, mientras Leni dormía entre ambos y él la contemplaba embobado, cuando Paula sentía el malestar. La ternura de los ojos de Ludger solo era para la niña. Hasta el último de sus ruiditos lo maravillaba.

Se avergonzaba de sentirse así, pero el sentimentalismo de él la asqueaba.

Empezó a quedar con Judith siempre que podía. Su amiga volvía a estar en Leipzig y había empezado la especialización.

Paula disfrutaba mucho de esas horas. Con Judith se mostraba aguda, irónica, segura. Sin embargo, cuanto más tiempo pasaba con ella, más difícil le resultaba adaptarse a lo de después, y más todavía ocultarle la verdad a su amiga.

No le habló de esas noches en las que se despertaba porque el corazón le latía deprisa. Ni de esos momentos en que todo le parecía una equivocación, un error que ya no podía corregirse. Ni de que Ludger llevaba meses sin acostarse con ella. Antes del parto, porque tenía el bebé dentro; después del parto, porque la niña estaba con ellos en la cama. Un beso rapidito por la mañana y un abrazo breve por la noche. Entre lo uno y lo otro, nada.

Aquellas semanas, Ludger mencionaba a menudo lo feliz que era, y a Paula le parecía que quien pagaba el precio de esa felicidad era ella. Como si él viviera a su costa. Cuanta más energía tenía Ludger, más débil se sentía Paula. Cuantos más planes alocados hacía él, más apática se encontraba ella.

Fue en esa época cuando Ludger se dejó crecer la barba, cuando decidió no comer carne ni matar ningún insecto más. Cuando instaló un filtro de agua y compró un molinillo para cereales. Cuando empezó a destinar una cantidad considerable de sus ingresos a organizaciones para la defensa de los animales y asociaciones pro derechos humanos, y trasladó su cuenta corriente a una entidad de banca ética. Y la justificación de todas sus acciones era tan sencilla como cierta: hacer lo correcto no podía estar mal.

Muchas noches, Ludger reflexionaba en voz alta sobre cómo debían vivir. Sobre cómo podían disminuir más aún la huella que dejaban.

Paula, sentada a la mesa con él, era una oyente muda que solo asentía de vez en cuando.

El rechazo de Ludger hacia el mundo y las personas se acrecentó también por entonces. Cuando iba a la cafetería se llevaba tapones para los oídos. No soportaba oír retazos de la vida privada de los demás, verse obligado a participar en las vidas ajenas. Paula notaba su repugnancia en la expresión tensa de su rostro.

En el fondo, ella compartía sus opiniones. Desde el principio había admirado la integridad moral de su marido y su capacidad de sacrificio. A diferencia de la mayoría, él defendía sus convicciones y asumía las renuncias que comportaban. Paula entendía su sensibilidad. Y, como él, también ella quería que Leni creciera en un mundo mejor. ¿No era esa armonía entre ambos el amor del que hablaba Ludger?

Sin embargo, nada de eso tenía que ver con ella personalmente. Con ella, con Paula.

—Paula —susurra Wenzel, y con una caricia le retira el pelo del rostro cubierto de lágrimas.

Él lo entiende. Parece entenderlo todo. No la desprecia, no la juzga, ni siquiera arruga la frente.

Antes de acostarse con Wenzel por primera vez, Paula fue al médico. Estaba convencida de que tenía alguna enfermedad. Se había liado con quince hombres en cuestión de un año. Según la información del portal de infidelidades, todos estaban casados. Paula sabía su nombre de pila y su edad, pero nada más. Ellos afirmaron que estaban sanos y ella los creyó.

Tampoco esos hombres habían querido saber nada de ella.

Cuando llegaron los resultados, hacía ocho semanas que conocía a Wenzel. Habían escuchado una sinfonía de Brahms y un concierto para piano de Rajmáninov, habían ido al teatro, habían dado largos paseos y se habían besado en bancos del parque. Antes, en ocho semanas ella había empezado, vivido y quemado una relación; Wenzel, en cambio, ni siquiera la había visto todavía desnuda.

Al principio tuvo miedo de que él se alejara cuando supiera lo tocada que estaba, pero como siempre se presentaba puntual a la siguiente cita, el miedo fue remitiendo poco a poco.

Cuando se vio ante el mostrador de la consulta, Paula intentó adivinar los resultados por la cara de la auxiliar médica, pero no fue capaz. Los ojos de la mujer recorrieron toda la hoja y su semblante se mantuvo inexpresivo. Sonó el teléfono, descolgó y concertó una cita, luego volvió a consultar el papel.

—Todo correcto, señora Krohn —dijo sin alzar la vista.

Paula, que había salido en bicicleta, notaba el viento cálido en la cara.

Fue al mercado, compró pescado, tomates, pimiento, pepino, rabanitos, lechuga, cebolla y ajo, hierbas aromáticas, limón y azafrán. Con la cesta de la bici llena, se detuvo en la bodega, probó un pinot blanc, un pinot gris y un sauvignon blanc, sintió el agradable efecto del alcohol y salió de la tienda con un silvaner franco.

Al llegar a casa, se anudó el delantal, puso baladas de Chopin y empezó a cocinar.

Fue el día que llegaron los vencejos. De repente estaban ahí, como cada año. Regresaban volando desde el sur del ecuador la primera semana del mes de mayo y se perseguían por las calles a una velocidad de vértigo. Sus agudas llamadas resonaban en el atardecer y se oían incluso con las ventanas cerradas.

Paula corrió al salón y se sentó en el alféizar de la ventana. El sol poniente, que durante varios minutos se reflejaba en una ventana de la casa de delante, proyectó la sombra del medio perfil de Paula sobre la cortina que dividía la estancia en dos, casi como una silueta recortada en papel. También las sombras de los vencejos se deslizaban por ella.

Esa noche se acostaron juntos. Wenzel no hizo nada que Paula no conociera ya, y aun así en su amor había algo diferente. Era como una compleja pieza musical: tras la primera escucha aparecían otros sonidos más delicados, la belleza se materializaba hasta en la nota más débil, e incluso en las pausas. Y cuando abrió los ojos a la mañana siguiente, él todavía estaba a su lado.

Ludger dejó de llamarla por su nombre, y fue entonces cuando ella empezó a hacer cosas que tenían como único y exclusivo objeto obrar de un modo diferente al que él consideraba correcto.

Un domingo por la mañana se duchó durante quince minutos enteros seguidos.

Un miércoles por la noche tiró una manzana a la basura general delante de sus narices.

Se compraba ropa y zapatos, aunque ya tenía ropa y

zapatos de sobra. Sin embargo, no volvió a oír su nombre hasta una noche en que se preparó un filete de ternera.

En aquel momento hacía pocas semanas que Ludger se había hecho vegetariano. Todas las noches comentaba su decisión y daba cifras sobre el consumo mundial de carne, la cría intensiva de animales, el derroche de piensos y agua. Su memoria para los datos era impresionante, y la consecuencia necesaria de todo ese conocimiento era renunciar a la carne.

Cuando Ludger entró por la puerta y exclamó su «¡Hola, cariño!», Paula sacó el filete recién hecho de la sartén y lo puso en el plato. Le echó pimienta y un poco de sal marina por encima y lo acompañó con algo de ensalada. Al cortar la carne con un cuchillo afilado, rezumó jugo; estaba cruda por dentro. Un pequeño riachuelo de sangre se abrió camino entre las verdes hojas de lechuga.

Paula sintió que el corazón le latía en la garganta. Se le había quitado el apetito. Por un instante pensó en tirar el filete a la basura, pero ya tenía a Ludger al lado.

—¿Qué estás haciendo, cariño? —preguntó.

Y como ella solo se lo quedó mirando sin decir nada, exclamó: «¡Paula!» y enmudeció.

Después de que ella comprara el coche, Ludger estuvo varias semanas casi sin hablar con ella.

Era un vehículo innecesariamente grande: un viejo Volvo negro de casi cinco metros de largo.

Ludger no hacía más que dar vueltas de aquí para allá como un herido de guerra, encorvado, vencido.

Paula no le ofreció ninguna disculpa. El silencio de él la torturaba, pero cuando por fin volvieron a hablarse, defendió su compra diciendo que de todos modos él jamás le habría dado su aprobación. Sin dejar de limpiar el suelo del baño, le informó de que solo era su marido, no su amo. Ludger replicó que bien que ella deseaba a veces un amo que la dominara, y cuando Paula entendió a qué se refería, se echó a reír. También en el rostro de él apareció una sonrisa, así que no dejaron pasar la oportunidad. Ella lo besó y se inclinó sobre la lavadora, y Ludger, que aún sentía la rabia suficiente, no se echó atrás.

La paz duró poco.

Un domingo por la tarde sonó el timbre. Judith entró en el piso llena de energía, se fue directa a la cocina y, sin decir una palabra, dejó en la mesa varias fotografías de una yegua cuarto de milla marrón oscuro con un lucero blanco. Pocos días antes había conseguido aprobar el examen de especialidad en Endocrinología y Diabetología, y el caballo era el regalo que se había hecho a sí misma para celebrarlo.

Con Leni en brazos, Ludger miró las fotos mientras Judith hablaba emocionada del nivel de adiestramiento de la yegua, de si se podía montar, de lo obediente que era y de la facilidad con que estaba aprendiendo a saltar. Cuando terminó, él comentó, con un desprecio nada disimulado en la voz, que una persona con conciencia ética no debería montar ni adiestrar a ningún animal, porque todo eso generaba un sufrimiento innecesario.

Judith clavó las manos en las caderas, le lanzó una mirada a Leni y levantó la cabeza en actitud desafiante.

—Si quieres impedir el sufrimiento innecesario —repuso—, no traigas hijos a este mundo. Porque esta niña, igual que todas las personas de la Tierra, sabrá lo que es sufrir.

Y, dicho eso, reunió las fotografías, las guardó en el bolso y miró a Paula. Cualquier otro día, Paula tal vez se habría puesto del lado de su amiga. Cualquier otro día, tal vez le habría dicho a Ludger que no le impusiera su opinión a todo el mundo y no juzgara a todos los que vivían de una forma diferente a la suya.

Judith no volvió a visitarlos en una buena temporada.

Dejó de llamar y respondía sucinta a los mensajes de Paula, siempre para rechazar sus propuestas. Cuando inauguró la consulta particular que había heredado de un amigo de su madre, envió a Paula la misma invitación que a todos los demás. Sin unas palabras personales, sin señal alguna de toda una vida de amistad.

Paula responsabilizó a Ludger.

Pensó en separarse.

Pero no se separó.

En la época que siguió a eso, se encerraron en sí mismos. Declinaban invitaciones, apenas recibían visitas. El sexo volvió a ser frecuente. En el círculo íntimo del amor funcionaban bien.

Al principio del segundo embarazo se ofrecieron disculpas y se hicieron promesas. Paula reconoció actuar a veces llevada por un espíritu de contradicción; Ludger confesó querer educarla. Al exteriorizarlo, tuvieron la sensación de haber aclarado las cosas, y la atención y el cariño de él la afianzaron en la suposición de que los problemas del pasado no reaparecerían en el futuro.

Se hicieron cientos de fotos. Ludger con Leni en un bote neumático en el lago; Paula y Leni sentadas entre los ajos silvestres en flor; Leni y Ludger delante de un perezoso del zoo; los tres tumbados en un prado junto al Mulde con coronas de margaritas en el pelo.

Las cosas, tal como estaban, estaban bien.

Y las cosas, tal como estaban, eran frágiles.

Paula solo se sentía tranquila de verdad cuando Ludger estaba con ella. Si no llegaba a la hora convenida, suponía lo peor; una caída desde el andamio de una obra, un accidente en bici, un aneurisma reventado.

Pero nunca sucedía nada.

Para el mundo exterior no eran más que una pareja ideal.

En la reunión informativa de la guardería del bosque a la que querían a apuntar a Leni, Paula notó las miradas de los demás padres. Estaban sentados en un claro, formando un gran círculo, y sintió como si saliera de su cuerpo y se contemplara desde fuera: una mujer embarazada y segura de sí misma con, en el regazo, una niña pequeña de rizos pelirrojos y, a su lado, un marido guapo con aspecto pensativo que le pasaba un brazo por los hombros.

Esa noche hicieron el amor. A pesar del embarazo, Paula se bebió una copa entera de vino tinto, y las manos de Ludger, cuando se metió en la cama con ella, la reclamaron sin ninguna vacilación. Su deseo había reaparecido de pronto. La besó con prisas, pero sus dedos buscaron en vano la cálida humedad que debería haberlos recibido entre las piernas de ella.

Al terminar, se aferraron con fuerza el uno al otro.

Otros días todo era bueno y auténtico. Cuando Ludger iba a recoger a Leni a casa de la niñera y se presentaba con ella en la librería para darle una alegría a Paula. Cuando cruzaban el parque para ir a la zona de juegos infantiles, pasaban junto al jazmín en flor y hacían una parada en el puesto de helados del puente de Sachsenbrücke. Cuando llegaban a su barrio, con los tilos recién plantados y esas casas de colores limpios y brillantes. Cuando Leni se metía en la cama entre ambos por la mañana y volvía a quedarse dormida mientras fuera cantaban los pájaros. Cuando hacían planes y el futuro resplandecía. Cuando Ludger le ponía las manos en la barriga para notar cómo se movía el bebé.

De vez en cuando, sin embargo, no estaba muy claro que ese bebé fuese a tener nombre algún día. Absolutamente todas las propuestas de Ludger hacían que Paula levantara las cejas. Freya y Runa eran los más comunes, hasta cierto punto. Al oír Sonnhild, gimió en protesta, con Hedwig soltó una carcajada.

No se pusieron de acuerdo en Johanna hasta cuatro horas después de que naciera. En ese tiempo el bebé solo fue «la niña». Regresaron del hospital en silencio. Ludger llevaba la bolsa de plástico con la placenta; Paula cargaba con Johanna.

Ni ella misma sabía por qué no había tenido valor para

un segundo parto en casa. El primero se había desarrollado sin problemas. ¿Fue por las historias de Judith sobre partos que no avanzan con normalidad, cordones umbilicales enrollados en el cuello del feto, falta de oxígeno, deficiencias, muerte? ¿O fue para que Ludger no se saliera con la suya?

En casa, lo primero que hizo él fue ir a la nevera y guardar la placenta en el congelador. Después fue al piso de los vecinos a buscar a Leni. La niña corrió hacia Johanna, que estaba dormida en el portabebés. Le aferró las manos con emoción, le tocó la cabeza y la nariz a su hermanita, y al final Ludger tuvo que llevársela para no poner en peligro el sueño de la pequeña.

Paula se tumbó en la cama enseguida. Solo con ver a su marido se agotaba. En el aparcamiento del hospital, al llegar al coche, Ludger había instalado el portabebés en el asiento de atrás y luego se había instalado en el asiento del copiloto. No veía que hubiera motivo para que no condujera ella. El coche no era suyo, dijo, y quería tener que ver lo menos posible con él.

De hecho, en todo el tiempo que estuvieron casados, Ludger condujo el Volvo negro un total exacto de dos veces. La primera, para ir al hospital donde Johanna vino al mundo; la segunda, en el entierro de la niña.

Eso fue en junio. El sol brillaba con una furia abrasadora, por toda la ciudad ondeaban banderas alemanas, los forofos del fútbol celebraban la victoria en el mundial, y el aire acondicionado del Volvo se había estropeado. Ludger bajó las ventanillas sin decir nada, y el cálido viento estival rozó sus cuerpos y los envolvió con el aroma dulzón de los tilos. El coche había quedado cubierto de porquería de los árboles, las manetas estaban pegajosas, los parabrisas cegados, pero Ludger no hizo nada por arreglarlo. Condujo sin poner en marcha el limpiaparabrisas.

En el cementerio de Südfriedhof había montones de abejas y mariposas, cientos de matas de rododendros bordeaban caminos y tumbas. Sus flores se habían marchitado hacía tiempo y las hojas colgaban lacias a causa de la prolongada falta de agua. Era el día más largo del año. El solsticio de verano. El día anterior a su quinto aniversario de boda.

Paula percibía cada soplo de brisa, cada susurro de las hojas, cada insecto. Su mirada solo parecía dejar de ver a las personas. Ludger llevaba a Leni de la mano. Su rostro estaba apagado.

Dos días antes de morir, a Johanna le habían puesto una vacuna.

—Hoy vamos al médico —informó Paula sin interrumpir lo que estaba haciendo—. Tienen que ponerle una vacuna a Hanni.

La niña estaba sentada en el regazo de Ludger y daba palmadas en su plato. El estrépito la ponía contenta, reía y gritaba de alegría, y su cuerpecillo regordete se movía sin parar. El brazo izquierdo de Ludger sujetaba con firmeza el torso de la pequeña mientras con la mano derecha intentaba llevarse la taza de café a los labios sin mancharse. Al oír a Paula entornó los ojos. Ella ya conocía esa expresión y no hizo caso. Mientras cortaba fruta y verdura para Leni y le preparaba el bocadillo para la guardería,

Ludger explicó con su voz pausada que las responsables de la contención o la erradicación de muchas enfermedades no eran las vacunas, sino una higiene y unas condiciones de vida adecuadas. Y cuando ella le quitó a Johanna de encima para vestirla, añadió que había oído hablar de casos de daños cerebrales y discapacidad después de una vacunación.

—¿Quieres encargarte tú de las visitas al médico a partir de ahora? —preguntó ella, molesta—. ¿Te quedarás tú en casa cuando las niñas se pongan enfermas? ¿Las cuidarás tú cuando tengan tos ferina o sarampión?

Deprisa, sin esperar respuesta, envolvió a Johanna en el fular portabebés y salió del piso. Su colorido vestido de verano, largo hasta los tobillos, ondeaba al caminar. Fuera, en la calle, se quitó el sombrero y lo sostuvo sobre Johanna para protegerla. Llegaron puntuales a la consulta.

Más adelante, él afirmó que había protestado.
Algo después, estaba seguro de que Paula no le había informado de nada.

Paula llevaba ese mismo vestido de verano con un estampado de grandes flores el día de la muerte de Johanna. De repente el piso se llenó de gente. El médico forense de guardia examinó el balcón, el lugar de los hechos, para asegurarse de que no estaban delante de un crimen. Una psicóloga se sentó junto a Paula. El médico de la ambulancia, que había corroborado la muerte de la niña, se sentó frente a ella. Le hicieron preguntas sobre el transcurso de ese día y de los anteriores, y Paula contestó sin inflexión alguna en la voz. Quería hacerlo todo bien. Si respondía a todas las preguntas, tal vez la niña volviera a abrir los ojos. Si se mantenía fuerte, quizá el susto tendría un final.

Después de la vacuna, Johanna se había pasado horas chillando. Ardía de fiebre, no quería beber ni comer nada, no había forma de calmarla. No se quedó dormida hasta que Paula le dio un jarabe analgésico y antipirético. Cuando se despertaba, volvía a gritar. El segundo día, la fiebre desapareció, pero la niña estaba apática en la cuna. Como si durmiera con los ojos abiertos. Miraba al techo inexpresiva, sin hacer ningún ruido. No jugaba ni reía, y no buscaba el contacto visual con su madre. En brazos, estaba inerte, y tal como Paula la dejaba tumbada, así se quedaba. El pediatra le aseguró que no era más que el agotamiento tras el acceso febril.

El tercer día, Johanna murió.

Paula la había dejado tumbada en el balcón, envuelta en un nido de mantas y cojines, donde se había quedado dormida. Como dos horas después seguía sin moverse, Paula, que hasta entonces había estado junto a ella leyendo en una tumbona, se inclinó sobre la niña y le acarició la mejilla. Notó la piel fría, aunque estaban a unos agradables veinticinco grados.

Lo supo al instante.

Levantó a su hija con brusquedad. La estrechó contra sí, gritó. Volvió a tumbarla y le hizo el boca a boca. Corrió al teléfono para avisar a una ambulancia. Llamó a Ludger mientras estaba arrodillada junto a la pequeña. Temblaba tanto que el teléfono acabó cayéndosele de las manos.

Para pasar el duelo no había ninguna estrategia.

Era algo incontrolable, imprevisible, desmesurado. Paula siempre había sabido cómo enfrentarse a todos los sentimientos de su vida. A ese no. El letargo de las primeras semanas solo fue la mejor parte. Ese tiempo en que lo había comprendido con la cabeza pero aún no con el corazón, cuando todavía no sentía el dolor, todavía era algo abstracto. Aunque habían enterrado el cuerpecillo de Johanna y la cuna estaba vacía y el reloj de música guardaba silencio, el dolor se hacía esperar. Sin embargo, Paula sospechaba que se estaba acumulando, que crecía y tomaba impulso.

Ludger vivía a su lado casi sin hacer ruido.

Estaba allí y no estaba. Pasaba la mayor parte del tiempo leyendo. La impresora no hacía más que escupir páginas. Libros y colecciones de textos sueltos se apilaban en su escritorio, y Ludger se sentaba entre ellos. Apenas dormía, comía poco. Ni por un segundo había creído el resultado del examen forense. Muerte súbita del lactante. Supuestamente no habían encontrado en el cerebro de Johanna nada que indicara relación alguna con la vacuna. Supuestamente había sucedido de forma casual. Sin motivo. Sin culpa. Y por lo tanto sin sentido.

Pero eso no podía ser. Una lactante de ocho meses no moría sin motivo, sin culpa, sin sentido. Y un día se cansó de leer. Su torturadora incertidumbre quedó desplazada por una firme convicción. La búsqueda de la verdad había terminado. La culpa estaba clara.

Ya casi nunca trabajaba, apenas ganaba dinero. Su mirada se aguzó ante todo lo innecesario, lo inútil y lo inmoral, y al mismo tiempo creció su disposición a ser consecuente. Dejó de aceptar encargos que iban en contra de sus convicciones. Hablaba con desprecio de sus compañeros de trabajo. Sus conversaciones no le interesaban. No quería saber nada de sus hijos ni de sus mujeres ni de las necesidades materiales que tenían que cubrir.

El estudio de arquitectura Brinkmann & Krohn se disolvió. Cambiaron el rótulo y el nombre de Krohn quedó eliminado de los papeles de la empresa.

Al principio Paula buscaba su cercanía, apoyaba la cabeza en su regazo y encontraba descanso en él. Pero Ludger no respondía a sus caricias. Se limitaba a dejarla hacer, rígido, así que ella empezó a poner distancia.

Se mantenía muda y torpe ante la alegría de Leni. No respondía a las sonrisas de su hija, a la dicha de sus ojos.

Cuando el dolor llegó, fue salvaje. A veces su llanto ni siquiera sonaba humano. Los sonidos que salían de su interior la asustaban, en el rostro de su marido y de su hija había miedo.

Todas las mañanas despertaba y sentía el horror. Todas las mañanas deseaba que fuera ya de noche, que pasara el día, tomarse el somnífero y bajar el pesado telón. No quería morir pero no podía vivir. Quería olvidar, pero eso era imposible. Y cuando Ludger pronunció la frase que acabó con su matrimonio, se extrañó de que la negrura que la rodeaba no fuera la más oscura posible.

—Tú tuviste la culpa de lo de Johanna —le espetó un día.

Se detuvo en el vano de la puerta de la cocina, pronunció esas palabras, dio media vuelta y salió.

Se quedan un rato tumbados juntos en silencio.

—He tenido suerte de no haberte conocido hasta ahora —dice Wenzel.

Ella busca su mano y se la pone en la barriga.

Después se visten y van a la cocina.

Wenzel limpia verdura, Paula le acerca un cuchillo, lava la carne y la seca con un paño, él la corta en tiras. Él pone la mesa mientras ella fríe la carne y cocina la verdura al vapor. No se entorpecen el uno al otro. Cuando él pasa junto a ella, su mano le roza el brazo.

Comen.

Beben vino y agua.

Meten los platos en el lavavajillas.

Toman café.

Se tumban a leer en el sofá.

Dejan los libros.

Aún tienen tres horas antes de que llegue Leni...

Se quitan la ropa a toda prisa, las manos de él se deslizan por su pelo, su cuello, bajan por su espalda. Wenzel siempre quiere verlo todo. Siempre se toma su tiempo.

El cuerpo de Paula reacciona al instante al tacto de sus manos, sus labios, su lengua. No tiene miedo de expresar sus deseos.

Pasados diecisiete meses de la muerte de Johanna y solo unas semanas después de la separación, Ludger se fue a Copenhague. Se hospedó en casa de unos conocidos. Ese tiempo de paréntesis debía ayudarlo a aclarar ideas, a orientarse de nuevo. Las seis semanas que había planeado se convirtieron en dos años.

Ludger se perdió el sexto y el séptimo cumpleaños de Leni, la caída desde un árbol cuando se rompió el brazo derecho, su primer día de colegio, sus primeras palabras escritas —«Mama te ciero mucho»—, un montón de dientes caídos y vueltos a crecer, su primer galope con la yegua de Judith.

Llamaba más o menos una vez a la semana para hablar con la niña, y las conversaciones telefónicas duraban pocos minutos. Aparte de «Sí», «No» y «Bien», Leni no parecía tener mucho que decirle a su padre, y Paula no hacía nada por cambiar eso. Que notara lo deprisa que se agrandaba la distancia, lo irrelevante que se había vuelto para su hija.

Al principio la ayudaron sus padres, que se llevaban a Leni a pasar el fin de semana con ellos a Naumburgo, iban al zoo o salían de excursión a los Montes Metálicos y a Suiza Sajona. La madre de Paula hacía lo que había que hacer, y lo hacía de la misma forma como había educado a Paula y a su hermano. Cumpliendo con su deber, sin quejarse, pero sin involucrarse de verdad. Su padre la trataba con una torpeza amable.

La ruptura con ellos tuvo lugar una Pascua casi dos años después de la muerte de Johanna.

De camino a Naumburgo, el aguanieve azotaba las ventanas del tren llevada por el viento, y en el trayecto en coche desde la estación hasta casa de sus padres Paula vio la catedral envuelta en una densa ventisca. Poco antes de llegar, su padre le dijo que no se sobresaltara, tenían más invitados.

En el salón había dos niñas con largas trenzas negras sentadas en la moqueta. Hablaban árabe y jugaban con las viejas muñecas de Paula. El televisor estaba encendido, y sentados en el sofá, muy erguidos, un hombre y una mujer con pañuelo en la cabeza miraban fijamente la pantalla. En la mesa del comedor había un adolescente. Tenía delante un libro de texto abierto y lo estudiaba con mucho empeño.

El padre de Paula desapareció tras una novela en su sillón reclinable.

Su madre ya se había metido antes en esa clase de cosas. Cada minuto que tenía libre lo pasaba con el párroco, cantaba en el coro de la iglesia, iba a la residencia de ancianos a ofrecer consuelo. Mientras Paula y su hermano se peleaban en casa, ella no perdía ocasión de ocuparse de las penas de los demás.

Paula no tenía nada en contra de esos extranjeros de Irak y Afganistán. Incluso le gustaba su comida. En lugar del tradicional asado, ese día hubo hummus y berenjenas al horno, salsa de yogur con ajo, cuscús y albóndigas de cordero.

Se sentaron todos juntos a la mesa. La sala estaba demasiado caldeada, la estufa de cerámica ardía y fuera caía la nieve.

—¡Paula! —exclamó su madre de repente—. Ya ves que no eres la única con un triste destino. Estas personas —y extendió los brazos— han vivido el horror. Te recomiendo que tú también colabores, y verás como enseguida te sientes mejor.

Paula contempló el rostro de la mujer y de las niñas iraquíes, miró a los ojos al joven afgano, que apartó los suyos enseguida, y observó al hombre, que hacía como si no se diera cuenta de nada.

Se levantó, tomó a Leni de la mano y se marchó de allí.

Su padre quiso levantarse también, pero lo frenó una mirada de su madre.

Paula se las arregló sola.

Se levantaba, se cepillaba los dientes, preparaba el desayuno, se pintaba los labios de rojo, iba a trabajar y vendía libros. Por la tarde ayudaba a Leni con los deberes, la llevaba a casa de amigas y a clase de flauta, por la noche le leía y poco después se acostaba ella también. Volvía a levantarse, a cepillarse los dientes, a preparar el desayuno, a pintarse los labios de rojo, a ir a trabajar y a vender libros. Aprendió a dominar el llanto y nunca lloraba delante de la niña. Invitaba a gente a casa con asiduidad para que hubiera algo de vida. Se encargaba de las tareas domésticas, planchaba la ropa, las plantas del balcón crecían y florecían.

Por la noche se sentaba a la mesa del comedor como si le hubieran apagado el interruptor, con la mirada fija en las vetas de la madera.

Amigos le quedaban pocos. Cuando a su alrededor se formaba una nueva pareja, nacía un niño o se construía una casa, ella no podía alegrarse por la felicidad de los demás. Solo Judith le resultaba soportable. Sin embargo, tampoco ella comprendía lo que era haber perdido a una hija. Un hijo nonato era menos doloroso que uno muerto.

Paula no encajaba en ninguna de las categorías habituales. La muerte de su niña la alejaba de la media. Su dolor no era compartido. Era como un pastel del que comía y comía, pero que se regeneraba y volvía a crecer y nunca se hacía más pequeño. Todo el mundo debía medirse con su pena, y casi nadie pasaba la prueba. ¿Qué significaban un par de noches sin dormir porque a un pequeño le estaban saliendo los dientes? Estaba vivo, tenían prohibido quejarse.

Nadie podía competir con la muerte. Era superior en todos los sentidos.

Empezó a echar de menos a Ludger.

A esas alturas hacía mucho que se había marchado, así que podía verlo de otra forma. Los defectos se difuminaban, lo bonito destacaba con claridad. Su sonrisa juvenil, su forma de mirar de soslayo desde abajo, la protección que ofrecían sus brazos. Ya nadie la protegía. Nadie le preguntaba cómo le había ido el día. Nadie le hacía la compra. Nadie se acostaba a su lado por la noche. No tenía a nadie a quien acudir.

Miraba a los demás con envidia. Presionada por las circunstancias externas, cada vez se sentía más apegada a su ex. Incluso la seguridad de un mal matrimonio seguía pareciéndole seguridad.

Por un lado esperaba con impaciencia las llamadas de Ludger a Leni; por otro, las temía. Cuando los viernes por la noche sonaba el teléfono, el corazón le latía con tanta fuerza que le costaba respirar. Una palabra equivocada por parte de él podía poner fin a su nostalgia, pero esa nostalgia era el sentimiento más vivo que tenía desde hacía tiempo. Se pasaba el día ensayando mentalmente lo que quería decirle. Pulía las frases incluso mientras trabajaba, y de vez en cuando sus compañeros le hacían algún comentario porque murmuraba cosas delante de las estanterías de los libros y los clientes cuchicheaban.

En su imaginación, esas palabras obraban el regreso de él. Ludger se disculparía. Conseguiría curar todas las heridas que ella aún tenía abiertas. Retiraría ese reproche de «Tú tuviste la culpa de la muerte de nuestra hija» y sería como si nunca lo hubiera dicho. Sin embargo, en cuanto oía su voz, se echaba para atrás.

«Hola, soy Ludger, ¿puedes ponerme con Leni, por favor?», eran siempre sus palabras. Y entonces ella dejaba el auricular junto al teléfono y llamaba a la niña.

La conversación que acabó con esa nostalgia tuvo lugar un domingo por la noche. Los domingos, Paula prefería quedarse en casa. Solo las visitas al parque con Leni la obligaban a salir, y entonces se sentaba a cierta distancia de los demás y con unas gafas de sol enormes, incluso los días nublados, y contemplaba el panorama. La gente se reunía en grupos alrededor de algunos niños. La mayoría de los pequeños iban acompañados por sus dos progenitores; los menos, por madres o padres solos. La energía de los vínculos familiares cargaba el ambiente, y a veces Paula imaginaba que les pegaba un tiro a todos.

También aquel día pasó dos horas enteras sentada sola en un banco al borde de la zona de juegos. Mientras Leni practicaba las volteretas en la estructura de barras, Paula leía *Resurrección*, de Tolstói. De vuelta en el piso, dejó que la niña viera cuatro episodios seguidos de *Heidi*, se encerró en el baño y se tumbó en el suelo. Nada resultaba más agotador que mantener en pie una fachada tras la cual no había puntales que la sostuvieran.

Después cocinó unos espaguetis a la carbonara y se bebió una copa de vino tinto. Mientras cenaban sonó el teléfono.

—Tengo que hablar contigo —dijo Ludger.

Se llamaba Filippa. Hacía algo más de un año que se conocían.

Enfermar le pareció una consecuencia lógica.

Cuando despertó en el hospital con una vía en el dorso de la mano y el gotero junto a la cama, todavía creía que su estado estaba relacionado con una pulmonía.

Recordaba todo lo sucedido: el médico de cabecera la había auscultado, le había comunicado su sospecha de que padecía pulmonía y le había pedido que fuese de inmediato a la consulta radiológica más cercana para hacerse unas placas. Ella había intentado grabarse en la memoria lo que le decía mientras se preguntaba cuánto tardaría en abrocharse los botones, ponerse la chaqueta de punto y anudarse la bufanda. Fuera, en el mostrador, había esperado mientras la enfermera le preparaba el volante. Se dispuso a alcanzarlo, pero se detuvo con la mano en el aire. Sintió un sudor frío que le recorría el cuerpo y luego todo se volvió negro a su alrededor.

En la habitación del hospital no había nadie más. La puerta estaba entreabierta y por el resquicio llegaban pasos y el ruido de una camilla desplazándose. Paula intentó apartarse la manta, pero no pudo. Estaba demasiado débil. Demasiado débil para mover una manta, demasiado débil para levantar la mano, demasiado débil para hablar. Se pasó varios minutos temblando y llorando. La puerta se abrió entonces y entró un médico junto con su séquito.

Mientras la visita seguía su curso, ella ordenó las ideas. Leni estaba en casa de Judith. Se encontraba bien.

Todo lo demás cobró por fin sentido: los extraños cambios de los últimos meses, las miradas de preocupación de Judith y su apremiante insistencia para que se hiciera pruebas diversas.

Paula se había negado y había mantenido a Judith a distancia.

Al final, hasta sus compañeros de trabajo se extrañaron de lo morena que estaba. También a ella le había llamado la atención, por supuesto. Donde primero lo notó fue en las manos. Solo la piel de las últimas falanges seguía siendo clara. En el rostro, la coloración había adoptado la forma de manchas y se extendía desde la nariz hacia fuera, sobre las mejillas y la frente.

Aun así, no había reaccionado. Fuera lo que fuese, le daba igual. Y achacaba al duelo el hecho de estar cada vez más cansada. Cuando ya no pudo seguir trabajando, pensó en una depresión. Cuando a eso le siguió una infección, creyó que su cuerpo rechazaba la vida.

Y en cierto sentido tenía razón.

La enfermedad de Addison estuvo a punto de costarle la vida. Tras desplomarse en la consulta del médico, sufrió un rápido descenso de los niveles hormonales. Estuvo dos días en coma. Las cortezas suprarrenales práctimente no producían cortisol. Cualquier infección habría podido ser mortal. Jamás había estado tan cerca de la liberación.

Cuando Ludger regresó, Johanna llevaba muerta mucho más tiempo del que había vivido. Cuarenta y un meses de muerte frente a ocho de vida. En una balanza, la muerte catapultaría a ese poquito de vida por los aires.

Ludger se presentó con Filippa un día de diciembre que hacía un frío exagerado. Fueron a recoger a Leni, y Paula contempló con ojos apáticos el amable rostro redondo de esa desconocida, su pelo rubio alborotado, el vestido corto de color mora, sus toscas botas de senderismo y los leotardos de lana, el gigantesco chal de colores tejido por ella misma y de nuevo ese semblante extrañamente radiante y de mejillas rosadas.

El segundo vistazo casi la dejó sin respiración. El vestido de Filippa se abombaba claramente en la barriga. Paula empujó a Leni hacia la puerta del piso, se volvió sin despedirse y cerró de golpe.

Pasó un rato tumbada en la cama, mirando por la ventana. El termómetro exterior marcaba once grados bajo cero. Al menos ese día permanecería en su recuerdo como diferente a todos los demás del año. El resto de los días habían pasado indistinguibles unos de otros, separados por apenas unas pocas horas de sueño intranquilo. Paula cumplía con sus obligaciones en silencio hasta que por fin podía permitirse dormir otra vez. Cuando Leni estaba en casa de alguna amiga, ella caía en un estado vegetativo del que no despertaba hasta que se acercaba el regreso de la niña. Había pasado días enteros en el sofá, casi inmóvil, viendo series estadounidenses y dejándose arrullar por el murmullo del idioma extranjero hasta quedarse dormida. Una y otra vez perdía la noción del tiempo y de las necesidades de su cuerpo, comía y bebía solo lo justo para seguir con vida.

La tentación de quedarse tumbada sin hacer nada más también fue grande ese día. El apático dormitar la dejaría en un estado mental a medio camino entre el sueño y la vigilia en el que era capaz de vegetar como si estuviera bajo una leve sedación.

Cerró los ojos y esperó la liberadora sensación del dolor remitiendo. El viento silbaba en el tejado, zarandeaba las tejas y arremolinaba restos de hojas secas frente a la ventana contra un cielo carente de color.

Pero el corazón de Paula iba a toda velocidad.

De pronto volvió a levantarse, se puso los zapatos forrados de borrego y el abrigo, se envolvió la cabeza con una bufanda y bajó la escalera.

Soplaba un viento helado, la acera estaba muy resbaladiza. Con cuidado de no caerse, caminó en dirección a la tienda. Compró leche y mantequilla, pimientos y huevos. Reunió el dinero para pagar con una lentitud exasperante y metió las cosas en su bolsa de tela bajo la mirada de la cajera. Oyó los resoplidos del hombre que tenía detrás, que no dejaba de mover los pies, quería avanzar, perderla de vista. Pero ella no podía ir más deprisa, las manos no la obedecían. Era como si se le hubiera estropeado la conexión con el cerebro, como si la información le llegara solo de manera fragmentaria. «Poneos en marcha, pies», pensó, y se sorprendió al ver que efectivamente lo hacían.

De nuevo el helado viento invernal. Entornó los ojos. Adelante, paso a paso, sin prisa pero sin pausa. Ante ella, la calle repleta de tráfico. Los coches avanzaban sin interrupción en hileras interminables. Apenas dejaban ningún hueco. Paula se acercó mucho al borde de la acera, las puntas de los pies sobresalieron un poco del bordillo. Luces, ruido, viento. Levantó la cabeza, la volvió un poco hacia la izquierda y vio un camión. Iba deprisa, no podría frenar. Solo un paso, pensó...

Las luces, el viento y, justo entonces, una niña de la edad de Leni junto a ella. La pequeña se inclinó hacia delante, miró a un lado y a otro, y por un momento dio la sensación de que iba a echar a correr. Paula la agarró con ambas manos, tiró de ella hacia atrás con brusquedad y la sostuvo por los hombros.

—No puedes cruzar la calle corriendo, ¡podrías haberte matado! —exclamó.

Sin embargo, la niña se zafó de sus manos.

—No iba a hacer eso —dijo—, solo miraba.

El camión había pasado ya. A Paula le temblaban las piernas.

Despacio, retrocedió paso a paso hasta el semáforo de peatones con cuidado de no caerse en la acera helada.

En casa puso la radio.

Escuchó las noticias con la esperanza de enterarse de algún caso que fuese peor que su propia vida. Cuando creía que jamás volvería a sentir un instante de felicidad, las lejanas víctimas de guerras o catástrofes naturales, hambrunas, pobreza y enfermedad la ayudaban. Sin embargo, aquel día el mundo parecía estar descansando.

A las seis en punto de la tarde, Ludger llamó al timbre y le devolvió a Leni. La niña estaba resplandeciente.

—¿Puedo pasar? —preguntó él.

Paula asintió sin fuerza.

Tenían mucho de que hablar cuando se sentaron uno frente al otro cuarenta y un meses después de la muerte de Johanna, pero la mirada de Paula se mantuvo fija en la mesa.

La había construido Ludger.

Era una mesa grande, bonita, estable. «Una mesa para la eternidad —dijo él en aquel entonces—. Aquí se sentarán a comer y a jugar nuestros hijos.»

En eso pensó ella al verse ahí sentada, contemplando las vetas y sintiendo la mirada de él. Y también en cómo había deseado que aquel otro hombre utilizara su cuerpo. No había querido decidir nada, no había tenido nada que objetar, solo siguió sus órdenes y se abandonó a sus sensaciones.

Un día que Leni estaba en la guardería, Paula abrió la puerta al primero de muchos hombres. Se saludaron con un simple «Hola», luego ella se acercó a la mesa. Llevaba un camisón blanco sin nada debajo. No quería hablar. No preparó café, no le ofreció vino, solo se entregó a sí misma.

Él la empujó contra la mesa y le recorrió la cintura y las caderas con las manos. En ese gesto había una apreciación que Paula hacía tiempo que añoraba.

Si Ludger lo supiera...

Pero no sabía nada.

Tenían mucho de que hablar cuando se sentaron por fin uno frente al otro. Sin embargo, lo único que sucedió ese día fue que Paula alzó la vista, miró a su ex y le dijo que podía ver a Leni con asiduidad si quería. Que le dejara su número de teléfono y su dirección, y que ella lo llamaría.

—¿Eso es todo lo que tienes que decirme? —preguntó Ludger.

Paula asintió, luego bajó la mirada y escuchó el silencio de él.

Wenzel siempre vuelve a buscarla.

Su primera conversación tuvo lugar en el bosque. Estaban en la plataforma de una atalaya, con la ciudad y el amplio cinturón verde extendiéndose en todas direcciones por debajo de ellos. Él llevaba semanas encontrándosela cuando salían a correr todas las mañanas. Siempre en el mismo lugar. En algún momento empezó a levantar la mano para saludarla cuando sus caminos se cruzaban, algo después masculló un «Buenos días» acompañado de una sonrisa, hasta que por fin un día no se cruzó con ella, sino que apareció a su lado y le preguntó si podían correr juntos un rato.

En ese instante la mirada de Paula se aguzó como si pasara de enfocar lejos a enfocar cerca. Percibió el entorno de otra forma, se fijó en detalles que antes le habían pasado desapercibidos en su constante espera de algo grandioso, sintió la naturaleza del suelo al correr, la tensión de cada grupo muscular, la cadencia de su respiración, y dejó de aislarse del exterior con los auriculares. En ese momento de percepción aumentada, Wenzel apareció y permaneció a su lado en el sentido más profundo de la expresión.

Y corrieron juntos. Sus pies tocaban el suelo a la vez, siguiendo el mismo ritmo. Hablaron sobre el recorrido, sobre la suerte que tenían de vivir en esa ciudad. Él resultó ser un entendido en el canto de casi todos los pájaros. Al oír un ruiseñor, la asió del brazo y ella se detuvo. El macho trinaba y gorjeaba sin repetirse, y a Paula no le pareció raro estar en el bosque escuchando el canto de un pájaro con un extraño.

Más tarde, en la atalaya, accedió a correr con él también al día siguiente.

Una semana después, él la invitó a un té.

Paula se había imaginado su piso exactamente como era: suelos de madera, libros, cuadros, una cocina sencilla y funcional con buenos electrodomésticos. El estudio ocupaba la mayor habitación, y de las numerosas fotos que colgaban allí hubo una que le llamó la atención enseguida: una mujer de unos cincuenta años, pelo largo y oscuro, rostro delgado y serio, ojos grandes.

—Maja —dijo Wenzel—, mi mujer.

Las tumbas apenas estaban separadas por cien metros.

Primero visitaron la de la mujer de él.

Después siguieron el camino y pasaron junto a los rododendros pisando la grava que crujía.

Las peonías estaban en flor, habían cortado las malas hierbas y rastrillado la tierra.

Paula no lloró. Solo limpió un poco de polvo de la lápida, luego se enderezó y buscó la mano de Wenzel.

Después se marcharon.

Judith

«Todas las mujeres deberían tener un hombre que fuera un poco como Christian Grey...»

¿En serio?

Judith deja la fusta en la mesa y baja las cremalleras de las polainas mientras le echa un vistazo al perfil.

Gerente, 39, residente en Radebeul, ningún interés aparte del deporte, no fumador, divorciado, sin mascotas, sin hijos. Tiene una mirada atrevida, es difícil pasar por alto su vanidad.

Cierra el ordenador, se quita también los botines y los pantalones de equitación, lo deja todo en el pasillo y se mete en el baño.

Ha pasado tres horas en el campo con la yegua. La ha dejado galopar por los prados del Mulde, junto a Grubnitz. Ha aflojado las riendas, se ha levantado un poco en la silla y entonces han echado a volar. No existe mejor forma de expresarlo. Cuando el caballo va a galope tendido y su cuerpo se alarga y se aplana, cuando el viento le arde en los ojos, cuando siente que el animal aprovecha toda su energía.

En la ducha, se frota la espalda con un cepillo. El pelo

le cae mojado y pesado sobre los hombros; el aceite que se aplica huele a abedul. Ese momento de después del deporte es el que más disfruta; cuando al masajearse la piel con el aceite nota los músculos firmes y cálidos.

Se seca, se pone una camiseta y vuelve a iniciar sesión.

Médico, 45, tiene su propio caballo. Un Paint Horse castrado. Muy bonito, no demasiado grande.

Judith le envía una sonrisa sin liberar su foto.

Gestor de proyectos, 46, se describe como hombre de éxito, destacado y masculino. Su mejor característica es una pronunciada conducta de empatía, por encima de la media. Él le ha enviado una sonrisa, pero sin foto.

Judith enciende un cigarrillo. Se levanta, va a la ventana, la abre y entonces escribe:

> Querido hombre de éxito, destacado y masculino, la empatía es la capacidad (no la conducta) de ponerse en el lugar del otro. Cuando alguien se considera más empático que la media, resulta sospechoso

Añade un emoticono guiñando un ojo y hace clic en «Enviar».

Fuma con tranquilidad, sin apresurarse como los adictos. En sus parámetros de búsqueda ha seleccionado «No fumador» y «Sin deseos de tener hijos». Con la edad es generosa. Pueden ser de entre 35 y 55 años, aunque uno de 55 debería tener algo que ofrecer para compensar la diferencia de edad. Ella es médica, conoce los problemas de los hombres a partir de los cincuenta. Una erección firme y prolongada es un golpe de suerte poco probable a esa edad. Como que te toque la lotería, y ella no juega a la lotería.

Gestor de proyectos, 46, ha respondido:

> Ahora me da pena tu futuro ligue

Ella contesta de inmediato:

> Quien se pica, ajos come

Él se pica:

> ¡Vete al psicólogo!

Judith lo despide dándole al botón de «Bloquear» y estudia las demás parejas propuestas según sus puntos de compatibilidad. Por debajo de cien no le interesa ninguno.

Médico, 45, tiene 107 puntos. Judith se aparta un mechón de pelo mojado, se sirve agua y zumo de naranja en un vaso y clica en el resultado.

> Tu resultado de compatibilidad con KKTR005F es muy prometedor. Vuestras personalidades se complementan muy bien y, teniendo en cuenta gustos y costumbres, puedes esperar una gran armonía en el día a día de tu relación de pareja con KKTR005F. Seguro que os sentiréis muy a gusto juntos. Además, compartís muchísimos intereses y aficiones; todo un plus. Tampoco tendréis ninguna dificultad a la hora de disfrutar juntos del tiempo libre. Te recomendamos que te pongas en contacto con KKTR005F.

La verdad es que tiene un caballo precioso.

Buenas proporciones, pelaje tobiano, mirada audaz.

En «Rol en la pareja», su lado femenino sobrepasa el masculino con 104 frente a 85 puntos.

La escala va de 60 a 140.

El lado masculino de Judith, con sus 117, es más pronunciado que el del hombre medio. Podría funcionar, piensa. Conoce a sus compañeros de profesión. A la mayoría no les gusta que los dominen, pero ese parece una excepción.

Entonces le llega una sonrisa con fotografía de él. Calvo, ojos claros, sonrisa franca, musculoso. «¿Por qué no?», piensa, y va a secarse el pelo.

Más tarde le escribe:

> Hola, en qué especialidad estás? Hospital o consulta?
> Me gusta tu caballo. Salimos a dar una vuelta?
> Saludos, J

Lo más difícil de quedar con desconocidos es el esfuerzo de tener que explicarse, de empezar siempre desde cero, de no poder recurrir a nada ya existente. Es una proeza física que se suma a la indisposición de la hora de antes y al sabor insípido de la inutilidad de la hora de después.

Lo segundo más difícil es lo claro que está todo. No hay duda sobre cuáles son las intenciones de ambas partes. Cada uno deja que el otro contemple su propia miseria hasta el fondo.

Médico, 45, contesta:

Hola, J. Qué te parecería tomar un café el domingo por la tarde? Soy anestesista, trabajo en el hospital universitario. Ahora mismo mi caballo no puede montarse. Te contaré más en persona. Digamos que a las tres en Südvorstadt? En el Café Grundmann? Saludos, Sven

Nadie tiene la culpa del nombre que le pusieron, piensa Judith mientras contesta.

A esa hora tengo guardia en Nordwest, pero parece que hará buen tiempo, y entonces suele haber poco trabajo. A las tres podría irme bien. Intercambiamos teléfonos?

Respuesta inmediata:

No, demasiado pronto. He tenido malas experiencias

Ella recuerda su primera vez y contesta:

Qué me vas a contar... Te entiendo!

Abogado, 40, separado, un hijo (no vive en casa), no fumador, un gato.

Él le había propuesto empezar su primera cita en el monumento a la Batalla de Leipzig y, desde allí, pasear por el cementerio de Südfriedhof.

Al cabo de solo unos minutos dirigió la conversación hacia lo primordial. Su compañera tenía que parecerse a él en cuanto a opiniones políticas, y en su caso eso quería decir que fuera conservadora.

Tampoco Judith le veía ningún sentido a desperdiciar tiempo y atenciones con alguien cuya visión del mundo estaba en las antípodas. Cuando le preguntó qué era para él lo fundamental del pensamiento conservador, Abogado, 40, levantó los ojos hacia el cielo y luego miró una tumba que había a su izquierda como si la respuesta estuviera allí abajo, entre los difuntos.

—El pesimismo —dijo—. Más concretamente, una imagen pesimista de las personas.

—*Voilà* —respondió ella—. Eso es una buena base.

Pasaron por donde estaba enterrada Johanna y discutieron sobre conceptos como «valor» y «honor», que él utilizaba con una firmeza extraña. Los rododendros estaban en plena floración y se abrían paso ostentosos hasta la conciencia de Judith, que, a pesar de estar escuchándolo, tenía la cabeza muy lejos de allí. Él se dio cuenta y subió el volumen. Su voz competía con el viento y los pájaros y el recuerdo de aquel cuerpecillo en su pequeño ataúd. Johanna tenía ocho meses entonces.

Cuanto más alto hablaba él, más débil resultaba su voz, y aunque todo lo que decía sonaba lógico y ordenado, y su agudo intelecto la seducía muchísimo, de repente Judith deseó que se callara. Lo miró. Tenía un andar rígido, torpe. Esas piernas jamás bailarían. Esas caderas siempre estarían inmóviles. Con la mente no bastaba.

Abogado, 40, era una equivocación.

Judith recordó con repugnancia las lenguas que hombres de gran intelecto le habían metido hasta la garganta. Hombres que dirigían empresas o tenían poder político y que al mismo tiempo sabían sorprendentemente poco de la anatomía femenina.

Se ventiló deprisa el momento de la despedida en la

puerta del cementerio, pero el alivio duró poco. Él estuvo dos meses escribiéndole correos electrónicos, le envió flores y también mensajes de texto con acontecimientos culturales de toda clase. Solo una carta de la abogada de Judith con la palabra «acoso» disuadió al pobre enamorado.

Mientras se pone cera en las piernas llega otro mensaje de Sven y un pulgar levantado de un catedrático, 48. «La descripción de tu perfil es buena», dice al lado. Sin foto que lo acompañe.

Judith, aburrida, clica en su perfil. Los contornos difuminados de su fotografía desvelan una fofa obesidad. Aficiones: ordenadores y golf.

Escribe:

> Desde cuándo «catedrático» es una profesión?

La respuesta no tarda ni un minuto en entrar:

> No me hace ninguna falta esa clase de comentarios irrespetuosos. Que tengas suerte. La vas a necesitar!

Con las piernas cubiertas de cera, Judith se sienta sobre una toalla en el suelo del salón y escribe:

> Los hombres como tú no tienen futuro!

Enseguida clica en «Bloquear» y lee lo que ha escrito Sven.

> Mañana a las tres, entonces? Seré puntual. Sven

El dolor que siente al arrancarse la cera de las piernas no es desagradable. De fondo suena la sonata *Hammerklavier* de Beethoven. Con las piernas suaves como la piel de un bebé, se tumba en el sofá, que queda bajo la ventana. El sol le da directo en la cara.

Cada vez que un hombre se quitaba los zapatos y se tumbaba en ese sofá, todo había acabado. Ese era el momento en que el esfuerzo había llegado a su fin, el momento en que sentían que ya la tenían asegurada.

Es una mujer guapa, y lo sabe. Todavía tiene la piel tersa, una melena brillante y abundante, los dientes blancos y rectos. El bótox la ayuda con las pequeñas arrugas del entrecejo.

Al contrario que Paula, en cuyo rostro puede leerse todo.

Paula la ha llamado dos veces ya, y su número vuelve a aparecer ahora en la pantalla. Judith mira el móvil hasta que el tono de llamada cesa. Interpreta el leve retortijón que siente en el estómago como señal de que su conciencia está intacta. Pero es que hoy no es capaz. Hoy no soporta la melancolía.

Paula es como un abismo, un agujero negro muy profundo al que tiras comprensión, paciencia y amor, y todo se hunde en el fondo sin provocar un eco siquiera. La muerte de Johanna lo cambió todo.

A veces va a buscar a la otra hija de Paula y se la lleva al campo a ver a la yegua. Deja que la niña la limpie y monte un par de vueltas con cuerda. No se le da demasiado bien. Rebota sobre el lomo y se agarra a la silla con fuerza en lugar de sentir el ritmo y acompasarse al movimiento del animal. Aun así, Leni le da pena. Ni siquiera es aún adolescente y ya tiene cara de adulta.

El tercer movimiento de la sonata llega a su mejor punto. Judith se levanta, saca las partituras de la estantería y las lee mientras escucha la música. Poco antes de oír el último compás del tercer movimiento, el teléfono vuelve a sonar.

Es Hans, su antiguo jefe durante la especialización. Cuando está en fase depresiva nunca llama; en la maníaca, se ven varias veces por semana.

Es un dios en la cama. Judith sabe cómo suena eso, pero sigue siendo cierto: es un dios en la cama.

Tres hijos, una mujer pequeña y delgada... Pero eso no tiene nada que ver. Al fin y al cabo, Judith no quiere vivir con él. No quiere que se quite los zapatos y se tumbe en el sofá. No quiere que se relaje, que deje de esforzarse, que se le meta en casa.

—Hans —dice—, ¿ya me echas de menos?

Él ríe.

—Si tú supieras...

—Cuéntame —susurra ella.

Y entonces se reclina y lo escucha, y cuando él deja de hablar y empieza a respirar deprisa, le dice:

—Ven a mi casa, esta noche.

Pero Hans no irá. La mujer pequeña, que lleva al cuarto niño en el vientre, lo necesita. Y cuando ella lo necesita, él está ahí.

La luz del bar es suave.

Su mirada recorre la sala una vez. Solo parejitas y grupos. Tom le recomienda un pinot blanc de Baden. Judith asiente y él le sirve una copa.

—¿Qué tal la semana? —pregunta el chico.

—Agotadora —contesta ella—. El jueves fueron ciento siete pacientes. ¿Te lo puedes creer?

Da un trago y sacude la cabeza.

—¿Y cómo le va a la jamelga?

Judith ríe.

—La jamelga está con la sangre alterada, aunque ya no estemos en primavera... Hoy ha estado a punto de tirarme, pero de todas formas la quiero.

—¿Y los hombres? —Tom sonríe de oreja a oreja.

Ella hace un gesto negativo con la mano.

—Los hombres...

Tom seca copas mientras hablan. Tiene los ojos azules, con pestañas negras y espesas. Las jóvenes coquetean con él; Judith se pregunta si podría ser su madre. Lleva la barba muy bien recortada, el pelo rapado por los lados y recogido en una trenza en la nuca. Su cuerpo parece fuerte y sano, con los músculos definidos. Aun así, las apariencias engañan.

En una situación de peligro, de eso está segura, Tom pincharía. Su mirada es vanidosa e inocente; su presencia, pacífica y neutral. A ojos de ella no es un hombre.

Judith saca un cigarrillo de un estuche plateado y sale a la puerta con la copa de vino. Allí hay grupitos de fumadores. Entre ellos ve a una de sus pacientes. Alergia grave, bronquitis crónica, rosácea leve.

Se vuelve de espaldas y se apoya en la pared del edificio. El tráfico pasa por delante y los tilos desprenden su aroma dulzón, que a veces amenaza con perderse mezclado con los demás olores de la ciudad. Los vencejos vuelan en lo alto. Siempre en grupo, a una velocidad vertiginosa y lanzando sus gritos agudos. Pronto abandonarán la ciudad y volarán al sur del ecuador sin parar a descansar. Dormirán en pleno vuelo, no todos conseguirán llegar.

Al cabo de un rato piensa si dejar el coche allí aparcado.

Algo después sube al Audi negro y acelera por las desiertas calles nocturnas. El aria de una ópera de Verdi sale de los altavoces a todo volumen.

Cuando abre la puerta de su edificio, oye unos pasos detrás. Alguien la empuja al interior del vestíbulo. Es Hans.

Suben la escalera corriendo. En el pasillo de su piso, él la acorrala contra la pared, le levanta la falda, le baja las bragas y le mete la mano entre las piernas. Ella se está quieta mientras los dedos de él se mueven. La besa en el cuello y sigue acariciándola. Sabe cómo funciona, conoce su cuerpo a la perfección.

Judith se sienta en el borde de la cama y se inclina hacia atrás.

—Te echaba de menos —dice.

Cuando Hans se marcha, ella se queda dormida enseguida. Sin embargo, al cabo de solo dos horas vuelve a estar despierta. Son las cuatro de la madrugada.

A las cinco se levanta, se pone la ropa de correr, baja la escalera a la carrera, sigue por la calle y llega al parque.

A las siete ya está duchada y sentada para desayunar. Empieza su turno.

A las ocho tiene al conductor en la puerta: un estudiante de medicina que se llama Sebastian.

—Puedes llamarme Basti —le dice el joven.

Judith decide pasar por alto lo irrespetuoso de ese tuteo y tomárselo como un cumplido.

A las ocho y cuarto suben la escalera de un edificio de nueva construcción.

Mujer, 82, infección de las vías urinarias con fiebre.

A las nueve y media, un hombre de setenta con deshidratación. Todo el piso apesta a diarrea. Ceniceros desbordados, ventanas cerradas. Judith rellena el parte de urgencias y le pide a Basti que airee.

En el coche se queda dormida. Despierta con una canción de The Doors, «People Are Strange». El estudiante ha subido el volumen y mueve la cabeza al ritmo de la música.

A las doce menos algo, colapso circulatorio. Mujer, 26, con desnutrición muy evidente. El piso está como si nadie viviera allí. Clínicamente limpio. En la pared del pasillo, una lámina de *Los girasoles* de Van Gogh; en el dormitorio, papel de pared con estampado de palmeras tras la cama. Judith la deriva al hospital y deja constancia de su fuerte sospecha de anorexia.

En la radio del coche suenan éxitos de los ochenta. Ella saca un CD del bolso y se lo da al estudiante.

—Si es tan amable... —dice.

Justo después, el *Stabat Mater* de Pergolesi inunda el vehículo y transforma la atmósfera al instante.

De niña, Judith se pasaba la mitad del día en la iglesia, junto al órgano. Para ella, acompañar a su padre durante sus horas de práctica en la galería del templo era lo más bonito del mundo. La música litúrgica del órgano le parecía aburrida, pero las obras concertantes le encantaban.

Envuelta en chales de lana, se sentaba sobre una piel de cordero a dibujar mientras su padre tocaba Bach y en los descansos le hablaba de la vida del compositor.

Su madre trabajaba a turnos en el hospital. A veces Judith pasaba días sin verla.

Tenía seis años cuando empezó a tocar el piano. Con doce, ilustró a un amigo de la familia sobre cómo influía en las composiciones de Ástor Piazolla su experiencia con el contrapunto en las fugas de Bach.

La música era algo omnipresente. Practicaba con el piano todos los días, a menudo durante horas, y cantaba con Paula en el coro del colegio.

Paula era su única amiga.

No se parecían en nada. Paula era una niña retraída que soñaba con que las demás la aceptaran; Judith era sabihonda e impertinente y no le interesaban en absoluto las cosas femeninas. A los chicos les daba miedo su sarcasmo; a las chicas, que les hiciera la competencia. Muchas veces se quedaba en el borde del patio del colegio y las observaba: se reunían en grupitos y soltaban risitas, provocaban a los chicos levantando la voz y apartándose la melena. A veces Paula estaba con ella, observando también.

Se detuvieron ante la casa del siguiente paciente. Una villa junto al parque.

Hombre, 56, fumador empedernido.

Una mujer visiblemente más joven explica inquieta que el hombre siente un dolor en el pecho. Él no quería llamar a urgencias. Les pide por favor que se ocupen del asunto con discreción.

Judith no puede descartar un infarto sin hacerle un

análisis de sangre, y está claro que tiene la tensión demasiado alta. Le administra un medicamento de acción rápida y prepara su hospitalización. Cuando él se niega, no se lo discute. Le explica los riesgos, le pide que le firme su desistimiento y se marcha.

—Es hora de comer —le dice a Basti, que está haciendo algo con el móvil.

Entonces reclina el asiento hacia atrás y cierra los ojos.

Poco antes de las cuatro de la tarde, Judith sabe que Sven esperará en vano. No tiene su número de teléfono ni tampoco tiempo para cancelar la cita por correo electrónico.

Médico, 45, se quedará hoy de plantón en el Café Grundmann.

Basti conduce deprisa hacia el próximo paciente.

Un simple resfriado. Judith le extiende una receta a la mujer y sale del piso con una despedida muy parca.

Vuelve a recordar su desencuentro con la asociación de médicos de la sanidad pública. Tiene que poner por escrito sin falta su postura al respecto. En el último trimestre le han descontado demasiadas visitas cortas. Ya le hicieron pasar una prueba de idoneidad. El problema era absurdo: demasiado trabajo para tan poca jornada. Pero así son las cosas. Hay días que entra en la consulta sobre las siete de la mañana y no sale hasta las ocho de la tarde. A mediodía pide comida para llevar, después se echa una siesta corta en la camilla y a seguir.

Heredó la ética del trabajo de su madre.

Solo con pensar en ella se cansa. Cada vez que hablan por teléfono le pregunta si tendrá hijos. Ya hace tiempo de la última llamada.

—No, mamá —contestó Judith—, nada de nietos.

Oyó a su madre respirar en el auricular y supo exactamente qué aspecto tenía en ese momento. Lo seria y gris que estaría, con su moño en la nuca, cada vez más ralo, las cejas muy depiladas y siempre el mismo color en los labios. Un rojo amarronado que había pasado de moda hacía tiempo.

Después se fue a ver a su yegua y se dedicó a cepillarla y acicalarla hasta dejarle el pelaje brillante y sin un ápice de suciedad. Le peinó la crin y la cola hasta que no quedó un solo nudo, le limó las pezuñas y le puso protección contra insectos en las orejas y el vientre. Por último, salió a montar al campo, donde el cereal crecía alto y se podían seguir las rodadas de los vehículos agrícolas mientras las espigas te azotaban las piernas. Azuzó al animal y luego lo dejó galopar un buen rato. Las dos acabaron cubiertas de sudor; todo lo demás daba igual.

Baja el parasol del coche y se mira en el espejito. La arruga del enfado vuelve a ser claramente visible entre las cejas. Se propone pedir cita pronto para que la pinchen.

Basti detiene el coche frente a una casa sin rehabilitar. A Judith, el olor de la escalera le recuerda el piso donde vivió con Paula durante cinco años.

Paula y ella... Menudas dos niñatas. Con catorce años

seguían planas; con quince fueron las últimas de su curso a las que les vino el período, y a la vez; con diecisiete tuvieron su primer novio.

Paula, pálida y espigada, se convirtió en pocos meses en el sueño de todos los chicos. Tenía una presencia impresionante: el verde de los ojos, el rojo de la melena, la piel clara y los movimientos suaves y elásticos. A su lado, Judith resultaba burda, atlética, andrógina.

Cuando algún chico le quitaba la gorra de la cabeza al pasar con la esperanza de que echara a correr tras él gritando, ella se quedaba quieta, aburrida. Ese jueguecito de «los que se pelean se desean» insultaba su inteligencia. Los miraba y le parecían pequeños animalillos genéticamente programados. Pobres criaturas sin libre albedrío cuyas acciones se producían sin ningún autocontrol.

Su primer novio fue su profesor de deporte.

Diecisiete años mayor que ella, casado, un hijo.

Llama al timbre de la puerta. Un hombre abre y la invita a pasar. Desde una habitación que queda al fondo llega música de piano. Judith reconoce el primer movimiento de la sonata *Patética* de Beethoven. En las paredes cuelgan montones de litografías, dibujos, fotografías.

Hay una mujer en la cama del dormitorio. Lleva la cabeza envuelta en un pañuelo de colores, la mesilla de noche está llena de medicamentos. Levanta la mano con debilidad, le cuesta hablar.

—Mi mujer, Maja —dice el hombre, que se presenta a sí mismo como Wenzel Goldfuss.

Judith se sienta y lo escucha. Por lo visto, Maja tiene cáncer de pecho en una fase avanzada. Esa noche se ha despertado y se ha notado febril. No podía tragar y le dolía mucho la cabeza. Ni siquiera ha podido ir sola al baño.

—No queremos ingresar en el hospital —explica él—, por eso hemos llamado a urgencias.

Judith se toma su tiempo para examinar a la mujer. Le echa unos cincuenta años. La quimioterapia la ha debilitado mucho y la infección ha arraigado con fuerza a causa de una respuesta inmunológica deficiente.

Repasa los medicamentos de la mesilla de noche y comprueba la compatibilidad con los que ella va a recetarle.

—Tienen que consultar con su oncólogo —dice—. En realidad, debería derivar a su mujer al hospital ahora mismo.

Unas profundas arrugas bajan por el rostro enjuto del hombre a izquierda y derecha de la nariz, hasta la boca. Sin embargo, su mirada es franca y clara, y su cuerpo tiene algo de vigoroso y decidido.

—Mañana. Se lo prometo.

Judith asiente. Considera a la mayoría de los pacientes unos inmaduros a quienes, ante la duda, trata con severidad. Estos dos, sin embargo, parecen saber lo que se hacen.

—Si empeora, sobre todo en caso de que la fiebre no remita, llame a una ambulancia —añade, y le entrega la receta al marido.

La sonata ha llegado ya al tercer movimiento y Judith apuesta a que el pianista es Alfred Brendel. Wenzel Goldfuss sonríe por primera vez.

—¿Lo sabe solo con oírlo?

—Estuve a punto de ser pianista —responde ella, y se encoge de hombros.

Cuando baja la escalera junto a Basti, tiene una sensación perturbadora. Siente envidia de la mujer enferma. Maja Goldfuss morirá. Aun así, Judith nunca ha percibido algo tan fuerte como el vínculo que une a esas dos personas.

De camino al siguiente paciente guardan silencio.
Basti es buen conductor. Ni maniobras con frenazos bruscos ni acelerones exagerados. Consigue que el coche se deslice con suavidad por la ciudad. Judith cierra los ojos y, unos segundos después, cae en un estado de sueño ligero. Durante los largos fines de semana en el hospital, en los turnos dobles y las guardias nocturnas, tuvo que aprender a aprovechar todas las pausas. Aun así, nunca se ha arrepentido de haber decidido estudiar medicina.
Seguro que también habría sido una buena pianista. Sin embargo, la certeza de que jamás habría sobresalido de la media, de que nunca habría brillado, hizo que no se presentase a la prueba de aptitud, y no solo eso, sino que dejó el piano por completo.

La primera vez que entró en el aula magna de Leipzig fue para una clase de anatomía. Bajó la escalera hasta la primera fila, se sentó en el centro, sacó lápiz y papel y miró un instante a los ojos a su futuro amante.
Friedemann Schwarz, casado, dos hijos.
Se veían en un piso alquilado a tal efecto. Judith se perdió el ritmo de vida habitual del primer semestre, que consistía sobre todo en estudiar y salir de fiesta. Ella se

movía casi exclusivamente entre su habitación de la residencia de estudiantes, la Biblioteca Nacional de Alemania y el pequeño apartamento abuhardillado de la zona de Waldstrassenviertel.

La cama era el centro del piso. A través del tragaluz inclinado, Friedemann y ella contemplaban el cielo matutino, diurno o nocturno. Unas veces la lluvia golpeaba el cristal con fuerza; otras, el sol caía brillante sobre sus cuerpos sudados, y en alguna ocasión la claraboya quedaba cubierta de nieve. Entonces se amaban bajo esa mortecina luz invernal que no proyectaba sombras, y era como si sus actos carecieran de conexión alguna con el mundo exterior. Alrededor de la cama tenían todo lo que necesitaban para sus juegos amorosos. En ese piso, en esa habitación, en esa cama, las reglas habituales no regían.

Cuando las observadoras más atentas difundieron el rumor de que era la puta del profesor, ella no lo desmintió. De todas formas, el hecho de entender todas las asignaturas sin el menor esfuerzo ya la distanciaba de los demás estudiantes. No se apuntaba a ningún grupo de estudio y no asistía a ninguna fiesta. Pasaba los fines de semana en una granja ecuestre de las afueras de la ciudad, con un caballo castrado que se llamaba Herkules y cuya propietaria no podía ir lo bastante a menudo para ocuparse bien de él.

En caso de duda, Judith prefería la compañía del animal a la de otras personas.

Cuatro semestres después se graduó en Medicina como la mejor de su promoción. Friedemann fue el primero en enterarse. Lo celebraron en la cama con champán. Judith nunca le pidió que se separara de su mujer. Solo quería lo mejor de él, no unos hijos que no serían suyos, y tampoco el odio de la esposa engañada y abandonada.

Fue Friedemann quien puso fin a su aventura. No quería volver a verse atraído nunca más a ese lugar oscuro que era su lujuria. Antiguamente, según le dijo al despedirse, a una mujer como ella la habrían quemado por bruja.

Basti tuerce por una calle bordeada de árboles y aparca en segunda fila.

Un edificio de los años cincuenta, olor a desinfectante en la escalera, mirillas en las puertas y una estrechez agobiante.

Mujer, 71, blusa blanca abotonada hasta arriba, falda plisada de un gris azulado.

En la estantería hay obras de Marx y Engels, los clásicos rusos y la edición de estuche del canon de la literatura alemana. Sobre una cómoda, la fotografía de un hombre. Lleva el uniforme de la Policía Popular con muchas condecoraciones. Una banda negra reposa en la esquina superior derecha del marco. Da la sensación de que la mujer ha vivido toda una vida en ese piso. En tiempos de la RDA debió de ser un privilegio. Buena ubicación, calefacción central, agua caliente.

En casa de Judith habían pasado frío, el parqué estaba surcado de hendiduras con las que se rasgaban los calcetines, las ventanas de la vieja villa no eran estancas, la carbonera estaba llena de arañas y fantasmas. Solo en verano, cuando las puertas del invernadero quedaban abiertas y ella podía levantarse del piano y salir corriendo al jardín, no habría querido cambiar su lugar por el de nadie. Cuando los amigos de sus padres iban de visita y celebraban fiestas. Cuando dejaban que charlara con ellos y los acompañara con licor de huevo en un vasito de chocolate. Le encantaba conversar con adultos, y ni siquiera su madre, que estaba harta de su «palabrería de sabihonda» y habría preferido enviarla con los demás niños, podía aguarle esas noches veraniegas bajo los viejos árboles en las que se sentaba a la mesa con los amigos músicos de su padre.

Mientras la mujer le describe sus síntomas, Judith piensa que fueron personas como ella y el hombre de la fotografía quienes les hicieron la vida imposible a sus padres. Personas con medallas del Partido y con el correspondiente poder. Personas cuyo efecto tóxico ha llegado hasta la última ramificación de la generación siguiente..., hasta la vida de la propia Judith.

Y cuando la mujer le habla de sus dolores y le enseña las ampollas agrupadas a la derecha de la parte baja de la espalda, Judith piensa en las secuelas que puede producir un herpes zóster. Una neuralgia postherpética podría provocar dolores fuertes y punzantes. La parálisis de los nervios periféricos no es poco común.

Vuelve a mirar la fotografía del hombre. Contempla los ojos cansados de la anciana y piensa en su madre, en cómo se plantaba siempre ante el plan de trabajo del policlínico y veía su nombre en los turnos de noche, de festivos y de fin de semana, en el de Navidad. Y se recuerda a sí misma pasando otra vez la Nochebuena con la familia de Paula en la iglesia helada, porque su padre dirigía el coro y a su madre le tocaba trabajar en el hospital.

Mira por la ventana y ve más edificios de nueva construcción. Hace ya mucho que no es ningún privilegio vivir allí.

Le receta un virostático y se despide con pocas palabras.

Algo después de las siete de la tarde, Basti la deja en casa. Judith prepara un té, se come un plátano y enciende el ordenador.

Sven ha escrito:

> Qué pena. Habríamos tenido que darnos los teléfonos.
> Lo intentamos otra vez mañana por la noche? Me llamas tú?

Detrás del número de teléfono sonríe un emoticono.

Judith hace clic en otro mensaje: Juez, 52, ha liberado su fotografía.

> Apreciada desconocida, sería para mí un placer invitarla a dar un paseo y tomar un café después. Su perfil ha despertado gran interés en mí. Nuestro prometedor resultado de compatibilidad hace que espere su respuesta con gran ilusión. Un saludo cordial, G. H.

Judith curiosea el perfil: 1,82 m, no fumador, dos hijos, ninguno viviendo en casa, deporte varias veces a la semana.

Cómo empieza un día perfecto para él: «Junto a la mujer que amo».

A qué reacciona con alergia: «A las promesas rotas y la falta de consideración».

Tres cosas que son importantes para él: «Los hijos, el amor y el arte».

Contempla una vez más su foto. Catorce años de visible diferencia de edad.

Aun así, comprueba su resultado de compatibilidad con G. H.

En «Rol en la pareja» tienen una coincidencia total. En el apartado «Mi lado masculino», la escala muestra 104 puntos tanto en ella como en él; en «Mi lado femenino», 109 para cada uno. En «¿Cuánta empatía tienes?», los dos alcanzan un 118, por encima de la media.

En «Voluntad de adaptación», Judith solo llega a 85 puntos; él, por el contrario, a 109.

En «Disposición a compensar», «Tendencia a echarse atrás», «Generosidad» y «Tendencia a imponerse» solo se distancian dos puntos como mucho.

Pocas veces ha visto un resultado como ese; escribe un mensaje a G. H.

Media hora después está en el coche. En la gasolinera compra ositos de goma, chocolate con leche y un paquete de cigarrillos, luego aparca en zona prohibida delante de la casa de Paula.

Su amiga le abre la puerta. Sus pómulos altos sobresalen con claridad. Se ha maquillado y lleva ropa colorida, pero eso no quiere decir nada. Mientras sonríe, Judith echa un vistazo a la niña para averiguar cómo se encuentra de verdad su madre.

Leni nunca está muy lejos de Paula. Casi siempre se sienta desde donde pueda verla, a dibujar o a jugar con sus figuritas de animales. Los elefantes, las tortugas y los erizos son sus preferidos. Hoy se la ve relajada, casi contenta. Saluda a Judith, se alegra cuando le da las golosinas y vuelve a abstraerse en sus juegos con un puñado de ositos de goma en la boca.

Es un milagro que Paula siga con vida. Judith jamás había visto a una persona apagarse así.

—Siento no haber podido llamarte ayer —dice.

En el rostro de Paula aparece esa sonrisa artificial que Judith no puede soportar. Llena el hervidor de agua, saca dos tazas del armario, mete dos bolsitas de té dentro y contesta:

—Nada de esto tiene ningún sentido.

Judith le pone las manos en los hombros y le dice lo que le dice siempre. Que con el tiempo mejorará, que tiene que obligarse a ver las cosas buenas, que un día volverá a sentir alegría, a enamorarse. Pero Paula niega con la cabeza.

—Jamás volveré a tener una relación amorosa. Estoy demasiado tocada.

Leni ha interrumpido su juego. Sigue sentada en el suelo sin decir nada y escucha. Entonces se pone de pie, se acerca a su madre y la abraza.

Judith se vuelve hacia otro lado.

Algo después salen al balcón a fumar.

—Hoy —dice Judith— he visto el amor verdadero.

Y le habla de Wenzel Goldfuss y su mujer, Maja. Describe las cariñosas caricias, las miradas cálidas y la naturalidad que había en todo ello.

—La mujer morirá —añade, da una honda calada y sopla el humo lejos, hacia el cielo nocturno—, pero no parecía desgraciada.

Paula sonríe y también da una calada a su cigarrillo.

—Habríamos tenido que ser más listas —opina—, ahora ya es demasiado tarde. Ahora se ve que nos pasa algo raro.

Ese plural fastidia mucho a Judith, pero no pregunta. No quiere saber qué tiene ella de raro. Hoy no. Contemplan juntas la oscuridad del cielo.

Al despedirse se abrazan.

—¡Llámame si hay cualquier cosa! —dice Judith, y se vuelve una última vez en el descansillo siguiente, pero la puerta de Paula ya está cerrada.

Sin respuesta de G. H.

Aunque estaba conectado.

Vuelve a comprobar el resultado de compatibilidad. En la pregunta «¿Desde qué perspectiva ves el mundo?» hay tres categorías de respuesta: «Instintivamente», «Emocionalmente» y «Racionalmente». El resultado de él sorprende. «Instintivamente» y «Racionalmente» alcanzan puntuaciones altas, muy por encima de la media. El instinto de Judith, por el contrario, está en unos míseros 81 puntos. «Emocionalmente» llega justo a la puntuación normal. Solo lo supera «Racionalmente».

En «Carácter hogareño», ambos se quedan en poco más de 80; en «Deseo de una vida ordenada», sin embargo, se encuentran en el extremo superior de la media.

El test psicológico de base podía manipularse con facilidad, pero Judith lo rellenó con total sinceridad y franqueza por pura curiosidad. Después sintió un breve instante de horror al ver el resultado, pero al final tuvo que reconocer que la evaluación sí se correspondía con su personalidad.

¿Cuántas veces había dejado entrar a hombres en su vida sin mostrar ningún instinto, sin olérselos en absoluto? ¿Cuántas veces le había hecho creer la razón cosas que luego habían resultado ser burdos errores de cálculo?

Ha terminado por desconfiar de la razón. Está en situación de encontrar argumentos a favor y en contra de cualquier cosa. Nada mantiene su valor, nada es absoluto, todo es negociable. Sin la regulación del instinto, el cerebro y el intelecto son prácticamente inútiles.

Judith mira el reloj. Falta poco para las diez. Sin noticias de G. H.

La espera es espantosa. Incluso a un hombre que no le interesa acaba deseándolo si la hace esperar. No es capaz de dormir, tampoco consigue leer. Todos sus pensamientos se dirigen al momento en que la espera encontrará un final.

Antes, cuando Paula y ella vivían juntas, hasta eso había sido bonito. Bebían vino y se distraían. Y si con uno no salía bien, siempre había algún otro. Con esa certeza, casi cualquier derrota resultaba soportable. Pero entonces llegó Ludger y se llevó a Paula.

Sobre las once apaga el ordenador y se tumba en la cama sin nada de sueño.

Necesita sentir el éxito. Sabe lo que provoca la falta prolongada de dopamina y serotonina. El sistema inmunitario se debilita; la infelicidad enferma, así de sencillo.

Necesita un hombre, aunque tarde o temprano lo despreciará.

A veces la generosidad de otras mujeres la deja perpleja. La benevolencia con que juzgan, la delicadeza con que se dirigen a sus hombres, la magnanimidad con que aceptan sus debilidades y las pasan por alto.

Es medianoche cuando se queda dormida, pero poco antes de las tres y media la despierta su propio llanto. Hasta el alba no vuelve a conciliar un sueño profundo.

La sala de espera ya está llena hasta los topes cuando llega a la consulta un cuarto de hora tarde. No hace caso de las miradas de reproche de Siegrun. A las auxiliares médicas más jóvenes jamás les permitiría algo así. Siegrun puede hacerlo porque cría sola a tres hijos y es imprescindible en la consulta.

—¡Buenos días, enseguida empezamos! —anuncia ante la concurrencia.

Se apresura al Consultorio 1, se pone la bata y se lava las manos.

Tiene delante la ficha de la primera paciente, la señora Lichtblau, y la llama por el intercomunicador. Brida Lichtblau está aquí porque tiene problemas para dormir, pero también ha traído un paquete de hojas impresas.

—¿Ya tiene lista la novela? —pregunta Judith.

Brida asiente y deja caer en el escritorio, con un fuerte ruido, el taco de papeles sujetos por una goma.

—Si pudiera leerla de aquí a la semana que viene, sería maravilloso. Por favor, fíjese solo en que los aspectos médicos sean correctos.

Judith asiente.

—¿Y luego? —pregunta—. ¿Qué pasará?

—Si todo va bien, saldrá dentro de medio año. —Brida se levanta con ímpetu. Camina hacia la puerta sobre los altos tacones de sus botas de ante, se vuelve de nuevo y, entusiasmada, añade—: ¡Miles de gracias!

Lleva la larga trenza sujeta sobre la cabeza a modo de corona. Ese peinado anticuado parece un camuflaje pensado para ocultar la energía que esconde dentro. A Judith, Brida le recuerda un poco a sí misma. A su propio mimetismo. A sucesos de su infancia, cuando perdía el control y daba rienda suelta a esa energía salvaje. A cuando sus padres le decían que era agotadora y desagradable, que lo ponía difícil para caer bien a los demás. Que no era de extrañar que nadie quisiera ser su amigo.

Solo que eso no era cierto. Judith sí tenía una amiga. Tenía a Paula.

El resto de la mañana no atenderá a ningún paciente interesante.

Va examinando los diferentes casos con una terrible sensación de rutina. Muy pocas veces encuentra algo que le toque la fibra. No sabe cómo nadie puede mostrar compasión un centenar de veces al día. Cuando saluda a los pacientes, los mira a los ojos, pero solo les da la mano al despedirse, cuando ya ha constatado una baja probabilidad de enfermedad infecciosa.

Tras una comida apresurada en un restaurante asiático que hay a la vuelta de la esquina, regresa a la consulta. Siegrun está sentada con una pila de revistas en su puesto de trabajo, el mostrador de recepción. Tiene delante unas fiambreras con palitos de pan y de verduras. Judith le desea buen provecho y desaparece en el Consultorio 1. Se sienta al ordenador y mira si G. H. ha escrito.

Nada.

Se mete otra vez en su perfil.

En «Una característica positiva» pone: «Eso tienen que juzgarlo los demás», y su respuesta a «Dos cosas de las que jamás podría separarme» es: «Todo es reemplazable, solo las personas no lo son».

Mientras sigue pasando la pantalla hacia abajo, llega un correo de Sven.

> No he recibido mensaje ni llamada tuyos. Ya no te interesa?
> Habría estado bien que lo cancelaras. Sven

Lo cierto es que se había olvidado de él. Juez, 52, ha desbancado sin esfuerzo a Médico, 45.

«Desearía poder...» «no solo aplicar la ley, sino impartir justicia», sigue leyendo. Luego hace clic otra vez en el mensaje de Sven y escribe:

> Querido Sven, es solo que he tenido mucho trabajo.
> Qué te parece si quedamos esta tarde? A las ocho en el Barcelona?

A G. H. le gustaría haber conocido al filósofo Robert Spaemann, y como lugar del primer encuentro escoge el gran roble de Rosental.

Es inexpugnable, no ofrece ninguna posibilidad de burla. Sin conocerlo, Judith cree que podría tomarse en serio a ese hombre.

Sven envía tres emoticonos sonrientes y un

Sí, perfecto. Hasta luego!

G. H. sigue callado.

Las visitas de la tarde empiezan con una típica cistitis de luna de miel. A eso le sigue un hombre mayor con molestias respiratorias cuya prueba de la función pulmonar resulta desastrosa y al que envía directamente al neumólogo; una estudiante con colon irritable; una madre de cuatro con una depresión galopante; una anciana obesa con inflamación en los pliegues del cuerpo; un hombre con dos uñas del pie encarnadas, y una soprano con las cuerdas vocales inflamadas.

Al final de la jornada sigue sin haber mensaje de G. H.

Sven ya está allí cuando Judith entra en el local. Se levanta y se acerca a ella.

—Hola —saluda—, me alegro de verte.

No es muy alto, pero sí atlético y atractivo. Tiene un andar ágil, su apretón de manos es firme pero sin exagerar. La ayuda a quitarse el abrigo y se lo cuelga en el perchero. Le pregunta si prefiere sentarse a una mesa o quedarse en la barra, si quiere comer algo o solo tomar una copa, si ha ido directa desde la consulta y si no está cansada después de trabajar. Él ha tenido turno hasta primera hora de la tarde, ha salido a correr quince kilómetros, ha hecho la limpieza del piso para que estuviera presentable —nunca se sabe quién puede aparecer, añade guiñando un ojo—, luego ha llegado algo pronto para reservar un buen sitio..., y de verdad que se alegra mucho de verla.

—¿Cómo está tu caballo? —pregunta Judith en una pausa que hace Sven para respirar.

Después echa un vistazo a la carta mientras él le habla de la artrosis del castrado, del tipo de pienso que le da y lo que está haciendo para controlar los síntomas cuanto antes: aceite de linaza, vitaminas, cinc y selenio. También hace trabajo de suelo con él regularmente y espera poder volver a montarlo pronto. Entonces hace una pausa y se ríe, y a ella su risa no le resulta desagradable.

Mientras Judith se decide por unas tapas y un rioja, Sven le habla de su programa deportivo semanal. Entrena todos los días y no solo participa en el triatlón de Leipzig, sino también en los de Hamburgo, Berlín y Munich.

No bebe alcohol; ella ya sabía que no fuma.

Charlan sin esfuerzo y relajados mientras cenan. Judith pide otra copa de vino y Sven otra botella de agua. La conversación fluye sin rumbo fijo, él circunnavega con habilidad los temas más profundos y tiene algo que desconcierta a Judith. La piel cuidada, el cuerpo entrenado, la mente sana y positiva. ¿Por qué está solo? Pero hacer esa pregunta tampoco tiene sentido en la dirección contraria.

Desde que está inscrita en plataformas de relaciones, la sospecha la acompaña. Algo raro tiene que haber en esos hombres que se ven obligados a buscar una mujer de esa forma. Igual que en ella misma hay algo raro.

Sven saca el móvil del bolsillo, mira un momento la pantalla y vuelve a guardarlo. Le pregunta sin ninguna ceremonia si le apetece ir a su casa. Ese ofrecimiento no acostumbra a llegar en la primera cita. Judith suele verse entre dos y tres veces con un hombre antes de acostarse con él, pero el vino la ha afectado y una agradable ligereza hace que acceda sin pensárselo.

Sven ha ido al restaurante en bicicleta. Le da su dirección y se despide con un «Hasta ahora».

Cuando ella aparca, él ya está allí. En su portal, con las manos en los bolsillos en actitud relajada. A pesar del alcohol, Judith mete el coche sin problemas en un hueco muy justo y sigue a Sven hasta la cuarta planta de un edificio que parecen haber renovado hace poco.

En cuanto entran en el piso, él se quita los zapatos y los deja bien alineados en un zapatero negro. Judith también se quita las manoletinas y camina descalza por el frío laminado hasta la sala de estar. Su mirada capta una pantalla enorme, un equipo de música con altavoces grandes, estanterías con CD. Apenas hay libros. Cuando Sven regresa de la cocina con dos vasos y una botella de agua, ella ya quiere irse.

Hay mucho silencio. Tanto, que a Judith le parece que provoca un estruendo cuando cruza las piernas y cambia de postura. El sofá es rojo y de cuero.

—¿Puedo enseñarte una cosa? —pregunta Sven, y alcanza un mando a distancia.

Un instante después, en la pantalla aparece una imagen. Ahora Judith está segura de que tiene que salir de ahí.

La mujer de la película lleva un látigo en la mano derecha. Su voz es suave y firme a la vez.

—Tengo todo lo que necesitamos —susurra Sven.

Judith asiente. Le acaricia el brazo con suavidad, luego deja su vaso, se levanta y se marcha.

Antes de arrancar el coche, pone *El clave bien temperado* y sube el volumen. Los preludios y las fugas, las armonías absolutas, los contrapuntos y la perfección polifónica borrarán esas imágenes.

Sale del hueco y acelera. Está muy despierta. Recorre la noche a toda velocidad mientras el *Preludio en do mayor* hace desaparecer la última mirada servil y sumisa de Sven. Al final de la *Fuga en do menor* ya ha llegado a su casa. Le gustaría seguir conduciendo, escuchar la totalidad de los veinticuatro pares de movimientos cromáticamente ascendentes y no parar hasta llegar al si bemol.

Sube la escalera, cierra la puerta tras de sí con alivio, se sirve un vodka y se lía un cigarro. Aquí, en su piso, está segura. No hay pantalla ni porno, no hay laminado frío y, sobre todo, no hay nadie más.

Inicia sesión en la plataforma. Bloquea el perfil de Sven, no hace caso de las nuevas parejas propuestas y decide darse un descanso. Justo antes de la medianoche se mete en la cama. No consigue dormir.

El martes por la tarde va al cine con Hans, después se pasan la mitad de la noche follando.

El miércoles a mediodía queda en una cafetería con Paula y luego se lleva a Leni a ver a la yegua.

La tarde del jueves llama por teléfono a sus padres mientras va a la granja ecuestre. Monta una hora y pico en el recinto, luego regresa a casa, se ducha y después baja al bar de siempre a sentarse con el manuscrito de Brida Lichtblau. No conoce al camarero. Pregunta por Tom y se entera de que se ha ido de viaje una larga temporada. Asia:

Tailandia y Myanmar. Brida le ha puesto notas adhesivas en las páginas correspondientes. La protagonista de la novela es una médica de urgencias bipolar en cuya vida Judith no se reconoce.

El viernes por la tarde sube la yegua al remolque para caballos y la lleva a Dahlener Heide. Cabalga tres horas por el bosque, por prados y entre campos labrados, casi siempre al paso y al trote. Se cruza a otros dos jinetes, a una parejita con un perro y a un guarda forestal. Habría sido más bonito si no se hubiera encontrado con nadie en el camino.

Por la noche duerme de un tirón.

El sábado por la mañana se prepara un desayuno abundante, con huevos y fruta, se toma su tiempo en el baño, se permite un segundo café con un cigarrillo, luego sale al centro.

Ha quedado con Brida en una cafetería. Le explica las correcciones de la novela y escucha sus inquietudes. Eso se le da bien: diseccionar las relaciones amorosas de otros, analizarlas y catalogarlas. Siempre sabe lo que hay que hacer, y Brida la escucha con gratitud.

Después se compra un par de botines rojos de cordones y tacón alto, un abrigo de lana gris claro, una bufanda color rojo burdeos y un montón de ropa interior. Siente el vacío ya cuando la vendedora pasa la tarjeta de crédito por el lector, y más tarde, en casa, mete las bolsas en el armario sin ningún cuidado.

Después enciende el ordenador, se pone los auriculares y consulta el correo mientras suenan los primeros compases de la última sonata para piano de Beethoven.

Querida J.:
Voy a serle sincero: había otro contacto que me interesaba y me impedía responderle a usted. De pronto me pareció muy miserable comunicarme con dos mujeres a la vez, pero no podía y no quería dejarla sin una respuesta clara, porque también me interesa usted mucho. Ese otro contacto es cosa del pasado, así que ahora vuelvo a escribirle con la esperanza de no haberlo estropeado todo. Me gustaría mucho conocerla, de modo que, siempre que no la haya espantado con mi franqueza despiadada y no se sienta herida, escríbame, por favor. La semana que viene tengo vacaciones y podría estar a su disposición.
Un saludo cordial,
G. H.

Judith despierta.

Durante la noche ha caído sobre la ciudad una tormenta otoñal. Ha zarandeado las ramas contra su ventana y ha arrancado las últimas hojas de los árboles. Le cuesta llegar al cuarto de baño. De camino tiene que apoyarse en la pared. Nota que tiene la tensión más baja que de costumbre. Cuando el chorro de la ducha llega a su pecho, se estremece; tiene los pezones duros y sensibles.

La flacidez se ha apoderado de su cara. Se da cuenta al ponerse la crema, y se enfada. Se aplica con golpecitos suaves un sérum para el contorno de ojos, pero esta mañana no hay forma de quitarse el cansancio de encima. La luz del baño la deslumbra, la apaga y se mira otra vez en el espejo, vuelve la cara hacia uno y otro lado, pero esa extraña expresión no desaparece.

De camino al trabajo escucha el *Trío para piano n.º 2* de Schubert. En el *andante* se le saltan las lágrimas. Para el CD, abre la ventana e inspira hondo el aire fresco de la mañana.

Algo no va bien.

En el siguiente semáforo baja el parasol y vuelve a mirarse en el espejo. Repasa todos los pacientes del día anterior, sus enfermedades y la posibilidad de que le hayan contagiado algo, pero sus síntomas no son específicos, no los puede catalogar.

Aparca el coche y recorre deprisa los últimos metros en dirección a la consulta sin desprenderse de esa curiosa sensación de estar directamente unida al mundo. Cierra los ojos y vuelve a abrirlos, pero nada ha cambiado. Su percepción sigue siendo diferente a la de otros días. Como si el aire fuese más denso y, en ese espesor, las informaciones del entorno se transmitieran con más claridad.

La sala de espera está llena, como siempre. Antes del mediodía pasa consulta a cuarenta y siete casos. En lugar de seguir su costumbre y mostrarse poco tolerante con los pacientes que no quieren ir a trabajar por un simple catarro, se dedica a repartir bajas con generosidad. En la pausa pide sushi a domicilio y sigue trabajando. Estudia los resultados de algunos análisis de sangre y reúne las fichas de los pacientes a quienes pedirá que vuelvan a pasarse por la consulta. Las malas noticias no se dan por teléfono. Redacta dos breves informes de segunda opinión para unas psicoterapias, en ambos casos con diagnóstico F43.2: trastorno de adaptación tras cambios o experiencias traumáticas con deterioro emocional.

A una mujer de su misma edad tiene que comunicarle algo preocupante. La ecografía es clara, los marcadores tumorales están altos, la sospecha de cáncer ha aumentado. Tiene que derivar a esa madre de dos niños para que se haga una endoecografía y un TAC. En caso de que se confirme la sospecha de carcinoma pancreático, le quedará poco tiempo. Es probable que ella piense sobre todo en sus hijos, no en sí misma. Judith ha visto eso muchas veces. Quieren vivir por sus hijos. Luchan por sus hijos. Sin embargo, ese cáncer deja poca esperanza a la recuperación.

Alcanza un rollito de sushi con la mano, lo unta con pasta de wasabi, luego con salsa de soja y se lo mete en la boca.

La hipótesis podría ser la siguiente: con el mismo diagnóstico, la misma edad y el mismo estado de salud general, los pacientes que tienen hijos pequeños viven de media más que los pacientes sin hijos.

¿Y si le tocara a ella? La pregunta late en su cabeza. Judith sale del *office*, cruza la sala de espera y abre la ventana, pero los ruidos de la calle no consiguen acallar sus pensamientos.

Todavía le quedan tres cuartos de hora antes de que lleguen los próximos pacientes. Y cada uno querrá que dé lo mejor de sí misma, que no pase nada por alto, que no cometa ningún error. Judith no los comete, y en ello encuentra un sentido profundo. Algo por lo que vale la pena vivir.

Nada más cerrar la consulta se va en coche a ver a su yegua.

Pasa media hora limpiándola y arreglándole los cascos, luego la ensilla, la saca al recinto y coloca dos obstáculos de media altura. Diez minutos de calentamiento, un par de rondas a trote ligero y entonces gana velocidad, cabalga hasta alcanzar un galope controlado, primero a mano izquierda y luego a mano derecha, da un par de vueltas más y baja al paso. Recorre medio circuito con riendas largas, la yegua se estira, resopla. Judith vuelve a recoger rienda, se pone al galope y salta. Pura felicidad. Cada vez. Resultado garantizado.

Más tarde, en casa, prepara una infusión, se cepilla los dientes, se desviste y se lleva la taza a la cama. Envía un mensaje de buenas noches a Gregor, que contesta al instante. Después lee un par de páginas de una nueva biografía de Bach, se bebe la infusión, vuelve a cerrar el libro, apaga la luz y se queda dormida al cabo de pocos minutos.

Desde que está con Gregor duerme mejor.

Fue maravillosamente sencillo. Quedaron en el monumento a Bach del cementerio de Thomas-Kirchhof al anochecer y fueron a dar un paseo, después cenaron en un restaurante japonés. Estuvieron más de tres horas hablando. Primero sobre el trabajo, luego de sus intereses y, por último, de lo que esperaban de una relación. El tono fue el de una reunión de negocios. Como si el amor fuese una causa de contrato, fueron comprobando cada una de las cláusulas en busca de posibles errores, negociaron y llegaron a un acuerdo.

A él no le interesaban las aventuras. Lo que buscaba era una compañera, una partenaire intelectual. Quería seguridad además de cercanía espiritual y física, y se mostraba más dispuesto a renunciar a esto último que a la unión de pensamiento y sentimiento. La convivencia le parecía algo posible, pero no obligatoriamente necesario, y mucho menos a cualquier precio. Para él la fidelidad era importante, aunque con la disminución de su potencia sexual estaba dispuesto a tolerar una infidelidad discreta.

Ni en el primer encuentro ni en los siguientes mostró ese impulso instintivo masculino que Judith necesitaba y al mismo tiempo rechazaba. Trató de ganársela sin presionarla. Sus modales inteligentes y tranquilos no despertaron en ella emociones exageradas. Los síntomas de la enfermedad del enamoramiento estaban del todo descartados.

Cuando quedaban, él le daba un beso en la mejilla y le preguntaba qué tal el día. Sus ojos de color verde grisáceo se centraban entonces en ella, su delicada boca dibujaba en ocasiones una sonrisa irónica, de vez en cuando se pasaba una mano por el pelo corto y gris. Era su simetría lo que atraía a Judith. En la cara de Gregor no había nada que molestara.

Le gustaba mirarlo. Le gustaba escucharlo. Iba a ver sus juicios cuando la invitaba. La sala que presidía dirimía peticiones de asilo y protección subsidiaria por parte de personas de los estados del Magreb, Siria y los países balcánicos. Allí se presentaban como demandantes contra las autoridades que les habían denegado la solicitud.

«Juro que traduciré con fidelidad y profesionalidad...» Mientras el intérprete prestaba juramento, Gregor le lanzaba una sonrisa. Después ya solo miraba los rostros del demandante, el intérprete y un abogado con pinta de aburrido.

El conocimiento de Gregor sobre la situación de cada caso era extenso, y todos los días recibía nuevos archivos con informes de peritos expertos. Sus colegas y él eran la primera instancia, su decisión podía ser recurrida. Sin embargo, aunque una expulsión fuese confirmada en instancias superiores, pocas veces se llevaba a cabo. Era un trabajo meticuloso y arduo que a menudo no tenía repercusión alguna.

Él le hablaba de ello a Judith con la misma ecuanimidad que cuando explicaba cosas sobre su persona y su pasado. Sus dos hijos ya eran mayores, su mujer tenía un nuevo compañero, él estaba solo desde el divorcio, hacía tres años.

Daban largos paseos, iban a conciertos y a restaurantes. Él pagaba, le sostenía la puerta, la ayudaba a quitarse el abrigo y a ponérselo después. Era anticuado de una forma tan natural que Judith reprimía cualquier comentario al respecto.

Tardaron un mes entero en acostarse por primera vez. Gregor tomó la decisión esa misma noche. Al mirarla, sus ojos ya no solo estaban cargados de interés, sino de certeza.

Aun así, el sexo no fue nada especial. A ratos ella había pensado en Hans y en cómo sus manos hacían vibrar su cuerpo. Mientras Gregor se movía encima y dentro de ella, Judith casi quiso pedirle que en la cama se dejara de cortesías, pero él sacó un condón de debajo de la almohada y, para cuando Judith quiso explicarle lo que tenía que hacer para que también ella llegara al orgasmo, todo había acabado. Después, eso sí, Gregor se ocupó de su placer. Al terminar, rodó hasta quedar junto a ella, se tumbó de lado, la apretó contra sí y le dio un afectuoso beso en el cuello.

Judith se quedó dormida. Cuando despertó, todavía estaba entre sus brazos. Habían pasado tres horas; tres horas en las que él no la había soltado.

Tres días y esa sensibilidad continúa. Hasta la suave tela del camisón le provoca dolor al rozarle los pechos.
Se sienta en el retrete, alcanza el bote del cepillo de dientes y hace pis dentro.
Dos bandas azules.
Vacía el bote en el inodoro, tira el test a la basura y se va a la consulta, donde atraviesa la sala de espera con un saludo parco y sin establecer contacto visual. Cierra la puerta del Consultorio 1 de golpe.

Al final de las visitas de la mañana pierde la paciencia. Interrumpe con brusquedad a una mujer mayor que está alargándose demasiado en la descripción de su enfermedad. Al hipocondríaco que se presenta varias veces al mes le recomienda sin tapujos que vaya a hacer terapia.
A mediodía va a un bar asiático y pide sopa picante de coco con tofu. Junto al ventanal hay un árbol artificial con una cadena de lucecitas intermitentes y un Papá Noel de plástico. Mientras aguarda a que anuncien su pedido, contempla a los demás clientes. Todos sin excepción están ocupados con el móvil. También Judith saca el suyo del bolsillo. Le escribe un mensaje a Gregor, pero no lo envía.

Sabe cuándo ocurrió.
Aquel día, hace unas tres semanas y media, en que

Gregor, en contra de su costumbre, no la había llamado ni una sola vez. Las horas en la consulta se le hacían eternas. Habían quedado esa noche, pero la noche quedaba muy lejos. Sobre las cuatro de la tarde les deseó un buen fin de semana a sus empleadas, sacó una multa de debajo del limpiaparabrisas de su coche, la tiró junto a las otras que había en el asiento del pasajero, fue a casa y se cambió.

Terminó de correr los diez kilómetros en un tiempo récord y sin mirar el móvil ni una sola vez. A la vuelta, se metió en la ducha y miró el teléfono cada minuto; la pantalla estaba empañada por el vapor. Limpió el espejo con papel higiénico para verse, se puso rímel, se pintó los labios y olió su propio miedo.

El silencio de él la torturaba. Le devoraba las entrañas y hacía que le temblasen las manos. Un hombre que le desestabilizaba el sistema nervioso vegetativo de esa forma era peligroso. En vano intentó convencerse de que no había nada que temer. El cuerpo era más listo que la mente.

Gregor la recibió con cierta distancia. Un beso esquivo en la mejilla fue su único contacto. Su mirada la evitaba, algo en su rostro había cambiado. Estaba más gris, como si el proceso de envejecimiento hubiese dado un salto. Judith notó que le temblaban las manos y un sudor frío le cubría las palmas.

No consiguió tragar un solo bocado, y cuando Gregor se levantó y empezó a recoger los platos, ella se los quitó de las manos y volvió a dejarlos en la mesa.

Él se sentó de nuevo.

Y entonces le preguntó si de verdad estaba con él por él, o si era solo para evitar la soledad.

Polvos y cultura, siguió diciendo Gregor, no era lo que él deseaba. Y repitió esas palabras, de cuya precisión pareció percatarse nada más pronunciarlas:
—Polvos y cultura, polvos y cultura.

Entonces él le habló de su día.
Por la mañana se había encontrado el coche con las ruedas rajadas. Por primera vez llegó tarde al trabajo.
Por la tarde destapó como mentira la historia de huida de un libio haciéndole preguntas capciosas. El hombre comprendió que todo había terminado. Se levantó, dio un puñetazo en el brazo a su abogado, que intentaba calmarlo, y se marchó sin dejar de hablar. En lugar de llamarlo al orden, Gregor le pidió al intérprete que tradujera.
Era un insulto de su país. La profecía de su ruina.
Y cuando Gregor regresó a su despacho y se quitó la toga, se sintió muy cansado.

—Necesito algo bonito —le dijo a Judith—, algo íntegro.
Tuvo que ser esa noche.

Judith toma cucharadas de sopa y mira por el ventanal del bar asiático. Aguanieve, viento, personas encorvadas con el rostro embozado. Apenas ninguna bicicleta; en lugar de eso, hileras de coches y un aire que se puede cortar. El picante de la sopa hace que le lloren los ojos.
Se echa encima el plumón y sube al coche, que ha dejado en zona prohibida justo delante del bar, pone *Viaje*

de invierno y conduce hacia una visita a domicilio en el este de Leipzig.

Mujer, 68, vive sola.

Judith apaga el televisor y vacía el cenicero lleno. Abre la ventana y examina las piernas de la señora.

—Es la tercera flebitis en medio año —dice con el tono que necesitan algunos pacientes para comprender la gravedad de la situación—, voy a derivarla al hospital porque el peligro de trombosis es demasiado alto.

Cuando los auxiliares médicos llegan poco después, levantan a la mujer de las axilas y la ayudan a bajar la escalera, Judith le escribe otro mensaje a Gregor. «Tengo que verte. Estoy embarazada.» Sale al aire libre, se sube la cremallera del pulmón hasta arriba del todo y se tapa la cabeza con la capucha. Lee otra vez el mensaje y se lo envía a Paula.

Su amiga la recibe con zapatillas de deporte, ropa de correr y las mejillas encendidas. Leni está sentada a la mesa de la cocina ante una masa aplanada con el rodillo de la que va cortando galletas. Desde que Paula sale a correr con asiduidad, su estado ha mejorado de una forma asombrosa.

—Enseguida hablamos —le dice—, me meto un momento en la ducha.

Judith se sienta con Leni. Juntas recortan ángeles y árboles de Navidad, campanas, corazones y estrellas. Leni le pregunta por la yegua y cuándo podrán volver a salir a montar, y Judith le promete que la próxima vez irán juntas.

Cuando Paula reaparece con albornoz y una toalla hecha un turbante en la cabeza, acaricia el pelo de Leni y le da un beso en la frente, Judith mira hacia otro lado.

Paula mete la bandeja con las galletas en el horno y pone el temporizador, luego envía a Leni a su cuarto.

Debería haber sabido que su amiga no sería una consejera neutral en un caso así. Antes de que naciera Leni se le despertó un instinto de nido de manual. Tras el nacimiento de la niña, se encerró en una crisálida con Ludger y con la pequeña. Durante meses solo existieron como una unidad simbiótica.

—Te cambiará —dice Paula—, tendrás miedos que hasta ahora no conocías, sentirás dolor, un dolor más profundo que cualquier otro.

Aun así, le aconseja que tenga al niño.

—¿Gregor lo sabe ya? —pregunta.

Judith niega con la cabeza.

—¿No quieres decírselo?

—No, no quiero —contesta ella, nerviosa.

Se levanta y mira por la ventana.

El piso del edificio de enfrente tiene todas las luces encendidas. Hay un niño sentado en un columpio que cuelga entre dos habitaciones. Aparece por una ventana, desaparece un instante, y vuelve a aparecer enseguida por la otra. Sube tan alto que parece que en cualquier momento vaya a golpearse contra el techo. En la habitación de la izquierda está la madre y en la de la derecha, el padre. Ambos parecen alegrarse de la fuerza con que se balancea.

Judith intenta verse en el papel de madre, pero no lo consigue. En su cabeza no tiene ninguna imagen de sí misma con un niño. Y como no tiene ninguna imagen, no tendrá ningún niño.

—¿Vendrás a recogerme después de la intervención? —pregunta.

Paula asiente medio a desgana; fuera empieza a nevar.

Son casi las ocho de la mañana cuando Judith se planta ante la clínica ambulatoria con su bolsa de viaje. Hace doce horas que no ha comido nada. La consulta está en la planta baja de un edificio de viviendas. Una enfermera las acompaña a ella y a varias mujeres más hasta la zona de quirófanos. Las reparten en tres salas. Les indican que se desvistan y se tumben en las camillas a esperar al anestesista.

No todas están ahí por el mismo motivo.

A algunas van a quitarles pólipos del cuello uterino, a tomarles muestras de tejido de la membrana mucosa del útero, a detenerles sangrados abundantes mediante un legrado. Separadas de las enfermas, Judith y otras dos mujeres están tumbadas en una sala intermedia. No son imaginaciones suyas, la enfermera mantiene una conversación agradable en la habitación de al lado, en cambio con ellas solo ha utilizado indicaciones claras y concisas: no comer nada, no beber nada, apagar el teléfono móvil, esperar al anestesista.

Mira a su alrededor. En la ventana hay decoraciones navideñas, estrellas de origami hechas por el personal. Las otras dos mujeres están tumbadas en silencio. Se han girado hacia la pared y han vuelto a encender los teléfonos sin que las vean. Las dos son jóvenes. Una tiene sobrepeso; la otra es delgada pero poco llamativa.

Judith sabe lo que viene ahora. Tumbarse y esperar. Oír pasos, vigilar la puerta, tranquilizar el carrusel de sus pensamientos.

No es su primera vez.

Si en aquel entonces, con dieciocho años, se hubiera impuesto en contra del criterio de su madre, ahora tendría un hijo mayor. Seguramente sería atlético y guapo, igual que lo eran entonces su profesor de deporte y ella. Sin embargo, su madre le pintó un panorama tan negro de su futuro profesional que Judith acabó por consentir al aborto.

En la habitación de al lado se oye actividad. Las inocentes van primero. Unos pasos rápidos recorren la sala, una voz masculina habla con la primera paciente. Una última instrucción, un chiste que no tiene gracia.

Conoce esa voz.

¿De qué conoce esa voz?

A esas alturas ya hace catorce horas que no ha comido nada. Le resulta difícil pensar con claridad. Es su tercer aborto, el segundo tuvo que ver con un hombre al que apenas conocía. Hay mucho a favor de que aproveche aquí y ahora la última posibilidad de tener un hijo. Pronto será demasiado mayor; a partir de los cuarenta, el embarazo no buscado solo resulta en un dos por ciento de los casos. De cada cien mujeres que tienen relaciones sexuales sin protección, solo dos se quedan embarazadas. Ser una de esas dos mujeres es muy poco probable.

Podría levantarse, vestirse y marcharse.

Podría llamar a Paula y decirle que vaya a buscarla. Pasarían el día juntas y harían una lista de nombres.

Saca el móvil del bolso, que está junto a la camilla. Las dos últimas llamadas son de Gregor y de Paula. Gregor la llamó anoche desde Berlín, adonde ha ido a dar una conferencia en un congreso especializado; se quedará allí un día más para ver a su hija mayor. Cuando regrese, ella estará lo bastante recuperada para poder ocultarle la intervención. El aborto en sí no dura más de un cuarto de hora; la sedación con máscara no exige ventilación asistida. Se despertará, pasará unas horas recuperándose y por la noche dormirá en su propia cama como si no hubiese ocurrido nada.

Se permite pensar una última vez cómo sería tener el niño. Durante el primer año podría organizar una suplencia en la consulta, y después de eso contrataría a una niñera. Tendrían dinero suficiente. Si ahora lo llamara y se lo contara todo...

Todavía tiene el teléfono en la mano.

Hace diez días que regresó de hacer monta americana en Montana. Nadie ha ido a buscarla al aeropuerto.

Hace diez días que intenta encontrar la alegría en las cosas de siempre, pero no lo consigue.

Las noches se le hacen eternas. Conciliar el sueño no es problema, pero al cabo de dos o tres horas vuelve a despertarse. Las fronteras de su cuerpo parecen diluirse. Nota las manos y los pies muy alejados, las proporciones se le distorsionan. Es como si unos seres invisibles le tiraran de las piernas y los brazos, y solo la cabeza permaneciera en su sitio, apoyada sobre la almohada. No siente ningún dolor, solo un hormigueo impreciso.

A medida que se despierta, su cuerpo se va ensamblando, y entonces aparece esa imagen. Todas las noches igual.

Ve un montículo ante sí. Está compuesto por todo lo que su cuerpo ha perdido hasta la fecha: pelo, escamas de piel, uñas de las manos y los pies, mucosidad, flemas, sangre, sudor, excrementos y orina. Es una montaña pegajosa y hedionda de material orgánico, y la terrible idea de que siete mil millones de personas tengan un montículo como ese no la deja tranquila. Da vueltas hacia uno y otro lado, inspira con fuerza por la nariz y expulsa el aire por la boca. Alcanza el vaso de agua que tiene junto a la cama, bebe, respira y no se atreve a mirar el reloj.

El sueño regresa en algún momento del alba, pero las imágenes oníricas que trae consigo son tan oscuras como los pensamientos anteriores. Por fin, la alarma del despertador la libera del agobio nocturno.

También hoy ha ido cansada a trabajar y, aun así, después ha salido a montar; sin silla y sin bocado, solo con cuerda y cabestro de nudos.

Se prepara una ensalada, luego inicia sesión y consulta las últimas parejas propuestas. Preferiría no pasar sola su próximo cumpleaños.

Empresario, 45, dos hijos, ninguno viviendo en casa, fumador ocasional y propietario de un gato, ha enviado una sonrisa. A la pregunta de a quién le gustaría conocer, ha respondido: «A mí mismo dentro de diez años».

Sigue pasando la pantalla hacia abajo. A qué reacciona con alergia: «Al vello corporal (salvo en la cabeza)». Cierra su perfil y sigue curioseando.

Arquitecto, 48, sin mascotas, sin hijos, sin deseos de tener hijos. Su frase de presentación no es suya, sino de Hemingway, pero por lo menos no dice nada sobre el vello corporal.

Hace ya casi dos años que dejó de buscar, que decidió

confiar en el azar e incluso sopesó seriamente la posibilidad de estar sola a largo plazo. Tenía su trabajo, su yegua y a sus amigas: Paula y Brida. No había sitio para ningún hombre. No fue hasta que Paula la llamó para hablarle de Wenzel cuando Judith volvió a tomar conciencia de lo mucho que le pesaba la soledad.

Va a la cocina, se sirve un vino tinto y mira el reloj. Dentro de una hora tiene que estar en la librería. Brida va a dar una lectura de su nuevo libro.

También irá Wenzel. Cuando Paula se lo presentó, Judith casi se quedó sin habla. Wenzel Goldfuss apenas había cambiado desde aquel día de años atrás en que Judith, durante una guardia, visitó a su mujer enferma de cáncer, Maja, y salió del bonito piso de la pareja con una extraña sensación de envidia. Hacía mucho que su mujer había muerto, y la vida había continuado. A Paula y a él los había unido, y a Judith y a Gregor los había separado.

Brida diría que son cosas del destino.

Solo que Judith no cree en el destino. Eso que la gente llama destino no es más que la suma de sus decisiones.

Le apetece mucho un cigarrillo, pero ha dejado de fumar. Una vez más, regresa al ordenador y abre el siguiente perfil.

Ingeniero, 45, divorciado, no fumador, dos hijos, ninguno viviendo en casa, le gustan el rock, el pop y las canciones del verano, y busca a una mujer cariñosa que pueda hacerlo feliz.

Resignada, cierra el portátil.

Nunca volverá a conocer a alguien como Gregor. De vez en cuando se encuentran en la calle por casualidad, y entonces se saludan con educación y pocas palabras, sin detenerse.

El niño tendría ahora dos años y medio. En aquel entonces, en la clínica ambulatoria, poco antes de que Judith abortara, tuvo una nimia probabilidad de vivir. Sin embargo, en cuanto se abrió la puerta y el anestesista entró en la habitación, Judith supo de qué conocía esa voz.

—Vaya, volvemos a vernos —masculló él al tiempo que bajaba la mirada.

Mientras rellenaba el formulario para la anestesia, ella no pudo evitar imaginarse a Médico, 45, con caballo propio, desnudo y esposado de las cuatro extremidades, y con marcas de latigazos en la espalda.

No se miraron a los ojos. Más tarde, de camino al quirófano, Sven le deseó una feliz Navidad y que le fuera bien. Después, las luces potentes se desvanecieron, las voces se alejaron y Judith se quedó dormida. Cuando volvió a despertar, el embarazo había sido interrumpido.

Gregor regresó del congreso en Berlín y se plantó en su puerta con un ramo de rosas blancas, y a ella le salió todo de dentro como si fuera comida en mal estado. Prácticamente se lo vomitó en los pies.

Él repitió despacio lo que Judith acababa de decirle. Que estaba embarazada de él pero que había abortado, así que el problema ya estaba resuelto, y que en el futuro tendrían que ser más cuidadosos.

Como tantas otras veces, las cosas no parecían ordenarse en su cabeza hasta que las repetía en voz alta. Entonces se desplegaba todo su significado. Gregor debió de tomar la decisión durante el silencio que siguió. Judith vio cómo se le demudaba el rostro. Esa Navidad, lo supo antes de que él dijera nada, la pasaría sola. Faltaba un día para el solsticio de invierno, no había ni ocho horas entre la salida y la puesta del sol. Judith salía de casa a oscuras y regresaba a oscuras. Cuando Gregor se marchó, supo que lo echaría mucho de menos.

Las rosas le recordaban a él todos los días y, como si con eso no bastara, no se marchitaban. Aguantaron todas las fiestas e incluso pasaron la Nochevieja erguidas en el jarrón. Solo los bordes de los pétalos empezaron a oscurecerse.

En Nochebuena, justo después de levantarse, le envió un mensaje conciliador, pero no recibió respuesta. Así que se fue a ver a la yegua y cabalgó dos horas largas por los caminos embarrados del bosque, después preparó un cubo lleno de forraje concentrado y estuvo mirando cómo el animal devoraba su festín navideño con avidez. Pasado el mediodía abrió una botella de vino y empezó un maratón de series. Ya entrada la tarde, cuando sonó el timbre, no pudo evitar sentir esperanza.

Fue despacio hasta la puerta, descolgó el auricular del interfono, susurró un vacilante «¿Quién es?» y aguardó. Sin embargo, en lugar de la tranquila voz de bajo de Gregor, oyó una clara voz infantil que le deseó «Feliz Navidad». La decepción la paralizó varios segundos. Se obligó a respirar hondo y despacio, después fue a la ventana, se asomó y vio que los vecinos salían en tropel de los edificios. Igual que todos los años, en la calle había una pequeña delegación del Coro de Santo Tomás. Eran unos diez muchachos, y sus voces empezaron a entonar de pronto el *Noche de paz* con una claridad perfecta.

Judith encendió un cigarrillo mientras el aire frío entraba en la sala sin decorar. Los chicos atacaron a varias voces la siguiente canción, *Una rosa ha brotado*.

Cerró la ventana sin hacer ruido y volvió a poner la serie.

Desde entonces han ocurrido tan pocas cosas que los últimos años le parecen un único día. Solo sus escapadas para montar a caballo han interrumpido la monótona alternancia entre trabajo y deporte y han dilatado el tiempo hasta una medida que no se corresponde con el que verdaderamente ha transcurrido pero que al menos ha hecho posible el recuerdo.

Se maquilla con esmero, coge el nuevo libro de Brida, sale a la densa ventisca y piensa que ojalá no tuviera que entrar en la librería sin acompañante.

Habría podido pedírselo a Hans, pero las cosas entre ellos están algo complicadas ahora, porque su mujer pequeña y delgada se olió algo. Desde entonces, Hans es caro de ver.

Tiene que apresurarse para no llegar tarde. Los copos de nieve se le pegan a las pestañas y, mientras camina, piensa en los inviernos de su infancia en los Montes Metálicos. Leotardos que picaban, bufandas y gorras tejidas a mano. Su madre marchando al paso de la oca por delante de ellos, Judith y su padre detrás, subiendo y subiendo por bosques muy nevados, hasta que los árboles empezaban a ser más raquíticos, más escasos y se inclinaban en la dirección del viento, casi como esculturas torcidas, cercadas por el hielo y la nieve. Después, el picnic en un lugar resguardado: bocadillos, té, chocolate y frutos secos, y a veces un elogio de su madre. Porque Judith no protestaba. Ni por el frío ni por las botas empapadas y las extremidades medio congeladas. Tampoco por el largo camino ni por el ritmo constante, que nunca se correspondía con el de una niña.

Como entonces, también ahora sigue avanzando a buen paso. Llega a la librería justo a tiempo, se quita el abrigo y la bufanda, se limpia la nieve medio derretida de las pestañas con un pañuelo y mira alrededor. La mayoría de las sillas están ocupadas.

Paula y Wenzel la saludan desde la primera fila, y algo más atrás ve a alguien que se gira.

La silla que hay junto a Gregor está libre. Se sienta, lo saluda, entonces se apagan las luces y Brida empieza a leer. Judith ve de soslayo que la cabeza de él se vuelve hacia ella.

Brida

Un ciervo sale del bosque.
Da unos pasos hacia delante, mira a su alrededor y se pone a pacer. Come con inocencia. De vez en cuando levanta la cabeza, echa un vistazo al entorno y sigue paciendo.

Desde el puesto de observación hasta el ciervo habrá unos ciento cincuenta metros. Entre ellos se extiende un terreno baldío: un prado lleno de hierba crecida en la que levanta el vuelo algún que otro pájaro.

Brida baja los prismáticos y empuña un arma imaginaria. Apunta, dispara, da en el blanco. Después se inclina hacia delante y se apoya en la barandilla resquebrajada. La vieja madera cruje. Los insectos la han devorado. En los rincones del puesto de observación hay grandes telarañas con abundantes trofeos atrapados en ellas.

Le tiemblan las piernas cuando unas manos rudas le recorren la cara interior de los muslos. Götz le levanta la falda. Ella vuelve a erguir la cabeza y mira por el prado en dirección a la puesta de sol. El ciervo se vuelve y desaparece en el bosque.

Brida cierra los ojos.

Regresan a las casitas de vacaciones por el camino que serpentea entre las colinas.

Los grillos cantan, dos veces se les cruza una culebrilla por el camino. Götz la lleva de la mano y marca el ritmo. Cuando llegan al cartel de entrada a la población de Hollershagen, la suelta. Señala el cielo. Un grupo de grullas se aleja volando. Del bolsillo derecho de la cazadora de él sobresale una punta de sus braguitas. Por un momento, a Brida le parece una idea fantástica dejarlas ahí. Svenja las descubriría y entonces...

Y entonces ¿qué?

Pensar en sus hijas hace que alcance la punta de las braguitas y tire de ellas.

Las niñas se les acercan corriendo. Götz y ella las criaron juntos durante cuatro años, después Brida se separó de él.

Un segundo intento les obsequió con un año extra de vida familiar. Ahora Hermine y Undine tienen once y nueve años, y Götz y Svenja son pareja desde hace más de dos.

Antes de que apareciera Svenja, Brida únicamente había sentido la separación como un cambio en la forma de su relación. Götz y ella ya no vivían juntos, no compartían el día a día, cierto, pero seguían acostándose, y siempre había tenido la sensación de que solo haría falta una señal clara para empezar de nuevo.

Acordaron seguir el modelo «casa nido»: las niñas se quedaban en el domicilio familiar y los padres se iban turnando. Cuando Brida vivía con las niñas, Götz dormía en el taller, y Brida alquiló una habitación en un piso compartido para sus días sin hijas.

Cada cierto tiempo comentaban los intereses de las niñas con absoluta sensatez. Celebraban juntos la Navidad y la Pascua, se iban todos de vacaciones.

No fue ella quien sintió el deseo de cortar por lo sano.

Un día que Götz volvía a instalarse en el piso familiar y Brida recogía sus cosas, él le pidió que se quedara un poco más. Cenaron juntos. Aún hoy recuerda lo que comieron: ensalada de canónigos con tomate y piñones tostados, espaguetis con salsa carbonara vegana y, de postre, una mousse de chocolate casera. Götz evitó su mirada todo el rato y, cuando las niñas saltaron de la mesa y se fueron corriendo a su habitación, también él se levantó y las siguió.

Algo más tarde, cuando ya estaban dormidas, fue directo al grano.

—Ya va siendo hora de que nos divorciemos —dijo, y añadió—: Aunque tampoco tiene por qué ser enseguida.

Brida los vio por la ciudad poco después.

Estaban delante de una cafetería; Svenja con una minifalda y botas altas, Götz con vaqueros y un jersey que Brida no le conocía. Svenja levantó la mirada hacia él. Era bajita y delicada y, a pesar de los tacones altos, le llegaba justo a los hombros. Echó la cabeza hacia atrás de manera que la punta de la coleta le tocó la espalda, sonrió y recorrió el pecho de él con el índice de la mano derecha.

Brida no fue capaz de dar un paso más. La invadió un dolor frío e inesperado, y se agarró con fuerza al manillar de la bicicleta sin dejar de mirarlos.

Hasta ese momento habían vivido sus aventuras de manera abierta, incluso se las contaban y hacían comparaciones. Ninguna de esas mujeres y ninguno de esos hombres tenía una oportunidad de verdad, así que sus nuevas parejas amorosas se iban como habían llegado: sin llamar la atención, insignificantes al fin y al cabo. Esta vez, en cambio, Brida no sabía nada de la otra.

Ni siquiera logró apartar los ojos cuando Götz tomó entre sus manos la cabeza de la mujer, se inclinó hacia ella y le dio un largo beso. Siguió observándolos mientras él, sonriendo, la asía de la mano y entraba con ella en la cafetería. Hasta que desaparecieron en la oscuridad del local.

Cuando las piernas volvieron a obedecerle, empujó la bici hasta la esquina más cercana y llamó a Judith.

En la consulta de la doctora Gabriel nadie contestaba al teléfono. Era un miércoles a primera hora de la tarde. El móvil de Judith también estaba apagado. Debía de haber salido a montar a caballo.

Brida fue a buscar a las niñas. Se arrastró escalera arriba hasta el piso, consiguió llegar a la sala de estar y se dejó caer en el sofá. Su miedo estaba justificado, y lo sabía. Cuando Judith por fin le devolvió la llamada, se lo dijo sin preámbulos:

—Tiene a otra, y esta vez va en serio.

Si alguna vez vuelve a Hollershagen, no será con Svenja.

Götz desaparece con las niñas en la casa número 7. Brida abre la puerta de la casa número 8. Está pasando las vacaciones pared con pared con la nueva mujer de su ex, y las palabras que Judith le dijo entonces resuenan en su cabeza.

«Solo quieres recuperarlo porque ahora ya no lo puedes tener.»

«Si deja a la otra, no te interesará.»

«No lo necesitas.»

«Tú sola te las arreglas muy bien.»

En la parte de atrás de las casitas de vacaciones están las terrazas, que miran al oeste. Las separan unos setos a la altura del hombro, así que toda palabra no susurrada llega irremediablemente hasta el vecino.

Brida sale a fumar. El viento se lleva el humo hacia la casa de al lado, donde Svenja y Götz están sentados en su terraza. Hablan sobre el día siguiente, comparan precios de alquileres de barcas y planifican la ruta en canoa que quieren hacer con las niñas.

Brida se ha clavado una astilla del puesto de observación en la mano izquierda. Va al baño a buscar unas pinzas, se la extrae y la tira por encima del seto.

Durante la cena observa a Svenja. Su cara no trasluce ni rastro de duda. Brida, medio asqueada y medio fascinada, contempla a la vencedora. Se ha llevado a Götz con ese cuerpo joven que no ha dado a luz a ningún hijo, que no ha pasado enfermedades graves, que no ha sufrido crisis, que solo conoce el deporte y una alimentación saludable. También con su intelecto fresco, que no es ni demasiado profundo ni demasiado superficial. Se siente tan segura de él que, cuando las niñas dijeron que querían pasar las vacaciones con papá y con mamá, estuvo de acuerdo.

No puede seguir mirando a Svenja, así que dirige su atención a Götz. Su pie derecho se balancea arriba y abajo, evita el contacto visual.

Cuando Svenja se va con las niñas al bufé para servirse otra vez, Götz dice en voz baja:

—Esto es un error.

—¿Exactamente qué es un error? —pregunta ella.

—Ya lo sabes —susurra él.

Después, Götz juega al vóleibol con Svenja, las niñas y algunos huéspedes más. Svenja compensa su falta de estatura con perseverancia y con su capacidad para arriesgar. Se lanza a la arena, vuelve a levantarse enseguida, salta, corre y golpea la bola con fuerza por encima de la red. Hermine la emula; Undine está por ahí en medio entorpeciendo el partido.

A Brida tampoco se le dan bien los deportes de pelota. De pequeña se apartaba cuando un balón iba hacia ella. Siempre acababa haciéndose daño y nadie quería tenerla en su equipo.

Regresa a la casa, saca las botellas de agua y el espray insecticida para las niñas, luego sigue camino hasta el embarcadero y pasa un rato contemplando el lago.

Oye a las vacas mugir desde un prado cercano. Hace ya días que mugen.

Quiere ir a buscar a Götz, explicárselo, pedirle que la acompañe a ver al ganadero. Pero no cede al impulso. Él ya no es la persona a quien acudir. Ya no es su marido. Tiene que repetírselo una y otra vez:

—Ya no es mi marido.

Brida enseguida supo que Götz sería su marido.

Llevaba un tiempo viviendo en Leipzig, aunque todavía no tenía el piso equipado del todo. Cuando entró en la tienda de él, sonó una campanilla. Durante un rato estuvo curioseando sola entre los viejos muebles restaurados. Los precios estaban escritos a mano en papelitos colocados con discreción. Lo que más le gustó fue una cama infantil. El cabecero y los pies tenían flores pintadas, los colores solo estaban retocados en algunas partes. Eran flores silvestres: gencianas y edelweiss. Se sentó con cuidado en el borde del colchón y, aunque no estaba segura de querer hijos, pensó en comprarla.

Entonces oyó unos pasos a su espalda y de pronto lo vio ante ella.

Götz se limpió las manos en los pantalones sucios.

—Por desgracia esa cama no está en venta —fue su saludo.

En ese momento oscureció de repente, empezó a caer un chaparrón e incluso una granizada que golpeteó contra los cristales del escaparate. Brida se levantó.

—¿Ve lo que pasa cuando me hacen enfadar? —dijo sin una pizca de ironía en la voz.

Él se giró hacia la tormenta y luego volvió a mirarla a ella. Fue como si creyera en su poder. Sin embargo, sonrió de una forma casi imperceptible. Al principio solo con los ojos, que se estrecharon un poco, hasta que al final la sonrisa llegó también a los labios.

Brida lo sintió en todo el cuerpo. Algo la había apresado. El ritmo de su corazón se descontroló. Se quedó muy quieta, tenía las manos humedecidas de sudor. El granizo repiqueteaba contra el ventanal, la puerta se abrió de golpe y la campanilla sonó con furia.

Otros dos clientes entraron en la tienda.

El momento mágico había pasado.

Mientras Götz ofrecía café a la parejita empapada y les vendía dos sillas Thonet de cafetería, ella estuvo paseándose por ahí. Después lo siguió al taller.

Allí había un armario sobre un gran trozo de cartón. Estaba pintado de un blanco natural, tenía dos puertas de cristal y cuatro estantes, y era justo lo que ella estaba buscando. Götz le habló de la procedencia del armario como si se tratara de la biografía de una persona: lo habían fabricado en los años veinte para el laboratorio de química de la escuela de un pueblo de Sajonia y luego, durante los siguientes casi noventa años, había sido testigo mudo de la convulsa historia del edificio. Tras el final de la guerra, la escuela se convirtió en un hogar para refugiados, después volvió a ser un colegio, más adelante un centro de capacitación para profesores y, por último, un albergue juvenil.

La mayoría de los muebles viejos no habían podido salvarse, estaban podridos o comidos por la polilla. Solo ese armario seguía en buen estado en una cálida salita que daba al sur, cubierto y bien conservado. Cuando Götz lo encontró, contenía una colección de tubos de ensayo y matraces de cristal.

Deslizó las manos por la madera y le dio un precio nada modesto. Brida lo aceptó sin dudarlo.

Regresaron a la tienda, junto al mostrador de caja, para hablar sobre el transporte, y entonces la lluvia cesó tan repentinamente como había empezado. El sol brilló con fuerza, la sala se iluminó. Götz le pidió su nombre y su dirección y, al oír su respuesta, sacudió la cabeza sonriendo. Ella repitió lo que acababa de decir.

—¿Brida Lichtblau?* —se maravilló él, y miró con vehemencia hacia el luminoso azul del cielo.

—Sí —confirmó ella—. Lichtblau, como la luz y el azul.

Götz escribió su nombre en una hoja y añadió un signo de admiración detrás.

Él en persona fue a llevarle el armario.

Lo subió a la tercera planta desmontado en partes. Cada una llevaba escrita a lápiz su posición. La trasera y los costados iban unidos con clavijas, todo el mueble se montaba sin un solo clavo ni un tornillo. Media hora después, el armario estaba en pie.

Mientras Götz se lavaba las manos en el baño, Brida preparó café.

Era verano, se sentaron en el balcón que daba al verde jardín interior y oyeron las voces de los niños que jugaban allí abajo. Él quiso saber a qué se dedicaba ella.

—Seré escritora —contestó Brida.

Götz sacó un cigarrillo del pequeño bolsillo de la camisa, luego un mechero del bolsillo del pantalón.

—¿Eso se puede llegar a ser? —preguntó.

El comentario la desconcertó.

* En alemán, *Licht* significa «luz» y *Blau*, «azul». *(N. de la T.)*

—Perdón —añadió él enseguida—, no pretendía ser maleducado.

Se le habían formado manchas de sudor bajo las axilas. La miraba fijamente. Brida sintió que esa mirada se le metía en la cabeza y llegaba hasta el último recoveco de su cerebro, hasta el centro de su yo.

En lugar de responder, le habló de su infancia en Mecklemburgo, de su formación como cazadora, de los cuatro semestres de Silvicultura en una pequeña ciudad cerca de Dresde y de la inesperada sorpresa de que la aceptaran en el Instituto Alemán de Literatura. Dejó colgados sus otros estudios, se fue del piso compartido y se mudó a Leipzig.

El relato que había presentado en su solicitud le había salido solo. Una mañana se sentó y empezó a escribir. Fue como si un torrente se apoderara de ella, se la llevara por delante y la arrastrara, y en cierto momento, días después, volviera a escupirla en tierra firme junto con el cuento terminado.

—A eso me refería —dijo Götz—, justo a eso me refería.

Cuando se levantó para marcharse, ella lo acompañó hasta la escalera.

Al despedirse se miraron a los ojos. El apretón de manos de él fue cálido y firme, y entonces la empujó de vuelta al interior del piso, cerró la puerta y la besó.

Brida se marchó de casa de sus padres con diecinueve años e intacta. Ahora, casi veinte años después, siente como si todos los huesos se le hubieran roto alguna vez, como si le hubieran arrancado la piel, y el pelo, como si le hubieran robado la confianza y hubieran destruido sus sueños. Ya no tiene nada que ver con la persona que fue.

La lactancia prolongada ha convertido sus pechos en cascarones vacíos, las noches en vela han pintado sombras en su rostro, las lágrimas le han grabado surcos.

Sabe más que entonces, pero ¿de qué le sirve?

Era entonces cuando tendría que haberlo sabido. Entonces, cuando conoció a Götz. Cuando era joven y podía escribir. La sabiduría de la vejez le parece inútil. A los jóvenes no les interesa, y los viejos son demasiado viejos para poder hacer algo con ella todavía.

Se sienta en el gran comedor comunitario y mira a las familias de desconocidos, a los niños pequeños que chillan, a los adolescentes enfurruñados. Sus propias hijas duermen aún, no hay ni rastro de Götz y Svenja. No es capaz de comer nada. Solo consigue tragar el café.

Hace meses que no escribe una línea. Del último intento sacó unas frases sin emoción, sin sonoridad, sin magia.

También su cuerpo ha perdido la emoción. Es como si hubiese olvidado sus posibilidades. Con el divorcio, Götz le extinguió el deseo. En cada encuentro que tiene con él vuelve a avivarse, en cada despedida se apaga de nuevo. Ella lo ama y lo odia por ello.

Y entonces lo ve de pie frente a la máquina de café. Solo. Se vuelve hacia ella y sonríe.

Hacia el mediodía suben a la furgoneta para ir a buscar unas pizzas. Las niñas están tumbadas junto al lago, leyendo. Svenja ha ido a una clase de yoga. Al poco de salir del complejo turístico, Götz tuerce por un camino forestal. Aparca el vehículo ocultándolo bien entre los árboles y extiende una manta en el espacio de carga.

Brida llora.

—No tenemos por qué hacerlo —dice él.

Pero Brida sí tiene que hacerlo.

Al acabar, le pregunta qué le hace seguir con Svenja.

—Es inofensiva —contesta él—, tiene talento para ser feliz. Sabe estar en este mundo, ¿comprendes lo que quiero decir? —Inspira y espira haciendo ruido—. Estoy agotado, necesito ligereza, Brida. Necesito risas por la noche.

—¿Y qué más? —quiere saber.

Él duda.

—¿Soportarás las respuestas a tus preguntas?

Brida asiente.

Y entonces Götz permanece un rato callado. Ella sabe que no quiere negarle la respuesta. Es parco y preciso con las palabras.

—Svenja —empieza a decir por fin— no se toma a sí misma muy en serio. Me apoya y a veces incluso deja de lado sus propias necesidades.

—¿Y yo no hacía eso?

—Sí, por supuesto, pero a ti te costaba. Sufrías por ello. Y como sufrías, tampoco las niñas y yo éramos felices.

Brida no quiere llorar ahora. Respira para contener el dolor y las lágrimas, y también las contestaciones, que de todas formas solo serían mentiras. Todo lo que Götz ha dicho es cierto y, puesto que es cierto, cualquier esperanza deja de tener sentido. Porque Brida sigue siendo Brida, y Götz sigue siendo Götz. Los brazos de él la estrechan con fuerza cuando menciona, como de pasada, que Svenja quiere tener un hijo. Brida se desprende de su abrazo y se sienta.

—No lo hagas —pide.

—Podría ser bueno, Brida —opina él—. Tenemos que seguir con nuestra vida. El uno sin el otro.

—¿Es eso lo que quieres? —pregunta ella.

—No, no tiene nada que ver con querer.

Alcanza la mano de Brida y se la pone en la mejilla.

—¿La amas?

—Le tengo mucho cariño. Si la amara, no habría ligereza. Entonces sería como con nosotros.

Brida toma aire. Cada pregunta es peligrosa. Cada respuesta puede resultar una más de la cuenta.

—¿Cómo es «con nosotros»? —pregunta.

Él mira el reloj.

—Íbamos a por pizzas —murmura—, nos estarán esperando.

—Götz, ¿cómo es «con nosotros»?

Él se pasa una mano por la cara antes de hablar.

—¿Recuerdas cuando les soltaste a las niñas que no sabías cómo te había dado por tener hijos, que con eso habías dejado de lado la escritura? ¿Recuerdas sus caras?

Sí, lo recuerda. Hermine agarró a su hermana pequeña de la mano, se la llevó a su habitación y se atrincheraron allí dentro. Brida les pidió perdón desde el otro lado de la puerta, les juró que no había sido su intención decir eso, que siempre había querido tener hijos y que se sentía muy feliz de todos y cada uno de los días que había pasado con ellas.

Y lo decía de verdad, aunque las niñas acababan de borrar su texto del ordenador. Meses de trabajo quedaron eliminados para siempre, aniquilados. Brida lloró y renegó y gritó cosas que habría sido mejor no decir nunca.

También recuerda el resto de aquel día. La agresiva simbiosis padre-hijas. El frente común que se instauró ante ella. Brida ya no sabía qué decir. Más tarde, pasó sin hacer ruido por delante de la puerta abierta de la habitación de las niñas y oyó la voz de Götz leyéndoles. Palabras salidas de un prístino mundo de cuento infantil.

Fue a la cocina, se bebió una copa de vino demasiado deprisa y, en contra de lo pactado, se fumó un cigarrillo allí dentro, sentada a la mesa.

—¡Las niñas no tienen ninguna culpa! ¡Deberías hacer copias de seguridad, Brida!

Götz pasó por delante de ella y fue directo a la ventana, que abrió de golpe mientras le lanzaba esas frases a la cabeza.

—¡Y tú tienes que educar a tus hijas! ¡No se les ha perdido nada en mi ordenador! —exclamó ella, y siguió bebiendo.

Por supuesto que lo recuerda.

Él, no obstante, también debería recordar otra cosa.

Le pone una mano en el pecho, la desliza hacia abajo por encima de su ombligo, la cierra sobre su miembro y lo sostiene. Después se desliza sobre su cuerpo hasta apoyar el rostro en su cálido vientre.

Cuando Brida y Götz sacan las cajas de las pizzas del coche para llevarlas a la casa, Svenja sale a su encuentro.

—Sí que habéis tardado, hace una eternidad que os esperamos.

Brida la mira fijamente a los ojos y sonríe.

Al inicio de su relación estaba Malika, de quien Götz decía por entonces que era la mujer ideal para formar una familia. Que su cuerpo era el cuerpo de una madre: suave y cálido, como un abrigo que te protege en invierno.

—¿Y cómo soy yo? —le preguntó Brida.

—Salvaje y áspera como la lengua de un gato —respondió él.

Brida rio y lo besó, y le habló de Johann, el poeta lírico, su novio.

Pensar en Johann y en Malika no despertaba en ella ningún sentimiento de culpabilidad.

El amor, de eso Brida estaba convencida, llega como tiene que llegar: sin motivo, sin culpa, ineludible. Es ingobernable y no puede contenerse. Cualquier sublevación en su contra es una pérdida de energía sin sentido.

Johann aceptó la ruptura en silencio, pero a partir de ese día no volvió a dirigirle la palabra. Malika, por el contrario, siguió ahí.

Al principio, Götz y Brida se veían casi siempre en casa de ella, y de vez en cuando en una habitación anexa al taller. Ella lo acompañaba en sus viajes al Este cuando podía. La búsqueda de viejos muebles lo llevaba sobre todo a Polonia y Chequia, y solo en esos viajes podía Brida tocarlo cuando y donde le apetecía. Mientras Malika estaba en casa dando clases de violín, Brida tenía a Götz todo para ella.

En carreteras solitarias se confesaban sus fantasías sexuales. Entonces se metían por algún camino forestal, paraban en un rincón escondido, y en el espacio de carga de la furgoneta sucedían cosas que iban haciendo subir el listón.

Fue después de esos viajes cuando surgieron los primeros textos extensos de ella. Esos lugares la inspiraban.

Una granja desmoronada en una provincia polaca se convertía en el escenario de un drama sobre dos niños; un caserón checo, en el punto de partida de una novela.

Götz subía a muchísimos desvanes y se abría camino por graneros repletos de trastos. Esperaba, tranquilo y paciente como un cazador, hasta encontrar el momento adecuado. Se tomaba su tiempo para conectar con la gente y, si no podía haber comunicación verbal a causa de los distintos idiomas, se ayudaba con gestos sencillos. A menudo recorría el lugar en silencio, tocaba las cosas que veía, se detenía y las observaba de cerca.

La gente confiaba en él. Le dejaban entrar en sus despensas, desvanes, graneros, garajes y viviendas, y tal como el escultor intuye en la piedra la imagen que va a esculpir, a menudo Götz veía en muebles modestos una futura joya. Siempre ponía cuidado en no engañar a nadie; prefería pagar de más a quedarse corto.

Brida se sentía del todo segura en su compañía. Sin embargo, cuando empezaba el viaje de vuelta, cuanto más se acercaban a su hogar, más se alejaba Götz de ella. En Leipzig, la dejaba frente a su edificio y seguía camino hacia el taller, que constituía la esclusa entre Malika y ella. Entonces podía pasarse días sin tener noticias de él.

En el instituto, Brida mantenía las distancias.

No es que antes de Götz se hubiera esforzado demasiado por hacer amistades, pero sí había participado de pleno en la vida estudiantil. Acudía a fiestas y solía ir al cine con Alma y Xandrine, que también escribían prosa. Normalmente, sin embargo, prefería la lectura de un buen libro. Los actos multitudinarios como las celebraciones de fin de año, los conciertos de rock o las fiestas municipales eran algo a lo que no asistía por principio. Siempre había sentido una alegría extraña no estando en esos lugares donde se congregaba todo el mundo.

La soledad había sido su estado natural. Al crecer siendo hija única en una casa apartada en la linde de un bosque, no había tenido más remedio que entretenerse sin nadie más. Su madre salía pronto de casa y no regresaba hasta tarde. Todos los días tenía dos horas de ruta, en bicicleta, en tranvía y luego a pie, para llegar a su trabajo, en la caja de ahorros de la ciudad más cercana. Su padre casi siempre estaba en el bosque. Era guarda de un distrito forestal muy extenso. A veces Brida lo acompañaba, aunque a menudo se quedaba sola en esa casa con un gran jardín rodeado por una alta valla.

Muy de vez en cuando, algún niño del pueblo iba hasta la casa del guarda, pero el camino era largo y a Brida la consideraban rara. Janko, su perro de caza, la seguía a cada paso. Aunque a veces habría deseado tener un compañero de juegos y le suplicaba a su madre que le dieran un hermanito, tampoco aguantaba mucho tiempo la compañía de otro niño. Al cabo de una o dos horas a lo sumo, ya tenía suficiente y, entonces, o dejaba de hablar del todo o hacía maldades. Una insoportable tensión interior la obligaba a ello.

Un día se marchó sin más. Llamó a Janko con un silbido, desapareció en el bosque con él y dejó en el jardín, solo, al niño que había ido a verla.

La disculpa que ofreció más tarde, presionada por sus padres, resultó tan poco vehemente que no hubo ni verdadera reconciliación ni ninguna visita más.

A Brida no le importó en absoluto. Ella sola se las arreglaba perfectamente. Todo lo que necesitaba estaba en su cabeza. Una idea cualquiera bastaba para producir un raudal de imágenes y sentimientos. Y cuando llegó a esa edad en que las ideas ya no se convertían en juegos, empezó a escribir sobre los personajes y los lugares de su mundo interior. Más que nunca necesitó entonces la soledad. La cuidaba y la defendía de los ataques de una realidad que jamás podría ser tan intensa como el cosmos de su fantasía.

De pronto su vida consistía en Götz y en la escritura, y por fin tenía algo de verdad que contar.

Igual que les ocurría a muchos de sus compañeros, los textos de Brida adolecían de una falta de experiencias. La mayor parte de los estudiantes eran jóvenes y componían sus primeros intentos literarios recurriendo a una infancia prístina y a enamoramientos banales. La falta de experiencia vital y de conocimiento de la condición humana los llevaba a crear personajes y tramas sobreelaborados e inverosímiles. Textos con un estilo tan ejercitado que no interesaban a nadie fuera del instituto.

Ser la amante de Götz fue un regalo.

Brida se abandonaba cuando podía en la mortificación, la nostalgia y el miedo. Decenas de páginas surgían durante esas noches en vela en las que aguardaba una señal de él sin recibirla. Su presencia era el alimento que la mantenía viva durante su posterior separación.

Aun así, el tiempo que pasaba con él era siempre demasiado corto y los intervalos entre sus encuentros eran demasiado grandes.

Al cabo de un año justo, su cuerpo empezó a enviarle señales de advertencia a un ritmo cada vez mayor. Una enfermedad relevaba a la anterior, y cuando, tras excluir todas las demás causas posibles, solo le quedó Malika, le pidió a Götz que cortara con ella.

Su respuesta fue que no. Solo se separaría de Malika si la decisión nacía de su propio corazón. Si lo hacía por cumplir el deseo de Brida, no tendría valor alguno.

A la pregunta de si la amaba, él contestó que sí sin dudarlo.

A la pregunta de si amaba a Malika, le dio la misma respuesta.

Las semanas y los meses fueron transcurriendo de manera indistinguible. El dolor teñía la escritura de Brida. Le inoculaba demasiado patetismo, creaba demasiadas metáforas e introducía demasiados adjetivos en las frases de su prosa.

Sus compañeros despedazaban sus textos en los seminarios, y sus profesores no se callaban su opinión de que había cometido un error al entrar en el Instituto de Literatura. Nadie, ni siquiera sus padres, se había tomado nunca muy en serio su idea de convertirse en escritora. Götz era el único que creía en ella.

De nuevo pasaron meses.

Le salió una erupción escamosa alrededor de la boca, el pelo se le volvió áspero, sonreír le suponía un esfuerzo desmesurado. El semestre de verano casi había llegado a su fin, los vencejos se perseguían por las calles al atardecer, las flores de los tilos emanaban su aroma dulzón.

Una noche, Götz estaba sentado en el borde de la cama, recién vestido, y miró por la ventana. Malika lo estaba esperando. El teléfono le había vibrado varias veces ya, y en cada ocasión a él le habían temblado los dedos. Brida guardaba un silencio angustiado.

—Tendría que contárselo a Malika —dijo él al cabo, y agachó la cabeza.

En un primer momento, Brida no supo en qué sentido lo decía. Siguió tumbada, desnuda, junto a él.

—Quizá lo entienda —añadió Götz.

—¿Y yo? —Se sentó con brusquedad.

—No lo sé —repuso él.

Se guardó el teléfono en el bolsillo y se marchó.

Al día siguiente, Brida no percibió nada que no fuera su dolor más íntimo. Todo lo procedente del exterior le rebotaba.

El seminario de poesía de la mañana solo le llegó de forma acústica. La profesora estaba de pie ante el grupo y abría y cerraba la boca. De los labios de sus compañeros salían sonidos, pero nada tenía sentido.

En estética, teoría cultural y de la lengua, los conceptos se diluían, crecían y se derramaban por el aula sin significado alguno.

El taller de novela, por la tarde, no llegó a acabarlo. Se levantó a la mitad, salió sin cerrar la puerta, bajó corriendo la escalera y se montó en su bici.

Götz estaba sentado ante su taller con una cerveza en la mano. Las aceras empezaban a llenarse, la cercana Karl-Heine-Strasse despertaba. Alguien tocaba una guitarra y cantaba, los jóvenes pasaban montados en bicicletas antiguas. Götz levantaba la mano de vez en cuando para saludar.

Brida no se resistió cuando la llevó dentro y cerró la tienda. Tampoco se resistió a su deseo, ni siquiera cuando la desnudó sin decir nada. Así era como debía ser.

—No puedo ser la otra —dijo mientras volvía a vestirse—, solo puedo ser la oficial.

Después buscó su bolso y salió del taller, se montó en la bicicleta y se alejó sin volverse ni una vez a mirarlo.

Durante el trayecto en tren hacia el norte borró su número de teléfono para no tener tentaciones. Sus padres fueron a buscarla a la estación de Neustrelitz y recorrieron con el jeep las carreteras y los caminos pavimentados y de tierra de siempre, hasta que llegaron a la aislada casa del bosque. Brida contemplaba a menudo el lago entre los árboles desde la ventana de su antigua habitación. Unas veces relucía dorado a la luz del atardecer; otras estaba oscuro y quieto por la mañana, pero más tarde el viento volvía a formar olas en la superficie.

Su madre tenía tiempo y paciencia. Le dejaba sopa junto a la cama, le llevaba tazas de té que luego recogía, le servía dulces en platos de porcelana. Hasta que Brida estuviera lista para hablar.

Las vacaciones de verano iban transcurriendo y Brida las vivía en un estado de parálisis intelectual. Ni trabajaba en sus textos ni se veía con nadie. Se pasaba la mitad del día con el perro por los alrededores. Arrastraba la bicicleta por caminos arenosos, nadaba en el lago, se tumbaba en los prados y veía cómo los días se iban haciendo más cortos.

Una tarde, cuando las grullas empezaban a reunirse en los campos como todos los años y señalaban el final del verano con sus llamadas de trompeta, salió a cazar con su padre.

El primero de septiembre empezaba la temporada de caza de corzos, gamos y venados. Mientras iban en el coche, guardaron silencio. Brida se conocía esos caminos de memoria. De niña no había querido creer que algún día se marcharía de allí; ahora sabía que nunca regresaría del todo.

Su padre aparcó el vehículo, sacó las armas y los prismáticos del maletero y echó a andar con decisión.

Brida había aprendido a cazar y a sacrificar desde pequeña. Su padre era el jefe forestal de la comarca. En la sala de caza de su casa, los animales que se habían cobrado colgaban durante tres o cuatro días antes de despedazarlos para meterlos en el arcón congelador. Cuando el tiro era limpio y la higiene perfecta, a veces su padre decidía dejarlos colgando un poco más para que la carne quedara lo más tierna posible. El olor de la caza resultaba insoportable para muchos. A Brida, por el contrario, siempre le había parecido un aroma agradable.

Estaban sentados juntos en silencio en el puesto de observación, examinando con prismáticos los campos de alrededor, y divisaron el ciervo al mismo tiempo. Su padre le tocó el brazo, señaló en dirección al animal y asintió.

Cuando vio por la mira telescópica de la escopeta aquel ciervo paciendo, su hermosa cornamenta, sus inocentes pasos al salir de la protección del bosque, Brida pensó en Götz. Estaba a punto de acabar con esa pacífica existencia. El ciervo se quedó quieto, ella respiró con calma y disparó.

El animal cayó al instante.

Poco después estaban arrodillados junto a la pieza. No había sufrido. El tiro había sido perfecto.

En octubre, a principios del nuevo semestre, regresó a Leipzig. En la maleta llevaba una bolsa isotérmica con carne congelada. Desde la estación se fue directa a ver a Götz. La tienda estaba abierta, igual que la puerta del taller. La campanilla sonó cuando Brida entró para dejar la carne en el mostrador. También dejó una nota encima del paquete: «Matado y despiezado por Brida Lichtblau. Se recomienda su consumo inmediato». La campanilla sonó una segunda vez cuando salió de la tienda, se subió al taxi que la esperaba fuera y se alejó de allí.

No hizo caso de la llamada telefónica de él, pocos minutos después. Tampoco contestó las demás de ese día ni del siguiente.

Poco antes de Navidad, uno de sus profesores, Friedhelm Kröner, un escritor de éxito, invitó a los estudiantes del instituto a su casa. En el vestíbulo tocaba un trío de jazz. Las habitaciones estaban amuebladas con sencillez pero con mucho gusto: una vitrina Biedermeier, una mesa rústica con un cajón de color y otras piezas individuales llamativamente bellas.

Brida recordaba muy bien esa mesa. Ella estaba presente cuando Götz la descubrió en un granero perdido en el campo checo, entre Praga y Brno. De pie tras él, vio cómo Götz puso las manos encima de la mesa y dijo: «¡Esta de aquí!». Siempre era así: cuando la sensación de los objetos bajo sus manos era buena, cuando le desvelaban algo de su historia, los quería.

Sobre la mesa había copas, vino y cerveza.

Todo el mundo estaba relajado. Había gente de editoriales que andaba en busca de jóvenes talentos, y Kröner se ocupaba de que sus preferidos no se marcharan con las manos vacías. Mientras este elogiaba a su favorita del momento ante una editora de mesa de una casa literaria de renombre, Brida sintió una mirada en la espalda. Acto seguido vio que el anfitrión se ponía en marcha, abría los brazos al pasar junto a ella y saludaba a Götz con un: «¡Querido amigo!», y un: «Ven a ver esto. Tu mesa es el centro de mi pequeño universo».

Poco después, Götz estaba junto a ella. Se hizo con una cerveza y dijo:

—En mi taller tengo un escritorio. Sería perfecto para ti.

Brida bebió un pequeño sorbo de vino tinto.

—¿Cómo está Malika? —preguntó.

—Hace tres meses que rompimos.

Sacó un paquete de cigarrillos del bolsillo. En casa de Kröner se podía fumar. El anfitrión se acercó desde atrás y les pasó los brazos por los hombros a ambos.

—¡Bebed, fumad y divertíos! —exclamó, y ellos siguieron la orden y bebieron, fumaron e hicieron como que se divertían.

Nadie los detuvo cuando se marcharon juntos de la fiesta.

Por la ventana brillaba la luna llena.

Götz estaba encima de Brida y la agarraba con fuerza: con el peso de su cuerpo, con las piernas enredadas en las suyas, los brazos en sus brazos y las manos aferrándole las muñecas. Cada intento de librarse de él terminaba con Götz apretando y hundiendo su cuerpo un poco más sobre ella. Brida volvió la cabeza hacia un lado para poder respirar y aguardó. Esa noche no ocurrió mucho más, pero a la mañana siguiente empezó el primer día de una nueva vida.

Svenja salta de cabeza al lago desde el trampolín. Lleva un bañador deportivo negro y un gorro de color rosa. Emerge a la superficie, se vuelve, saluda y luego se aleja nadando con movimientos tranquilos y correctos.

Las niñas intentan ponerse de pie una al lado de otra en la colchoneta inflable para luego saltar. Gritan y ríen, se dejan caer al agua de espaldas, vuelven a trepar a su isla flotante y exclaman: «¡Mira, mamá!» antes de zambullirse otra vez en el lago. Hermine quiere que Götz vaya con ellas. Cada año que pasa está más unida a él. La relación con su padre siempre fue más íntima que con Brida. Su hija mayor acababa de cumplir dos años cuando Undine nació y la destronó. A partir de entonces era Götz quien la calmaba por la noche, quien la llevaba a casa de la cuidadora por la mañana y la sacaba al parque después de cenar, donde se columpiaba y se lanzaba por el tobogán hasta que se cansaba y su padre la subía a casa en brazos.

Götz no se hace de rogar. Corre al agua y alcanza a las niñas en pocas brazadas. Ellas chillan y juegan a que su padre es un tiburón. Brida los mira; desearía que la nadadora no regresara.

Los ve a los tres alborotar en el agua, reír y disfrutar del momento, y comprende que eso ya no tiene nada que ver con ella. Ya no forma parte de ello. Las niñas y Götz son una familia; las niñas y ella son otra.

Cuando Hermine y Undine crezcan, probablemente olvidarán que Götz las hacía caer de la colchoneta tirándoles de las piernas con gran griterío, que nadaba y buceaba con ellas mientras Brida estaba de pie en el borde del embarcadero, luchando contra las lágrimas y saludándolos con la mano. Tal vez en su recuerdo vean a Svenja allí de pie. Quizá no conserven ninguna imagen del tiempo en que sí fueron una misma familia.

El suelo se mueve bajo sus pies. Unos niños se acercan corriendo por el embarcadero y provocan oscilaciones antes de saltar al agua. Brida retrocede para que no la salpiquen. A lo lejos, en el lago, el gorro rosa de Svenja emerge cada dos segundos. Ha cambiado de dirección. Ágil y veloz, se acerca de nuevo a la orilla. Si ve a las niñas y a Götz, se pondrá a jugar con ellos, les enseñará acrobacias a las pequeñas y se ganará su admiración. Y pronto tendrá un hijo de Götz.

Hace demasiado que Brida está al sol. Le arden los hombros.

Quiere volver con Götz y con las niñas a la casa principal, disfrutar de la vista del lago desde la terraza y comer un helado. Como todas las demás familias, quiere sentarse bajo una sombrilla con sus hijas y su marido, cansados y acalorados y con la absoluta certeza de saber cuál es su lugar.

Y al caer la noche, cuando las niñas se vayan a la única gran elevación de los alrededores, como hacen casi todos los atardeceres, para fotografiar la puesta de sol y dejarse caer rodando por la pendiente de hierba, ella recorrerá con Götz el camino serpenteante que se extiende por la tierra baldía hasta el puesto de observación. Y el sol bajo proyectará sobre los prados la sombra alargada del mirador de cazadores. Los pájaros levantarán el vuelo para atrapar insectos bailarines en el crepúsculo, y Götz se apretará contra ella desde atrás. «¡Dime qué quieres!», susurrará ella, y él se lo dirá con tanta claridad como siempre.

Nada es menos erótico que un hombre que no exige nada.

Brida le dará lo que desea, no solo porque él se lo exige, sino porque también a ella le produce placer. En el camino de vuelta irán de la mano y no se soltarán hasta que estén delante de la casita de ella y Brida saque la llave de su bolsillo. Entrarán juntos, sacarán el vino de la nevera, saldrán a la terraza y esperarán a las niñas.

—¡Mamá! ¡Mira lo que hago!

Undine se ha subido a los hombros de Götz y salta hacia delante. Después da un par de brazadas, trepa por la escalerilla que sube al embarcadero y se detiene empapada ante su madre.

—¡Svenja salta haciendo la voltereta! —exclama, entusiasmada—. ¿Lo sabías?

La cabeza enfundada en rosa de Svenja aparece también en el embarcadero. Sube rauda por la escalerilla, seguida de Götz.

—Si te parece bien —dice este—, Svenja y yo nos llevamos a las niñas a hacer una excursión. Así podrás escribir tranquilamente hasta la noche.

Escribir tranquilamente.

Durante años no soñó con otra cosa.

Ahora que solo tiene a las niñas la mitad del tiempo, que solo comparte la mitad de su infancia, la mitad de sus alegrías, la mitad de sus penas, las palabras ya no acuden. Ahora que la custodia compartida, el modelo más justo de reparto de los hijos que han ideado los juristas, le da libertad para trabajar sin que la molesten, va y se le seca la fuente.

Cómo detesta ese modelo que les quita a los niños su anclaje, que los empuja de una semana con el padre a una semana con la madre, del piso del padre al piso de la madre, para que todo sea equitativo. Pero tampoco Brida quiso renunciar a ello.

Incluso en vacaciones mantienen esa equidad. Götz está con Svenja y con las niñas la mitad del día; de la otra mitad se encarga Brida. Si da la casualidad de que todos han decidido pasar el día en el lago, entonces parecen una gran familia feliz.

El embarcadero sigue bajo un sol abrasador. Aunque no hay ningún peligro real, se siente desamparada, expuesta al mundo. En caso de emergencia se encontraría sola. Le arde la cara, su cabeza es un avispero de ideas.

El amor no es un sentimiento.
El amor no es romanticismo.
El amor es una proeza.
Hay que contemplar el amor desde la emergencia.
Todo lo que ha escrito hasta ahora sobre el amor carece de sentido.

—Entre nosotros no cambiará nada —dijo Götz después del divorcio—, seguiremos unidos.

Pero todo había cambiado. Ya no había ningún «nosotros».

Antes, el tacto y el olor de su piel disipaban las dudas de Brida. Su simple presencia física mantenía a raya los miedos de ella. Y los despreciaba haciendo comentarios burlones.

«No te necesito...» ¿Cuántas veces le había espetado esa frase a Götz? Ella, que valoraba las palabras más que él, las había utilizado a la ligera, había subestimado su poder.

Svenja es más lista. Sus instintos funcionan. Su feminidad coqueta es simple, casi vulgar. Idolatra a Götz, lo admira sin fisuras irónicas. Se somete, reconoce sin ambages sus propias debilidades, incluso las utiliza para revalorizarlo más a él cuando dice: «Tú de esto sabes más que yo», y le deja las clásicas tareas masculinas con toda naturalidad.

O es extraordinariamente astuta o es verdaderamente ingenua. Brida sospecha que esto último.

La amarga conclusión es que la ignorancia da la felicidad.

Cuando volvieron a empezar comenzó su mejor época.

Brida, que había cogido la costumbre de ponerles nombre a todos los años, llamó a ese «el año Götz».

Los viajes al Este ya no eran huidas. Siempre que podía, lo acompañaba de manera oficial, como la mujer que estaba a su lado.

Cuanto más se internaban en el Este, menos pulido era el mundo y más se parecía a las imágenes de su infancia en las tierras del norte de Alemania. Las fachadas de las casas eran sombrías y sucias, las carreteras estaban llenas de agujeros, las señalizaciones habían desaparecido bajo la maleza, los árboles eran viejos. La fisonomía de las personas con quienes se cruzaban se le grababa en la memoria. Occidente lavaba las marcas de los rostros; el Este los tallaba.

Con las ventanillas bajadas, el pelo al viento, un cigarrillo en la mano y la música bien alta, hacían un viaje en el tiempo. Era fantástico. No se peleaban, nunca se aburrían juntos y, cuando las manos de él buscaban su cuerpo por la noche, Brida esperaba que se olvidara de toda cautela y le hiciera un hijo.

Encontrar el gran piso del barrio de Gohlis fue un golpe de suerte. La familia que había vivido allí formaba parte de la clientela habitual de Götz, así que por casualidad fue el primero en enterarse de que iban a dejarlo libre.

Aunque se encontraba en mitad de la ciudad, parecía la calle de un pueblo. Como estaba adoquinada, pasaban muy pocos coches, y entre las casas había jardines y solares vacíos. El piso se hallaba en un edificio rodeado de viejos árboles y tenía amplios balcones de madera con tejadillo.

Cuando se instalaron, un cálido día de mayo, los vencejos regresaron a la ciudad y resultó que el nuevo hogar de Brida y Götz era también residencia de verano de algunas de estas aves viajeras.

Brida pasó semanas saliendo del piso solo cuando era imprescindible. Tardaba más que antes en llegar al Instituto de Literatura, pero el camino era más bonito. Atravesaba un pequeño bosque, pasaba junto a la gran pradera de Rosental, y seguía por unas pocas calles y por el florido parque de Johanna.

Vivir con él era fácil.
Estaba contento cuando ella se tumbaba a su lado.
Estaba contento cuando guardaban silencio juntos.
Estaba contento cuando trabajaban y comían y dormían y hablaban de las cosas vividas durante el tiempo que no se habían tenido el uno al otro.

De vez en cuando Brida deseaba que él filosofara con ella, que comentaran aspectos psicológicos y ascendieran a esferas más altas, hasta donde el aire empezaba a escasear y se dejaba atrás todo lo terrenal. Sin embargo, cuando una conversación tomaba esos derroteros, Götz sonreía y le decía que no pensara que podía encontrarlo todo en él. Que eso se les daba mejor a otros.

Götz había salido a correr mundo como oficial de carpintería con veintiún años, y muchas de sus opiniones procedían de esa época. En su hatillo no había más que una libreta y un lápiz cuando un carpintero decano fue a recogerlo a su casa y lo acompañó hasta la salida de Stuttgart; a partir de entonces no podría acercarse a menos de sesenta kilómetros de su hogar. El uniforme tradicional le daba demasiado calor en verano y resultaba frío en invierno. Por la mañana, muchas veces no sabía dónde dormiría esa noche ni qué comería. En ocasiones pernoctaba al aire libre. Estuvo en Austria y en Suiza, en Francia y en Portugal, y por último en Islandia. Pasó tres años sin teléfono ni ordenador, recorrió miles de kilómetros a pie, conoció a cientos de personas y durmió en otras tantas camas diferentes.

Los diez años de diferencia de edad no separaban tanto a Brida y a Götz como esa experiencia de sus años de oficialía itinerante. Götz había madurado pronto. Prácticamente nada conseguía desequilibrarlo. Las palabras inteligentes, por sí solas, no lo impresionaban. Juzgaba a las personas por sus actos y sus obras. Cuando Brida le preguntó qué era lo que más le gustaba de ella, le enumeró tres cosas:

Su naturaleza curiosa y despierta, su capacidad de entrega y su talento para crear una historia de la nada. Ella lo amó por esa respuesta.

Los ritmos de sus vidas casi nunca iban acompasados.

A Götz le gustaban las primeras horas del alba; Brida escribía hasta bien entrada la noche. A menudo, cuando el reloj interior de él lo despertaba sobre las seis, se apretaba contra ella y le subía el camisón. Ella, medio dormida, le abría su cuerpo, casi siempre perezosa y tumbada boca arriba.

El sueño de después era pesado y cargado de imágenes. Mientras Götz empezaba con el trabajo en el taller, Brida viajaba por paisajes surrealistas, cazaba animales que no podían existir, caía por peñascos sin estrellarse nunca, se acostaba con hombres a los que no conocía y cerraba la mano en el vacío de su lado.

Siempre desayunaba sola.

Por la tarde, a menudo iba al taller a buscarlo. Entonces salían.

En los bares, las mujeres se fijaban en él, aunque Götz no parecía percatarse, no respondía a sus miradas. Brida se debatía entre el orgullo y el miedo. Era un hombre apuesto que estaba en armonía consigo mismo, que seguía su brújula moral interior, que irradiaba seguridad y superioridad.

Si se quedaban en casa, veían películas, leían o se amaban. Cuando Götz, a eso de las once, se iba a dormir, Brida se sentaba al escritorio. Allí, con una copa de vino y la tranquila certeza de que Götz dormía al lado, era donde más feliz se sentía.

Entonces los personajes despertaban. Una vez levantados, se movían, hablaban y actuaban, y lo único que tenía que hacer ella era poner por escrito esas imágenes en movimiento que veía en su cabeza. Cuando le llegaba una idea, nada era más importante que seguirla.

Hacia las dos de la madrugada, las dos y media como muy tarde, se le cerraban los ojos y, con la esperanza de que los protagonistas de sus historias regresaran de nuevo a la noche siguiente, se quedaba dormida junto a Götz. Sus cuerpos siempre se tocaban por algún lugar; el pie de ella en su pierna, la mano de ella en su espalda, las puntas de los dedos de él en su cadera.

Ningún año, ni antes ni después, fue tan productiva como esos primeros doce meses de convivencia con él. Tres narraciones largas, un montón de relatos y la mitad de su primera novela surgieron en esa época.

Unas nubes negras cubren el cielo sobre el lago de Hollershagen. Un golpe de viento tira de los extremos de las toallas en las que están tumbados Svenja y Götz. Él se levanta con movimientos imperiosos y llama a las niñas. Se ve un primer relámpago en el horizonte, poco después suena el trueno, de repente oscurece y todos se ponen en movimiento. Las niñas recogen sus cosas a toda prisa, Götz se encarga de lo demás, pero antes le pone una toalla en los hombros a Svenja.

La atención; esa es la diferencia.

Y la protección.

Él solo la protege a ella. Puede acostarse con ambas, pero no ocuparse de las dos.

Brida echa a andar hacia la casita, descalza y con los hombros quemados. Doscientos metros más, ciento cincuenta más, ya ve las casas entre los árboles. El viento se convierte en temporal y ella se queda sin energía. Las agujas de los pinos se le clavan en las plantas de los pies y, cuando un grupo de niños pasa corriendo a su lado y uno de los pequeños la empuja, se tambalea de tal forma que tiene que sentarse.

A su alrededor reina el caos. Las ramas vuelan por el aire. Consigue recorrer los últimos metros hasta la casa con dificultad, y una vez dentro echa las cortinas y se tumba en la cama.

Lo que piensa ahora no quiere olvidarlo. Más adelante, cuando tenga más fuerza, lo pondrá por escrito.

El amor no es la unión de dos individuos independientes que pueden recuperar su autonomía en cualquier momento. El espacio protegido de ese mundo apacible donde hombre y mujer deciden a diario lo que significa ser un hombre o una mujer les ha hecho olvidar que bajo eso hay otra cosa. Un viejo orden que solo ha dejado de ser necesario temporalmente. En cuanto apareciera un peligro, volvería a imponerse por sí solo.

Está pared con pared con Götz y Svenja, cuyas risitas puede oír ahora mismo.

De pronto, la puerta se abre de golpe y las niñas aparecen ante ella.

—¡Queremos estar contigo! —exclaman—. Papá y Svenja se han encerrado, están haciendo S-E-X-O. —Deletrean la palabra y se retuercen de risa.

También Brida se retuerce.

Undine corre a subirse a la cama con ella y empieza a hacerle cosquillas. Risa y llanto se confunden. Ya no es capaz de controlarlo. Todo la desborda.

—¡Mamá! —grita Hermine, asustada.

Y entonces su hija la abraza.

Unos doce años antes, un frío día de diciembre, cruzó la ciudad en bicicleta a toda prisa.

Nunca había recorrido el trayecto entre el piso y el taller en tan poco tiempo. Las orejas y las manos le dolían de tanto frío, porque con la emoción había olvidado coger la gorra y los guantes.

Götz estaba en la tienda con unos clientes. Brida no hizo caso de su mirada interrogante, pasó hasta el taller, sacó el champán de la bolsa, lo descorchó y fue a buscar dos copas al pequeño aparador junto al fregadero. Limpió la mesa y dejó el test con las dos bandas azules entre las copas llenas. Después esperó.

Götz se acercó, se detuvo, miró la mesa, el test, las bandas. Ella vio en su rostro que lo entendía, vio cómo la curiosidad remitía y sus rasgos adoptaban una seria expresión de asombro.

—Hermine —dijo él—, si es niña se llamará Hermine.

El enlace civil tuvo lugar en junio. Los padres de Götz ocultaron mal su decepción. Un matrimonio que no se oficiaba ante Dios no significaba nada para ellos. A los padres de Brida les daba igual. Las tensiones entre los consuegros deslucieron la fiesta, celebrada solo con los más allegados, pero Brida estaba segura de que las diferentes formas de pensar y de vivir no representarían ningún problema entre Götz y ella.

El parto fue una barbaridad. A Brida no se le ocurría ninguna otra palabra. Las oleadas de dolor que recorrieron su cuerpo estaban más allá de cualquier tipo de control, había poderes actuando dentro de ella. No existía ninguna otra salida, solo esa fuerza primitiva que casi le desgarraba las entrañas.

Y de pronto, la niña.

Y más oleadas. Solo que esta vez de amor, cálidas y suaves, y con ellas el presentimiento de otra forma de dolor.

Götz se había quedado dormido a su lado. La niña estaba en una cuna de plexiglás, en el brazo izquierdo le habían puesto una pequeña cinta de plástico con su nombre. Dormía y hacía ruiditos. Brida se sentó con esfuerzo y sacó el cuerpecillo de su cuna de ruedas. La puso entre Götz y ella y la contempló.

—Hermine —dijo en voz baja, y mientras lo hacía acarició las palmas de sus manitas.

Los dedos de la niña se cerraron sobre el índice de Brida y lo asieron con fuerza.

Su hija estaba allí. Había llegado para quedarse. Los necesitaría. Todos los días, a todas horas.

Empezó «el año Hermine».

Hermine lloraba.

Lloraba antes de mamar y después de mamar, lloraba cuando salían de paseo y también por la noche.

Sus gritos destruían todo pensamiento en Brida. Cuando, con gran esfuerzo, había conseguido dormirla y se deslizaba sin hacer ruido hasta el escritorio, podía estar segura de que la vocecilla chillona volvería a resonar poco después por todo el piso y la obligaría a interrumpir el trabajo que acababa de empezar.

Al principio aún conseguía escribir párrafos cortos, pero los personajes no tardaron en guardar silencio y quedarse quietos.

La niña la ocupaba por completo. Todos sus recursos eran para ella. Los pocos ratos en que sus necesidades estaban saciadas, Brida se sentía tan vacía que no quería nada más que descansar y dormir. Cada día veía más claro lo mucho que se había transformado su vida.

La libertad era siempre algo aparente, con límites temporales. Un dulce que le dejaban catar antes de arrebatárselo. Generaciones de mujeres antes que ella habían seguido un camino predeterminado y estrecho; de pronto esas mujeres le parecieron afortunadas. Nunca habían vivido con la ilusión de poder decidir sobre su vida, nunca habían sentido decepción al ver que de pronto se les cerraban todas las puertas abiertas. No habían sido responsables de ninguna de sus limitaciones, eran las circunstancias las que no permitían opciones diferentes.

Brida, por el contrario, había elegido. Había deseado un marido y una hija, y en lugar de estar satisfecha, quería escribir. Más que nunca, quería escribir.

Götz volvió a viajar solo al Este. Era cierto que nunca estaba fuera más de dos o tres días, y también que empezó a buscar piezas de mobiliario adecuadas en casas que se vaciaban por la zona, pero incluso cuando tenía el almacén lleno y trabajaba en el taller, estaba fuera de casa hasta entrada la tarde. Cuando llegaba, Hermine ya dormía, y a menudo Brida estaba echada con la niña, durmiendo ella también. El ritmo de sus vidas rara vez armonizaba.

Unos tres meses después del parto volvieron a tener relaciones por primera vez. Estuvo bien, nada había cambiado. A última hora, con Hermine dormida, era cuando el deseo de Götz era mayor. Brida, en cambio, lo deseaba por la mañana, durante las únicas horas del día en que sus ganas no habían quedado vencidas aún por el agotamiento.

El llanto continuo de Hermine fue remitiendo con el tiempo, y al cabo de aproximadamente medio año Brida empezó a ampliar otra vez su radio de acción. Götz y ella intentaron ir a una cafetería con la niña un par de veces. Sin embargo, en cuanto el cochecito se quedaba quieto, Hermine empezaba a berrear. Aunque Götz intentaba imitar el movimiento meneando el coche, no servía de nada. La astucia de su hija le hacía gracia. A él no le suponía ningún problema cancelar la salida y regresar a casa con la niña en brazos. A Brida, por el contrario, la embargaba la decepción cada vez.

Retomó los estudios cuando Hermine cumplió nueve meses y empezó a pasar las mañanas en casa de una cuidadora.

Götz estaba en contra. Nunca habían discutido de semejante forma.

De niño él no había ido a la guardería. Su madre se había quedado en casa con sus hermanos y con él hasta que empezaron la escolarización obligatoria. Desde su punto de vista, esos años de infancia protegida sentaron las bases de su yo posterior. Llegó incluso a afirmar que era responsabilidad de Brida que Hermine se convirtiera en una persona feliz o desgraciada.

De pronto, Este y Oeste pasaron a ser algo más que designaciones geográficas.

Este y Oeste se habían convertido en una forma de vida correcta y una incorrecta.

En la primera semana de aclimatación con la cuidadora, Brida estuvo allí, pero en la segunda se limitó a quitarle a Hermine el abrigo junto al perchero y dejarla al cuidado de Miriam, una mujer grandota y rellenita, esposa de un párroco. Todas las mañanas, cuando dejaba a la niña, se decía que hacía lo correcto. Y todas las mañanas, al salir de esa casa, su cuerpo le decía lo contrario. Hermine gateaba tras ella, se sentaba y alargaba los bracitos hacia su madre. Lloraba y gritaba.

A veces Brida se quedaba un rato delante de la puerta del piso a escuchar. Hasta que dejaba de oír el llanto de su hija.

En ese tiempo que había comprado a un precio tan caro, no se permitía ninguna pausa. Se sentaba al escritorio como si estuviera clavada a la silla, estudiaba para los exámenes finales y escribía la novela para sacarse el título. Algunos días lo conseguía; otros, pasaba las horas arrancándose pelos de las piernas con unas pinzas.

Después de esos deslices tenía más que nunca la sensación de ser una mala madre. Para calmar su conciencia, iba a buscar a Hermine nada más comer, hacía el bobo con ella, se quedaba tumbada a su lado durante la siesta y luego iba con la niña a ver a Götz al taller, para así hacerle llegar todas las pruebas posibles de que su hija estaba bien.

Él se había conformado con la decisión de ella, pero estaba claro lo que pensaba al respecto.

Cada berrinche de la pequeña, cada asomo de enfermedad, cada mala noche, él lo achacaba siempre a la circunstancia de que Brida no era la única que se ocupaba de Hermine. Incluso cuando todo iba de maravilla durante días, su reproche mudo pendía en el ambiente.

Su desaprobación resultaba desmoralizante. Cuanto más intentaba Brida hacerlo todo bien, más frecuentes eran los percances que parecían darle la razón a Götz. Ella olvidaba citas, la vajilla se le caía al suelo, lavaba la ropa con agua demasiado caliente, pero fue un accidente en bicicleta llevando a Hermine en la sillita infantil lo que desembocó en la conversación que tenían pendiente desde hacía tiempo.

Esa noche fue Götz quien acostó a la niña. Hermine había tenido suerte; salvo por un par de rasguños, había salido ilesa. Succionaba con fuerza su chupete y, cuando los chupeteos cesaron por fin, Götz salió y cerró la puerta sin hacer ruido.

Brida lo esperaba en la cocina. Las conversaciones serias siempre tenían lugar en la mesa de la cocina. Aparte de una contusión en el muslo y dos pequeñas rozaduras en el codo y el hombro, a Brida tampoco le había pasado nada. El vino tinto mitigó el leve dolor y le dio confianza.

Con seriedad y paciencia, Götz y ella siempre acababan por encontrar una solución. Se les daba bien resolver conflictos. Al final de esa noche, sin embargo, seguían sentados el uno frente al otro sin saber qué hacer.

Algo después se encontraron ante la cuna de su hija unidos en un mudo abrazo. La respiración de Hermine era tranquila y regular, y esa visión apacible los contagió. Sus corazones se abrieron. Sus cuerpos exigieron el del otro.

Brida terminó su novela en las semanas siguientes. Era el último requisito que le faltaba para completar los estudios. Le pidió a su médica de cabecera, la doctora Gabriel, que corrigiera el manuscrito, porque gran parte de la trama tenía lugar en las urgencias de un hospital. Quedó con ella dos veces en una cafetería, y en la primera de esas dos ocasiones la mujer pasó al tuteo.

—Llámame Judith —dijo con sencillez, y sonrió con su sonrisa perfecta.

Después le explicó a una velocidad vertiginosa sus comentarios, que ya estaban cuidadosamente anotados en el texto. El ritmo al que hablaba solo dejaba intuir la velocidad de su pensamiento. Brida quedó fascinada con Judith. Por primera vez en la vida sintió el deseo de entablar una amistad profunda.

Poco después trabajaba ya en las modificaciones propuestas por su editora de mesa, porque, en contra de lo esperado, había encontrado una editorial sin ningún esfuerzo. No era una de esas pequeñas y exquisitas casas literarias en las que publicaban sus compañeros de estudios, tampoco una de las grandes y de renombre. Se trataba de una editorial ante la que sus profesores arrugaban la nariz porque inundaba con libros para las masas un mercado donde la competencia era reñida.

Nunca antes había aprovechado sus días de una forma tan efectiva. Aunque apenas dormía, se encontraba de maravilla. Götz, después de mucho tira y afloja, se había mostrado dispuesto a trabajar en el taller solo por la mañana durante una temporada. Las tardes las pasaba con Hermine, se ocupaba de la casa, hacía la compra.

Encajaban como las piezas de un engranaje, todo tenía sentido, y una mañana el cartero le entregó un pesado paquete con ejemplares recién impresos.

Brida lo abrió, sacó uno y lo sostuvo un buen rato en las manos antes de abrirlo. No había obtenido una nota excepcional en su proyecto de fin de carrera. La novela, según opinaron sus profesores, estaba narrada con solidez artesanal, pero su construcción era demasiado convencional. Le faltaba un estilo propio claramente distinguible que era señal de una alta exigencia artística. En contenido, por el contrario, el texto desplegaba un profundo conocimiento de los procesos psicológicos. En ciertos fragmentos parecía escrito no por alguien que estuviera al principio de su vida, sino al final. Pero ¿qué importaba eso? Tenía en las manos su libro, su libro terminado. Solo el nacimiento de Hermine había despertado en ella un sentimiento similar: una intensa satisfacción unida a un miedo enorme.

Le habían dejado colaborar en el proceso de toma de decisiones para la cubierta. Figuras de Playmobil sobre un fondo blanco. La forma en que estaban dispuestas reflejaba el comportamiento de los personajes en el libro. *Modelo de vida*, se leía en sencillas letras negras, y debajo, su nombre:

Brida Lichtblau.

El día de la presentación del libro, Hermine se puso enferma.

Le había subido mucho la fiebre, así que Götz canceló la niñera de esa tarde. Quería quedarse con su hija.

Götz aceptó la nueva situación al instante y, como de costumbre, de él no salió ni una queja. Brida solía admirarlo por ello. Las cosas cambiaban pero, en lugar de protestar, él se amoldaba a ellas. No parecía ofrecer ninguna clase de resistencia en su interior.

Esa tarde, sin embargo, no era una tarde cualquiera. Brida leería ante desconocidos que irían a escucharla. Se trataba del nacimiento de un personaje público, se presentaría y se expondría ante ellos desprotegida.

Esa tarde habría necesitado a Götz.

No obstante, las cosas salieron a pedir de boca aun sin él. Las hileras de sillas de la librería se llenaron del todo y, cuando Brida empezó a leer y los susurros y los murmullos del público callaron, se sintió a gusto. El micrófono reforzaba las entonaciones de su voz oscura y algo áspera, y no se trabó ni una sola vez. Después firmó libros, respondió a preguntas y comprobó con asombro que le gustaba recibir esa atención.

Al poco rato, la decepción porque Götz no estuviera

con ella se había transformado en alivio. Su presencia silenciosa y con tintes de superioridad le había impedido soltarse en muchas otras ocasiones.

Cuando terminaron, varios de los asistentes decidieron salir a disfrutar de la vida nocturna: la librera Paula Krohn, su editora, el representante de la editorial para Alemania central, Judith y dos antiguas compañeras de estudios, Alma y Xandrine. Cenaron en un restaurante fabuloso y, cuando todos se despedían ya, Judith propuso no dar la noche por terminada todavía.

Las dos fueron de bar en bar. Coquetearon y se dejaron invitar a unas copas, pero cuando Judith escogió al hombre al que pensaba llevarse a casa, Brida echó de menos a Götz.

Pasó el día siguiente sumida en una niebla de náuseas y cansancio, y un día después comprobó que volvía a estar embarazada.

La tormenta de Hollershagen ha pasado. Las niñas vuelven a correr fuera, el sol calienta los prados mojados y miríadas de insectos retozan en el vapor que asciende por todas partes.

Algo tiene que ocurrir. A Brida le quedan aún ocho días de vacaciones por delante. Ocho largos días en los que oír, ver y oler a Svenja. En los que aguantar cómo las pequeñas y fuertes manos de fisioterapeuta de Svenja tocan el cuerpo de Götz.

Sale a la terraza y escucha. Aunque la tarde acaba de empezar, se sirve un vino y fuma. Lo que pretende es sentir cómo penetran en su cuerpo las sustancias tóxicas, cómo intentan los pulmones desintegrar el alquitrán, cómo lucha el hígado contra el alcohol, cómo se marchita la piel y cómo encanece el pelo. Un extraño deseo la invade. El deseo de decadencia y destrucción.

En la casita de al lado se abre la puerta. Svenja sale a la terraza. Lleva el pelo mojado, un aroma afrutado llega flotando hasta Brida. Svenja se estira, se flexiona. La expresión satisfecha de su rostro habla de un buen polvo.

Brida no se avergüenza de ese pensamiento tan vulgar.

El tiempo de la vergüenza ha pasado. El tiempo de las mentiras, también.

Algo tiene que ocurrir.

Del «año Undine» apenas tiene recuerdos.
No escribió nada.
Pero sí amamantó y cocinó y comió mucho.
Y amamantó y cocinó y comió más.
Se sentaba en parques infantiles y subía a Hermine a columpios y la ayudaba a bajar por toboganes y mientras tanto cargaba con Undine a la espalda.
No leía nada.
Pero sí dormía mucho, solo que siempre poco rato.
Y discutía mucho, porque Götz estaba relajado y ella no. Porque él tenía paciencia y ella no.
Undine llegó en un mal momento. Como una enorme broma pesada, su aparición volvió a hundir bajo la oscura superficie del agua la cabeza de Brida, que solo había asomado para tomar aire un instante.

Después vino «el año Judith».

Su amistad se parecía a un amor delicado.

Brida se arreglaba cuando quedaban, igual que lo había hecho con Götz al principio, y la emoción de poco antes de volver a ver a su amiga se asemejaba a la excitación que había sentido al poco de salir con él.

Si Judith anulaba un plan, Brida sentía una profunda decepción.

La energía que irradiaba Judith se le contagiaba inmediatamente. Después de quedar con ella, Brida era capaz de escribir a pesar de las niñas. Resistía las distracciones habituales, estaba más centrada, era más efectiva, y esa influencia positiva la llevaba a buscar a su amiga cada vez más a menudo.

La capacidad que tenía Judith para comprender una situación en cuestión de segundos, analizarla y señalar una solución convenció a Brida para dejarse guiar por su juicio en momentos de agotamiento total.

En opinión de Judith, el problema era Götz. Él coartaba a Brida, ponía cortapisas a su individualidad y no reconocía lo suficiente su obra artística. Quería degradarla y convertirla en una simple ama de casa, ponía sus propios intereses por encima de los de su mujer. Y aunque Brida sentía que eso no era del todo cierto, que la verdad estaba en otro lugar, no la contradijo, e incluso describió a Götz como celoso, posesivo y estrecho de miras. También siguió sin defenderlo cuando Judith abrió mucho los ojos y puso una expresión glacial, y al oírla decir: «Deja a ese hombre, no es bueno para ti», se quedó callada.

Götz se olía el peligro. Aunque solo había visto a Judith en alguna que otra ocasión y solía guardarse sus opiniones para sí, utilizó palabras claras. Dijo que era una criatura egoísta, incapaz de amar, destructiva y fría. Sin embargo, su dureza empujó aún más a Brida hacia ella, así que, cuando le pidió a su mujer que no quedara tanto con su amiga porque después de esos encuentros siempre volvía cambiada, su petición pareció confirmar las dudas que Judith alimentaba.

Hermine tenía cuatro años y Undine acababa de cumplir dos cuando Brida recibió a Götz una tarde con las palabras de que ya no soportaba más los rigores de esa vida.

Pasaron casi tres días sin verse. Götz, a través de un amigo de sus años de oficial, se había enterado de que cerraban una gran tienda de antigüedades no muy lejos de su ciudad natal, Stuttgart. Junto a su nuevo empleado, al que había contratado hacía poco, viajó al sur de Alemania, cargó la furgoneta y luego fue a visitar a sus padres.

Brida se resignó a ese viaje; era necesario aunque el momento no fuese oportuno. Tenía que terminar una historia para una antología, Hermine estaba con una conjuntivitis purulenta y Undine decía que no a todo. Judith fue a verla la noche antes de que regresara Götz, que se encontró con el resultado de esa conversación sazonada con alcohol antes aún de descalzarse y colgar la chaqueta en el perchero.

La escuchó sin interrumpirla. La siguió hasta la cocina, se sentó a la mesa y la dejó hablar, y cuanto más decía, más le parecía a Brida que las palabras de Judith se mezclaban con las suyas propias, y cuando empezó a retirar parte de lo dicho y a mitigar los reproches, Götz levantó las manos a la defensiva.

¿No había pensado alguna vez que quería demasiado?, preguntó él entonces con voz temblorosa. ¿Había creído que se podía tener todo sin renunciar a nada, sin límites? ¿De verdad había pensado que podía disfrutar de los hijos, el arte, la cultura, los amigos, un marido, sexo, tiempo para leer, tiempo para no hacer nada, para escapadas espontáneas y a saber qué más, sin pagar un precio?

—¡Yo siempre cedo por todo el mundo! —gritó ella.

—Todo tiene su momento, Brida —repuso él.

Después de eso, Götz se pasó días sin dirigirle la palabra.

Primero Brida se fue a casa de Judith.

Veía a las niñas por la tarde, iba con ellas al parque o a la piscina, a la heladería o al cine, las llevaba a casa para cenar y regresaba a dormir al piso de su amiga.

El vacío y el frío de las habitaciones extrañas tenían un efecto sanador. Dormía bien. Nada la importunaba, nada la agobiaba. No tenía que limpiar, no tenía que hacer la colada. Nadie exigía nada de ella.

Pasaba las noches junto a Judith en el sofá. Bebían vino, comían olivas, queso y galletitas saladas, miraban qué había de nuevo en los portales de internet que Judith solía consultar. En las páginas del mercado ecuestre, Judith se interesaba por la alzada, la raza, la edad y la monta de los animales; en las páginas de posibles parejas buscaba altura, edad, profesión y aficiones de los hombres.

A Brida la diferencia le parecía marginal.

A veces se olvidaba de las niñas durante un buen rato. Entonces recorría la ciudad, escribía un par de frases en alguna cafetería, salía a pasear, veía exposiciones, husmeaba en tiendas de anticuarios, iba al cine en mitad del día, visitaba pisos. Sin embargo, las citas con agentes inmobiliarios pusieron fin a esa ligereza. Sus preguntas sobre ingresos y número de hijos la obligaron a mirar a la realidad a los ojos. La beca que durante medio año le había quitado la preocupación por el dinero se le acabaría pronto, y no tenía ninguna otra a la vista. El proyecto de libro en el que estaba trabajando se encontraba en una fase en la que aún no era ni digno de mención.

Sin embargo, Götz no la dejaría colgada. Si seguía escribiendo de vez en cuando para el periódico, se daba prisa en terminar el libro y negociaba un buen anticipo, tendría entre uno y dos años solucionados.

Fue a ver a Götz al taller para hablar de lo imprescindible. Lo encontró con ojeras y sin ninguna gana de mostrarse amable. Escuchó en silencio las ampulosas explicaciones de ella, no contestó nada, no preguntó nada, esperó a que terminase, asintió y la acompañó a la puerta.

Las niñas sí que le preguntaban todos los días cuándo iba a volver. Nunca era «si», siempre era «cuándo», y Brida eludía responderles y les hablaba de un lugar nuevo para vivir y una aventura y una vida del todo diferentes. Pero Hermine enseguida exclamaba un vehemente «¡No!».

No quería nada nuevo, y entonces le repetía su pregunta: «¿Cuándo vas a volver?».

Más de una vez, Brida pensó en la posibilidad de dejar a las niñas atrás, desaparecer y empezar completamente de cero. Con otro hombre, en otra ciudad, como escritora, no como madre que escribe.

Sin embargo, era una perspectiva mortecina que perdía su atractivo en cuanto sus hijas salían de la guardería corriendo hacia ella.

Cuando Judith no trabajaba, iba a ver a su yegua o hacía deporte.

Ver el día a día de su amiga desilusionó a Brida. De pronto le pareció que su libertad no tenía sentido. Nada de lo que había en su piso exigía su presencia: no había ninguna planta, ningún animal, ninguna otra persona; no era más que un campamento base, un lugar de despegue y aterrizaje, un almacén. Allí no se celebraban fiestas, no jugaba ningún niño.

En el salón, el negro piano Bechstein de cola estaba siempre cerrado. No había oído tocar a Judith ni una sola vez. Un sofá color lila dominaba el resto de la sala, por lo demás casi vacía. El sofá era el lugar para sentarse, comer y trabajar. A menudo, no obstante, Judith se sentaba con las piernas cruzadas en el reluciente parqué.

Dedicaba mucho tiempo a su aspecto. Los productos cosméticos que había en el baño eran caros, y el resultado hablaba por sí solo. Con la piel limpia y lisa y el pelo brillante, Judith siempre parecía descansada. Aunque Brida era más joven, se veía ajada y agotada en comparación. Las ojeras nunca desaparecían bajo sus ojos.

Un par de veces tomó prestado el Audi negro de Judith. Aceleraba por la autopista a más de doscientos kilómetros por hora mientras escuchaba piezas de su colección de música clásica. La meta era el camino. En ocasiones se desviaba en algún lugar y paraba, caminaba un rato junto a un río, por un pueblo o un bosque. Y la torturadora pregunta de si lo había echado todo por la borda para nada, de si lo único que necesitaba era un descanso, martilleaba en su cabeza a cada paso.

Al cabo de unas tres semanas, el ambiente entre ellas empezó a enrarecerse. Judith cada día volvía a casa más tarde, y a veces ni pasaba por allí. Había llegado el momento de marcharse.

A principios de la quinta semana, Brida regresó a casa.

Fue a buscar a las niñas ya a mediodía.

Dieron un paseo juntas por el mercado semanal, compraron sandía, fresas y pan recién hecho, salvelino ahumado, mantequilla casera y patatas jóvenes. De camino a casa cantaron canciones, y las niñas no la soltaron ni un segundo.

Al principio Götz no hizo ningún comentario al encontrarla allí. Comió pastel de ruibarbo que ella había preparado, hizo el tonto con las niñas y luego, mientras Hermine y Undine jugaban en el jardín, escuchó las explicaciones y las disculpas de Brida. Cuando le prometió que no volvería a abandonar a la familia, él sacudió la cabeza.

—¡Déjalo! —dijo.

Los días siguientes, ella no hacía más que romper a llorar. Cuando estaban todos juntos comiendo a la mesa, cuando las niñas estaban contentas y Götz la tocaba sin querer, comprendía lo que había echado a perder. Fue entonces, a posteriori, cuando llegó el miedo.

Todos los días se acostaban juntos, y Brida nunca se cansaba de sus caricias. A mediodía le llevaba al taller una comida hecha por ella, tenía el piso limpio, cuidaba del jardín, jugaba y hacía manualidades con las niñas, aunque la aburría horrores.

Él no quería oírlo, pero ella le aseguraba una y otra vez lo mucho que lo sentía y lo mucho que lo quería.

Y era cierto. Lo amaba.

Las semanas de separación le parecían un mal sueño, y al año que tenían por delante le puso el nombre de él.

Ha pasado una noche infernal. Esto no tiene nada que ver con unas vacaciones.

Todavía no ha aprendido a dominar el miedo y la desesperación. Durante el día, la idea de morir le sirve de ayuda, pero por la noche los pensamientos sobre la muerte solo la llevan a desear que venga ya a por ella.

Hermine y Undine duermen profundamente sin sospechar nada. Como no se ponían de acuerdo en el reparto de las literas, las dos ocupan la de arriba. Donde una tiene la cabeza están los pies de la otra. Inspiran y espiran acompasadas, una y otra vez.

Brida sale de la habitación de puntillas y vuelve a tumbarse. Está helada y tiene el corazón desbocado.

¿Cuánto más puede seguir latiendo así? ¿Cuánto soportará ese ritmo? Su corazón quiere matarla. Se parará de repente. Sin más. En un momento de supuesta seguridad.

No es un buen corazón. Es un corazón depravado y tonto. Siguió caminos equivocados, se dejó seducir por voces equivocadas. Se quedará parado porque merece quedarse parado.

Y las niñas duermen y no sospechan nada.

Y Götz duerme y no sospecha nada.

Y nadie vendrá a quitarle el miedo.

Amanece. Un perro ladra desde el bosque, los últimos murciélagos regresan de su vuelo nocturno a la oscura morada que tienen tras el revestimiento de madera de la casita de vacaciones. Su muda presencia sombría le resulta más agradable que el canto de los pájaros exigiendo alegría.

Debe hablar con Götz. Hacer un último intento.

Ella tiene más que poner en la balanza que Svenja. Dos hijas en común y el mejor sexo de su vida. ¿O no le ha dicho él que con nadie más podrá ser como con ella? ¿Que solo con ella es capaz de superar límites? Se lo recordará.

Le recordará el sacrificio del principio de su relación y su sacrificio de hoy. Ser la segunda, saberse silenciada, es algo que ha soportado por el bien de él, y sigue haciéndolo. Pero su legítimo lugar está a su lado.

Le recordará los buenos tiempos y se disculpará por los malos.

No le prometerá nada. Ya ha roto demasiadas promesas. Sin embargo, ese no prometer le demostrará a Götz lo serias que son sus intenciones. No decir nada lo dirá todo. Él es observador. Lo entenderá.

Y su corazón se tranquiliza. El canto de los pájaros ya no suena como una canción de mofa ante su sufrimiento.

En la hierba húmeda del prado de detrás de la casa hay un montón de sapos. Sale descalza y se coloca en mitad de la migración de animales marrones y fríos. Se agacha, levanta uno y cierra las manos sobre él. El bicho secreta un líquido. Las patitas quieren saltar, pero las manos no le dejan hueco. Brida aprieta un poco más aún alrededor del animalillo asustado.

Alguien debería acercarse y abrazarla a ella también.

Se vuelve y mira hacia la ventana de la casita vecina. Las persianas están bajadas, la puerta cerrada.

¿Duermen? ¿O están haciendo al niño del que Götz le ha hablado? ¿Se está derramando él en este instante en el seno materno de ella? ¿Es este el momento en que el destino da un vuelco? ¿O es ella quien puede cambiarlo? Solo tiene que llamar al timbre, interrumpir el acto amoroso, impedir algo que los una de por vida.

Ahora quiere arrancarle las patitas al animal. Lo desea tanto que suelta al sapo y echa a correr de vuelta a la casa.

No quiere vivir sin él.

Ya no sabe estar sola.

Con las manos temblorosas, llena el hervidor y echa café instantáneo en una taza, pero entonces se va sin haber vertido el agua. Sale en camisón. Recorre los pocos pasos que la separan de la casita de al lado y pone el dedo en el timbre.

Brida estaba segura de que no volvería a cometer su error.

Hacía algo más de un año que Götz y ella lo estaban intentando de nuevo.

Ya casi nunca veía a Judith. Una vez habían ido juntas a una tienda de ropa, un par de veces a un bar, pero la extraña sensación de tener que justificarse ante ella, de parecerle una cobarde, hizo que Brida pusiera distancia.

Mientras las niñas estaban en la guardería, ella trabajaba, pero cuando los personajes empezaban a cobrar vida, cuando habría podido seguirlos, se acercaba la hora de ir a buscarlas.

Como la mayoría de las familias jóvenes, tampoco Götz y ella tenían a nadie a quien recurrir. Unas cinco horas de autopista los separaban de los padres de Götz; casi cuatro horas había hasta la casa de los padres de ella. Una visita anual al sur por las vacaciones de invierno, otra visita a Mecklemburgo en las de verano, y las dos visitas de los abuelos que recibían en Leipzig eran las únicas ocasiones que tenían Hermine y Undine de estar con la familia.

Brida pasó como sumida en una niebla los días previos a la separación definitiva.

Había intentado dos veces retirarse unos días para escribir, pero no lo había conseguido. Götz le había asegurado las dos veces que cerraría la tienda, pero en ambas ocasiones se interpusieron encargos que no podía rechazar porque necesitaban los ingresos y no quería perder a clientes de hacía años.

Él era quien ganaba el dinero. Desde el anticipo por su primera novela y lo que sacó con las lecturas, Brida no había contribuido a la economía familiar con nada digno de mención. La ayuda financiera de sus padres, que había recibido tras el nacimiento de cada una de sus dos hijas, se había agotado hacía tiempo. Götz cargaba él solo con ese peso, y no se quejaba.

Que se conformara con tanta facilidad enfurecía a Brida. Su serenidad le provocaba ira. Su austeridad hacía que ella quisiera más.

Brida conoció en un bar al primer hombre que le alabó precisamente las mismas características que Götz criticaba en ella. Fue Judith quien estableció contacto, y lo consiguió sin ningún esfuerzo: sonrió, ladeó la cabeza, se echó el pelo hacia atrás y balanceó los zapatos de tacón alto. Solo Brida vio el desprecio en los ojos de ella porque, una vez más, había resultado demasiado fácil. Judith se centró entonces en el amigo, y el otro se lo dejó todo para Brida.

Ese hombre, cuyo nombre ya no recordaba, quedó impresionado con ella. Hijas y marido, y escribía, ¿cómo podía ser? Él también escribía, pero no podía imaginarse haciendo nada más aparte de eso. No solo mostró comprensión por la impaciencia y la ira que en ocasiones hervían en el interior de Brida, sino que lo describió como un signo propio de una personalidad artística y vital. Brida no volvió a verlo, pero más adelante pensó mucho en esa conversación.

El segundo hombre fue M.

Ella en realidad no había querido ir a la fiesta del verano en la guardería. Su intención había sido estar escribiendo en algún otro lugar, lejos de Götz y de las niñas, pero de nuevo surgió algo que lo había impedido.

Se había cruzado con M. un par de veces, casi siempre por la tarde, al ir a buscar a las niñas, y de pronto lo tenía sentado a su lado en el borde del arenero, tecleando algo en el móvil.

Su hijo se había plantado con las piernas muy abiertas y sin saber muy bien qué hacer ante el castillo que acababa de construir Undine. Se mordía el labio inferior, tenía una pala en la mano y parecía estar pensando cosas serias. Y entonces, de repente, dio un salto y destrozó el castillo.

En lugar de enfadarse, Undine se lo quedó mirando con un gesto de extrañeza. Suspiró, salió del arenero y se subió a un columpio. Desde allí observó lo que ocurría a continuación.

En ese momento se parecía tanto a Götz que Brida no pudo apartar la mirada de ella. Su superioridad se hacía patente sobre todo en la expresión de su rostro. El placer del niño al destruir su obra provocaba en ella, como mucho, curiosidad y compasión. No necesitaba contraatacar. Su fuerza residía en la aceptación inmediata del hecho y en pasar a otro juego. Brida sintió cómo crecía su propia ira. Sin embargo, no era el niño quien la enfurecía, sino su hija.

M. se disculpó.

—Pero ¿por qué has hecho eso, Linus? —le preguntó a

su hijo agarrándolo de ambos brazos—. No sé por qué lo ha hecho —dijo cuando el niño se zafó de él y echó a correr.

Los pies descalzos de ambos casi se tocaban en la arena. Él llevaba unos pantalones de lino azules y una camisa blanca y ligera. Se había quitado las sandalias, de piel buena.

Era uno de esos días de verano que tanto le gustaban a Brida: sin viento y tan calurosos que llevar ropa era decente pero en absoluto necesario.

Las miradas de M. eran directas sin resultar ofensivas.

—Ya sé cómo puedo compensarlo —dijo; sacó una tarjeta de su billetero y se la dio—. La semana que viene inauguramos una nueva exposición. Venga. Tomaremos una copa de vino juntos.

—Ya veremos —repuso ella.

Él sonrió y asintió.

La mujer llamativamente discreta que se sentó entonces junto a él en el arenero llevaba la misma alianza que M.: sencilla, de oro blanco mate.

—Me alegro de conocerla —le dijo a Brida—, he leído su novela. Me ha gustado mucho.

En los ojos de él no se vio ni rastro de bochorno; no se echaba atrás. Ella entendía lo que decían sus miradas.

A lo largo de los días siguientes aparecieron las dudas. ¿Había sido M. amable y nada más? ¿Sonreía a todo el mundo de la misma manera?

La tarde de la inauguración, a Brida le fue fácil escapar de casa. Götz estaba contento de pasar un rato con las niñas y poder acostarse pronto. Las jornadas laborales de doce horas que había estado haciendo lo tenían agotado.

En cuanto entró en la galería, Brida se convenció de que la escena de la guardería había sido un malentendido. Vio a M. rodeado de personas. Estaba guapísimo y rodeaba con el brazo los hombros de una joven que resultó ser la artista cuyas obras colgaban en las paredes. Mientras contemplaba las fotografías de gran formato, Brida se sintió tonta. Ni entendía el mensaje de los cuadros, todos los cuales tenían como protagonista la misma mesa, ni entendía qué estaba haciendo ella allí.

Se movió en dirección a la salida despacio e intentando pasar lo más desapercibida posible, se abrió camino entre la gente que entraba y, una vez fuera, encendió un cigarrillo y se apoyó cansada contra la pared de la vieja fábrica. Cerró los ojos un instante. Cuando volvió a abrirlos, M. estaba delante. Muy cerca, con las manos en los bolsillos del pantalón, visiblemente contento.

El sexo en una habitación de hotel fue intenso la primera vez. Sucedió un lunes, M. estaba libre, tenía la galería cerrada.

Subieron juntos en el ascensor sin decirse nada y entraron en la habitación, se desvistieron y se lanzaron el uno sobre el otro.

Brida no era capaz de mirarlo; le parecía demasiado íntimo. Él le volvió la cabeza hacia sí casi a la fuerza, y ella lloró y se apartó de él.

—¿Te arrepientes? —preguntó M.

—No, no es eso —respondió Brida, y al decirlo acercó la espalda al vientre de él, buscó su brazo y lo puso encima de su cuerpo.

También a M. le explicó que la vida con las niñas le impedía escribir y que, para ella, criar a las pequeñas no era suficiente, que su objetivo vital era otro. Él rio con acritud. Le habría gustado que su mujer sintiera aunque fuese un asomo de esa sensación, dijo. Desde que habían tenido al niño, para ella no existía nada que no fuera su hijo.

Y Brida se apretó más contra él. Lo que él acababa de decir sonaba como la invitación a una vida mejor.

Ella fue suelo fértil para sus palabras esa primera tarde juntos y también todas las siguientes. Su conciencia se mantuvo sorprendentemente limpia.

—Tú y yo —dijo M.— somos personas libres. Cuando nos sueltan, nos quedamos; cuando quieren poseernos, nos alejamos.

La comparó con una planta en tierra seca y con un animal enjaulado, y mientras se lo decía le sostuvo la mano y observó la alianza de su dedo.

—El arte y el matrimonio burgués no funcionan bien juntos —señaló.

Opinaba que Brida tenía que vivir y experimentar. Lo que no viera y no sintiera, tampoco podría describirlo de forma vívida.

Comprobaron que se entendían de maravilla y que se hacían mucho bien el uno al otro. En cada encuentro se disipaba un poco más la sensación de extrañeza, y las despedidas resultaban más difíciles.

Solo quedaba con M. durante el día, cuando los niños estaban en la guardería y Götz trabajaba en el taller. Por la tarde, cuando él llegaba a casa, Brida ya se había encargado de eliminar cualquier rastro. Había vuelto a trenzarse la melena y a colocarse la trenza sobre la cabeza, tenía las manos atareadas cortando verdura, y la mente ocupada supuestamente en las niñas.

Götz no se daba cuenta de nada. Era amable y atento, pero hasta ese comportamiento impecable por su parte le resultaba insoportable a Brida. Y cuando una sofocante tarde de verano le llevó un ramo de flores silvestres del solar de Jahrtausendfeld, ella sintió una presión en el pecho que casi la desgarró por dentro. Fue como si Götz pusiera el listón cada vez más alto, y ella solo hacía que hundirse cada vez más hondo.

Metió las flores en un jarrón, salió al balcón y lloró sin hacer ruido. Las niñas jugaban fuera, en el pequeño espacio con césped que había entre los rosales que Brida había plantado el primer verano allí. Hermine desenrolló la manguera y mojó de arriba abajo a Undine, que hasta entonces había estado sentada desnuda en la hierba, arrancando margaritas. Las dos chillaban de alegría.

Antes de que levantaran la mirada hacia ella, Brida se retiró de nuevo a la cocina. Todas las puertas y las ventanas del piso estaban abiertas; Götz quería que pasara algo de corriente, pero el aire no se movía. Alrededor de la sandía abierta que había en la mesa volaban moscas de la fruta; varios escarabajos de San Juan llegaron volando también y zumbaron al chocar torpemente contra los armarios y los cristales de las ventanas. Oyó a Götz duchándose en el baño y comprendió que en ese preciso instante estaba desperdiciando toda esa felicidad.

La mañana siguiente, Götz llevó a las niñas a la guardería. Brida dejó los platos sin tocar en la mesa de la cocina, hizo como que no veía la montaña de ropa sucia del cuarto de baño y se sentó en el balcón con el portátil y una cafetera. Allí se fumó un cigarrillo, tomó la decisión de no volver a ver a M. y abrió un documento nuevo.

Le puso como título «El cazador y la presa», y empezó a escribir.

Tras la primera frase salió una segunda, y así siguió de manera fluida hasta que sonó el teléfono. Undine había vomitado, Hermine estaba pálida y también se quejaba de que le dolía la tripa, informó la directora de la guardería. Tenían que ir a buscar enseguida a las niñas, que no podrían volver al centro hasta que un médico certificara que estaban sanas. Era posible que se tratara de un rotavirus.

Pasaban pocos minutos de las diez de la mañana. En la guardería también tenían el número de Götz. Si todo hubiese ido bien, Brida aún podría haber trabajado cuatro horas y media. Ese día y los dos siguientes casi no percibió nada de lo que ocurría a su alrededor. Cuidaba a las niñas como una sonámbula, les lavaba la ropa de cama y los camisones cada vez que vomitaban y no conseguían llegar al baño. El elenco de la novela recién creada la acompañaba, pero las niñas estaban demasiado enfermas y débiles para extrañarse de que su madre hablara con personas invisibles.

El cuarto día, cuando Hermine y Undine volvieron a encontrarse bien, empezó el fin de semana y el virus se le contagió a ella. Pasó dos días enteros vomitando, tuvo diarrea y fiebre. Se arrastraba del dormitorio al baño y vuelta otra vez. Götz le llevaba infusiones y desinfectaba todos los objetos que tocaba. Y, en efecto, él se libró.

Brida estuvo todo el lunes en la cama, y el martes, después de arrimar mucho la silla al escritorio, abrir el portátil y, como siempre, mirar al retrato enmarcado de Carson McCullers, puso los dedos sobre el teclado y esperó.

No ocurrió nada.

Se quedó mirando la pantalla y leyó las páginas ya escritas.

Nada.

Sudó, tembló y tuvo la repentina e inquietante sensación de no ser ya ella misma. El conocido entorno de su balcón, el piso y el jardín le resultaba extraño, y entonces, en mitad de esa percepción sensorial alterada, M. le envió al móvil un mensaje obsceno.

Brida rio, luego lloró, después sus pensamientos se volvieron poco claros y finalmente borrosos. Parecía que iba a estallarle la cabeza. Quería gritar, pero solo fue capaz de emitir un sonido lastimero que no tenía nada que ver con su voz. Empezó a temblar tanto que se agarró con ambas manos al canto de la mesa y pensó: «Esto es una crisis nerviosa».

No habría sabido decir cuánto tiempo estuvo llorando y temblando, porque también perdió la noción del tiempo. Se quedó tumbada en la cama con las cortinas corridas hasta la tarde y, cuando se acercó la hora de ir a por las niñas, llamó a Götz y le pidió que fuera él a buscarlas.

No se levantó hasta la cena. Se sentó con Götz y las niñas a la mesa, pero no consiguió tragar ni un bocado.

Justo después de cenar, Götz acostó a sus hijas, les puso un audiolibro con un cuento y regresó a la cocina, donde Brida seguía sentada en su silla. Götz sirvió dos copas de vino blanco, echó un par de cubitos de hielo en cada una, recolocó las sillas del balcón y sacó un cenicero para su mujer.

Entonces la escuchó. Götz asentía de vez en cuando con la cabeza, en más de una ocasión masculló: «Eso lo entiendo», pero se dio por vencido después de que Brida gritara: «¡No eres capaz de entenderlo, maldita sea!».

Debería haber tenido claro que solo existían dos salidas posibles a esa conversación: la consecuencia de una de ellas sería el final, y eso Götz —Brida estaba convencida— no lo permitiría.

Él habló con su acostumbrado tono calmado. Su superioridad no era intelectual, en ese aspecto ella lo vencía sin esfuerzo, sino que más bien se fundamentaba en una base emocional estable. A él no le costaba adaptarse a lo que le convenía. Conocía sus límites y no los traspasaba.

Naturalmente, dijo, no quería que ella fuera desgraciada, y era del todo consciente de que para Brida las niñas no podían ser la única ocupación en la vida. No era una de esas mujeres.

Brida percibió la decepción en cada una de sus palabras.

—¿Pero? —preguntó.

Götz entrelazó las manos y las posó en la mesa que había entre ambos. Eludió su mirada, pero su voz fue firme:

—¿Cómo crees que vamos a montárnoslo? Yo no puedo ocuparme de las niñas la mitad del tiempo. Eso es imposible. —Su mandíbula inferior se volvió angulosa, se le tensaron los músculos—. El taller y la tienda son nuestro sustento. Hazte a la idea de que tendrás que dejar la escritura durante una temporada. Si no puedes aceptar eso, tendremos que separarnos.

¿Había habido otro camino?
Más adelante se hizo esa pregunta a menudo.
En algunas conversaciones infructíferas de después, repitieron las mismas frases y apareció una nueva faceta de Götz. Le dijo con amargura que por su culpa había cortado con Malika en aquel entonces. Porque solo podía pensar en ella. Porque le envió aquella maldita carne. Porque, en el momento en que él acababa de empezar a olvidarla, con aquella maldita carne se había colado de nuevo en su vida. Y eso que Malika era justamente la mujer que deseaba todo aquello que Brida rechazaba.

La solución que acordaron entre ambos fue la de la «casa nido».
Se separaron, pero las niñas siguieron en el piso y ellos se iban turnando. Cuando Brida vivía con ellas, Götz dormía en el taller, y Brida alquiló una habitación en un piso compartido para sus días sin hijas.
En el momento de llegar al acuerdo sucedió algo extraño. El orgullo por haber actuado con madurez y sensatez y haber conseguido un arreglo como ese los llevó a abrir una botella de champán y acostarse juntos.
El sexo fue más intenso que nunca. Él la llevó a un nuevo nivel.
Todo volvía a parecer posible.

Solo vio a M. una vez más. Ya no lo necesitaba.

Fue fácil encontrar un nombre para ese año. Le puso su propio nombre.

Tiene el dedo en el timbre. Su reflejo la mira desde el cristal de la puerta. Una loca en camisón. Diga lo que diga en esa aparición estelar, Götz no podría tomárselo en serio.

Da media vuelta y regresa.

Las niñas están despiertas. Desde su habitación llega una canción de Rihanna. «*Like diamonds in the sky*», canta Hermine con teatralidad, pero cuando Undine se le une, su hermana la increpa con dureza y la voz aguda calla por un momento. Brida abre la puerta.

—Buenos días, preciosas —dice, y dirigiéndose a Undine añade—: Tú también puedes cantar, claro que sí.

Su hija pequeña se comporta como si intentara compensar con modestia su existencia no planificada, mientras que la hija deseada, Hermine, le exige a la vida todo lo que quiere. A Brida le resulta más fácil ser madre con Hermine. No le genera mala conciencia, porque a veces es tan veleidosa e irascible como ella misma.

—¿Queréis desayunar? —pregunta.

—¡Luego! —exclama Hermine en respuesta.

Saca una toalla limpia del armario, se hace un moño, se pone el bañador y se echa un vestido por encima.

—Vuelvo dentro de veinte minutos —anuncia en voz alta.

Camina descalza hasta el lago por la pradera fresca y cubierta de rocío, y espera ser la única que haya salido a nadar esa mañana.

Las hojas de los nenúfares flotan como islitas verdes en la superficie del agua. El lago calla, oscuro.

Va hasta el final del embarcadero, deja las cosas en un banco y baja lentamente por la escalerilla. Con cada centímetro que se hunde en el agua fría se siente más viva, y cuando por fin desliza todo su cuerpo y da las primeras brazadas, se siente más fuerte y a gusto que hacía mucho. Cada vez que sale a la superficie es como si inspirase esperanza, cada vez que toma aire es como si respirase vida pura. Había olvidado esa sensación.

Nada hasta la mitad del lago de un tirón y sin mirar alrededor. Entonces se vuelve sobre la espalda y contempla el cielo. El sol todavía no ha superado las copas de los árboles. Dos cisnes se alejan volando por encima de ella; Brida tiembla de frío.

Regresa nadando con brazadas imperiosas.

Cuando sube por la escalerilla del embarcadero, tirita tanto que le castañetean los dientes. Se quita el bañador y se seca con movimientos rápidos y vivos hasta que tiene la piel enrojecida y ha entrado en calor. La pasarela se balancea entonces bajo los pasos de alguien. Brida se queda muy quieta y sujeta con fuerza la toalla envuelta alrededor de su cuerpo.

Los brazos de él la rodean, sus manos toman la toalla y se la quitan.

—Tenemos que poner fin a esto —dice Götz—, pero no sé cómo.

Götz se zambulle de cabeza en el lago y nada hasta la orilla contraria. Brida lo observa desde el banco. No quiere limpiarse ningún rastro de él. Se levanta, recoge sus cosas y vuelve a la casita. Ahora sí que le apetece desayunar. Götz, las niñas y ella se sentarán a la mesa sin Svenja. Como una familia.

Svenja ha pillado una cistitis esa noche. Ha estado sentada en el retrete con fiebre y dolor hasta por la mañana. Ahora espera a que la visiten en una consulta médica de la localidad más próxima.

Brida está segura de que Svenja tiene que agradecerle a ella su enfermedad. En el pasado, cuando Götz todavía estaba con Malika y se acostaba un día con ella y otro con Brida, a ella le pasaba igual.

En la mesa, Götz se sienta a su lado con un café humeante. Cuando su mirada culpable encuentra la de ella, Brida sabe que esas horas sin Svenja son solo la ilusión de una posibilidad.

Una vez creyó que su existencia consistía en posibilidades, y que ella solo tenía que elegir. Sin embargo, al llegar las niñas cristalizaron ciertos patrones. Había normas que cumplir. Ningún juez castigaba sus infracciones, la propia vida se encargaba de ello.

Mira a las niñas y luego a Götz. Él ha tomado una decisión, Brida lo nota.

Hermine parlotea con alegría sobre el curso de fotografía al que quiere apuntarse y sobre la salida de los murciélagos por la noche. Undine mastica pensativa su panecillo con mermelada.

Götz no parece tener hambre. De vez en cuando echa un vistazo al móvil.

Por los grandes ventanales, Brida contempla el reluciente cielo azul.

Empieza un día ideal.

Antes aún del mediodía ha metido sus cosas en el coche y entrega la llave en recepción. Va con las niñas al lago una última vez. Undine le da la mano y la agarra con fuerza. Hermine va corriendo por delante. Les ha dejado elegir y ambas han querido quedarse.

Vuelve a nadar con ellas, se maravilla ante lo bien que bucea Hermine y alaba los cautelosos saltos de Undine desde el embarcadero.

No alarga la despedida. Les da un beso y un abrazo a sus hijas, se vuelve hacia Götz y Svenja, levanta la mano con una sonrisa, se sube al coche y arranca.

Los ve por el retrovisor. Se despiden de ella con la mano desde la puerta del complejo turístico, como una familia. Brida toca el claxon, acelera y apenas logra ver la carretera a través del velo de lágrimas. Conduce por ese día de verano como si atravesara una niebla espesa.

A primera hora de la tarde aparca el coche delante de su edificio, deja el pesado equipaje en el maletero, vacía el buzón repleto y sube por la escalera hasta su piso.

La reciben el silencio y el olor a cerrado del aire caliente. Abre la puerta del balcón, sale, echa un vistazo a las flores marchitas de los maceteros de madera y luego mira el cielo en busca de vencejos. Es primeros de agosto. Ha vuelto demasiado tarde..., los vencejos ya se han marchado.

Hace café, saca un brik de leche de la despensa y recoge las trampas para polillas. «Cementerios de bichos», como las llama Hermine. Cae en la cuenta de que a ese año no le ha puesto ningún nombre. «El año Brida» fue el anterior, y de eso ha pasado mucho tiempo.

Cierra la puerta de las habitaciones de las niñas para no tener que ver el desorden, se va al escritorio, enciende el ordenador y abre un documento nuevo.

La historia que contará tiene un principio feliz y un final feliz.

«Un verano», escribe, y en la línea siguiente añade: «Por Brida Lichtblau».

Malika

Malika tensa el arco.
 Pasa las cerdas por la colofonia, se coloca el violín en posición y calienta tocando un par de escaleras. Va descalza y tiene los pies separados a la distancia de las caderas. La larga y colorida falda de flores se balancea al ritmo de sus movimientos.

Hace ya días que le da vueltas a la propuesta de su hermana. Una propuesta así solo podría ocurrírsele a Jorinde. Como si todo fuera posible. Como si no existieran límites. Como si una persona fuese una hoja en blanco en la que una pudiera escribir lo que quisiera.

Le dijo que no. Por supuesto. Y, sin embargo, no se quita la idea de la cabeza.

El frente nuboso ha pasado de largo, la luz del sol incide sobre el cristal tallado en forma de gota que cuelga ante la ventana. Felicitas está entre dos macetas de flores. Se despereza y se estira, luego alza la pata e intenta alcanzar el cristal. En la librería que hay enfrente bailan puntitos con los colores del arcoíris.

Malika deja el violín, afloja el tornillo del arco y vuelve a guardar el instrumento en el estuche. Hoy no tiene sentido practicar.

Pasa un dedo por el lomo de los libros. Los colores espectrales tiemblan sobre su mano siguiendo el balanceo del cristal. Se detiene en un volumen fino. Lo saca y lo abre. Hay notas adhesivas amarillas en numerosas páginas. Malika se sabe párrafos enteros de memoria.

Hace poco se enteró de que la novela corta había salido publicada y fue a la librería del centro de la ciudad ese mismo día. Subió a la primera planta por la escalera mecánica y vio aparecer los rizos pelirrojos de la dependienta detrás de una mesa de libros. Su embarazo era muy evidente, cosa que a Malika le supuso un duro golpe.

En cuanto la vio, la dependienta levantó la mano para saludarla.

—¡Qué oportuna! Tenemos algo nuevo de su autora preferida —dijo sin preámbulos. Caminó torpemente con su gran barriga hasta la mesa de novedades, levantó un libro de cubierta azul oscuro y se lo ofreció con un comentario—: Una gran historia de amor.

Poco después, Malika salía del establecimiento con un ejemplar firmado de *Un verano*. Antes de montarse en la bicicleta, recorrió con el índice el nombre escrito en tinta azul.

«Brida Lichtblau.»

No sabe cuántas veces habrá leído ya *Un verano*. En los tres primeros libros de Brida Lichtblau, los personajes masculinos a veces tenían rasgos de Götz, pero, aun así, eran demasiado diferentes del hombre al que Malika buscaba en cada línea. Brida no ha conseguido retratarlo con precisión hasta esta novela corta.

Abre *Un verano* justo por uno de sus pasajes preferidos.

«Una vez más, Oda se quedó dormida llorando. Reprimía los sollozos cuanto podía para que no la oyeran desde el otro lado de la delgada pared que la separaba de Hans y Lydia.»

Malika sonríe. Espera que la ficción coincida con la realidad, que Brida sea Oda y que haya sufrido tanto como ella misma.

Después de todos esos años, todavía le sigue doliendo.

Felicitas lo percibe todo. Salta del alféizar, corre hacia Malika y se restriega contra sus piernas. Yergue la cola y sus ronroneos piden mimos.

Malika se agacha y la acaricia.

Le queda algo más de una hora antes de tener que estar en la escuela de música, donde escuchará a una encantadora pero torpe chica de diecinueve años, con padres ambiciosos, tocar las cuerdas al aire, muy lejos todavía de una arqueada limpia. A veces la chica se echa a llorar. Entonces Malika saca una bolsa de caramelos masticables y toca algo.

Después tiene a un joven de diecisiete con talento pero cuyo intervalo de atención dura como mucho cinco minutos; siempre tiene que despertar su interés por el trabajo con el instrumento mediante nuevos trucos y juegos.

La recompensa por su paciencia se llama Lola: su

alumna de mayor potencial. Doce años, pequeña y extraordinariamente trabajadora. Sus labios, casi siempre cerrados con tenacidad, sonríen pocas veces, pero cuando toca se le relaja toda la cara.

Después, por la tarde, la fiesta en casa de sus padres. Desde que tiene memoria, por el cumpleaños de su madre tocan música en casa. Su padre llama a sus compañeros y enseguida montan un cuarteto de cuerda. Hoy interpretarán un quinteto para piano de Brahms.

Su hermana y ella también tendrán una aparición estelar. Jorinde cantará un poema musicado de Else Lasker-Schüler y Malika la acompañará al violín. De la parte del piano se encarga su padre.

Hasta la Reunificación, el piso de sus padres fue un lugar de encuentro, un lugar de cultura en cuyo centro se erguían Helmut y Viktoria. «La Bella y la Bestia», como llamaban a la pareja sus amigos, y Malika había vivido épocas en las que estaba absolutamente convencida de no ser hija de esos padres tan variopintos.

La figura delicada de su madre suponía un fuerte contraste con su padre: una morsa resollante de risa contagiosa. Él tocaba el chelo en una orquesta, pero también su habilidad al piano era superior a la media. Viktoria había soñado con dedicarse a la música, pero su voz no alcanzaba para cantante lírica y, como sus manos diminutas apenas llegaban a abarcar una octava, los estudios de piano quedaron descartados también.

Se hizo musicóloga. Realizaba reseñas sobre las novedades de música clásica para una cadena de radio y daba clases en la universidad.

Su casa siempre era un hervidero de gente: músicos, pintores, poetas, personajes de la radio y la televisión, médicos y profesores universitarios. Malika y Jorinde estaban por allí sin que nadie se ocupara demasiado de ellas. La hermana de Malika se movía con desenvoltura entre todos esos adultos. Bailaba, cantaba y daba sorbitos de las copas que iba encontrando. A todos les caía bien, todos se reían de sus payasadas. Imitaba las particularidades de los invitados a la perfección, y nadie tenía ninguna duda de que algún día encontraría su lugar en los escenarios.

Malika, por el contrario, buscaba un rincón tranquilo y allí se ponía a hojear sin que la molestaran los grandes volúmenes ilustrados que, por miedo a los grasientos dedos infantiles, su madre solo le dejaba sacar bajo su supervisión. Sus preferidos eran los de pintores del Renacimiento y el Barroco.

En algunas de esas recepciones, sus padres olvidaban llevarlas a la cama. Entonces se quedaban dormidas allí donde estuvieran sentadas, y al día siguiente despertaban vestidas y en una habitación que apestaba a humo. Nadie les preguntó nunca qué les parecía eso.

Tras la caída del Muro, esas veladas de amigos se hicieron menos frecuentes. Hasta que, después de la unión monetaria alemana, dejaron de celebrarse durante una buena temporada.

La reorganización de la vida requería tiempo, las prioridades cambiaron.

Helmut parecía tomarse con serenidad la pérdida de estatus de la familia Noth; Viktoria, por el contrario, sufría a ojos vistas.

También Jorinde añoraba el jolgorio, la atención y la admiración de los amigos de sus padres. La única que disfrutaba de la desacostumbrada tranquilidad era Malika.

El sol brilla ahora sin impedimento.

Malika baja todos los estores de las ventanas que dan al sur. El verano solo es un placer para las personas delgadas.

En el cuarto de baño, abre el grifo para refrescarse con una ducha. Recorre el piso desnuda y abre el armario de su habitación. La mayoría de los vestidos que tiene son largos y anchos, y sus escasos pantalones son de cinturilla elástica. Se decide por un vestido de seda, negro y con grandes rosas, saca ropa interior limpia de un cajón y un largo collar de perlas del joyero.

Lo que le gusta del verano es que la gente huye. Las calles, las tiendas, los museos están agradablemente vacíos. Puede ocurrir que en una calle que suele estar llena de tráfico de pronto no se vea ni un solo coche. Cuando eso pasa, a veces Malika se detiene.

Mañana caerá enferma; lo sabe ya. La noche le agotará la energía. Su cuerpo, como siempre, le provocará un ataque de migraña con escotomas centelleantes y vómitos.

Si no fuera a encontrarse con Jorinde, tal vez se libraría de los síntomas psicosomáticos. Pero su hermana asistirá. Llevará consigo a sus hijos y querrá hablar de su propuesta. Y Ada y Jonne se plantarán delante de Malika, como han prometido.

Reúne las partituras para los alumnos, mete en la bolsa una botella de agua y un desodorante en *roll-on* y va a por el violín.

Cuando baja por la escalera, suena el teléfono en el piso. Se detiene un momento, luego sacude la cabeza y sigue bajando. En el rellano de la primera planta le suena el móvil. Sin mirar, rebusca en el bolso a ver si lo encuentra. Es Viktoria. Quiere que llegue algo antes para ayudar con los canapés.

Cuando sus padres decidieron que querían ser Helmut y Viktoria también para sus hijas, Malika tenía dieciséis años y Jorinde, catorce. Como era de esperar, a Jorinde no le supuso ningún problema dejar de usar el «mamá» y «papá»; Malika, en cambio, aceptó de mala gana ese nivel de seudoamistad.

Lo que aún hoy sigue sin utilizar es la abreviación de Viktoria a Vicky.

Le horroriza ese momento de la noche en que Jorinde y Torben se presentan allí y gritan «¡Vicky!» con los brazos abiertos. A veces, sola en su piso, desfigura Vicky en «Kiki» y lo repite una y otra vez en voz muy alta.

En algún momento de su adolescencia, Malika comprendió de repente por qué Viktoria estaba fuera casi todas las tardes cuando Helmut se iba de viaje con la orquesta. A menudo no regresaba hasta bien entrada la noche, y alguna vez lo hacía a la mañana siguiente. La idea de que su madre tuviera necesidades sexuales le repugnaba, y aún peor le parecía que no fuera solo su padre quien las satisfacía.

El punto culminante lo constituyó un suceso que tuvo lugar una fría tarde de noviembre tras la apertura de la frontera.

Sus padres lo estaban celebrando. «Una medida de comunión y alegría», había escrito Helmut en una pancarta de tela que colgaba sobre la gran puerta doble del salón.

Todos estaban algo pasados de rosca. Viktoria había empezado a beber de buena mañana, y antes de la cena ya no quedaba ningún invitado sobrio.

Rüdiger fue uno de los últimos en llegar. Lo llamaban Rudi Tela Asfáltica porque durante la RDA, y a pesar de la economía de la escasez, había conseguido encontrar tela asfáltica para las casas unifamiliares de algunos amigos. A Malika le caía bien. Le halagaba que un filósofo y poeta conversara con ella. Rudi la trataba como a una adulta aunque acababa de cumplir los dieciséis.

Cuando llegó, estaban todos reunidos en la cocina; unas veinte personas. Rudi enseguida se metió en la conversación, que en ese momento giraba en torno a los antiguos partidarios de la construcción del Muro. Enseguida mencionó al dramaturgo Peter Hacks y se puso a buscar como loco una cita en concreto.

—Helmut, ¿dónde tienes los libros de ese hacha de Hacks? —exclamó.

Y el padre de Malika respondió:

—¡Donde la leña!

—¡El hacha de Hacks donde la leña! —Rudi se partía de risa.

Viktoria rio con él y apoyó la cabeza en su brazo como si fuera a caerse de no tenerlo ahí para sostenerla. Rudi fue a buscar el libro de Hacks a la habitación del piso donde guardaban la leña, que tenía todas las paredes cubiertas de libros.

Los demás empezaron a discutir acerca de lo que traería el futuro.

Sobre el fin de la RDA. Sobre el fin de una gran idea. Sobre el fin de lo público y sobre el nuevo comienzo y la libertad.

Malika observó a su padre, que había querido decir algo varias veces pero no le salían las palabras. Sintió una oleada de compasión. Helmut no estaba tan eufórico como los demás, y solo la mitad de borracho. La mejor amiga de Viktoria, Ruth, no hacía más que interrumpirlo. Ponía los ojos en blanco, lo imitaba y se reía de él. Los ánimos estaban cada vez más exaltados. Algunos coincidían con su padre, que repetía estoicamente que el país tenía que seguir su propio camino, una tercera vía, para no acabar devorado. Ese pequeño grupo se separó y se desplazó a la sala de música. Malika se unió a ellos.

Cuando regresaron, Rüdiger y Viktoria habían desaparecido. Helmut miró a su alrededor. Salió de la cocina al pasillo y se quedó allí de pie un rato. De repente se puso en marcha con brusquedad. Malika lo siguió sin que se diera cuenta.

Su padre abrió la puerta de la habitación de la leña y miró dentro.

Rüdiger estaba con los pantalones bajados detrás de

Viktoria. Ella tenía la falda echada sobre la espalda y estaba inclinada sobre el tajo de la leña con las piernas abiertas, jadeando. Sus bragas habían quedado en el parqué arañado, justo al lado del hacha.

Helmut cerró la puerta sin hacer ruido, se volvió y se sobresaltó al encontrar a Malika allí. Su hija había visto lo mismo que él.

Los días siguientes esperó en vano una explicación. Antes de cada encuentro con su padre, se debatía entre la expectación y el miedo. Buscaba su mirada, pero él la rehuía, estaba huraño y callado, paraba poco por casa.

Viktoria no parecía encontrar ninguna relación entre el malhumor de Helmut y aquello que había ocurrido en la habitación de la leña. Le llamaba «cascarrabias» y «gruñón» y se reía.

Por primera y única vez, Malika confió en Jorinde. Con frases muy detalladas, le explicó a su hermana la perturbadora escena que había visto, pero cuando Jorinde por fin entendió lo que le estaba contando, se limitó a torcer el gesto y decir:

—Mira que eres perversa. Vicky jamás sería capaz de algo así.

Malika decidió que lo haría todo de manera diferente a como lo habían hecho sus padres. Por la noche, en la cama, imaginaba su futura familia. No sería nada muy especial, pero sí cariñosa e íntegra. Todos los niños recibirían el mismo amor, ninguno sería el preferido, de ninguno se burlarían.

Se imaginaba montones de veces con su propio bebé en brazos, dándole de mamar, y cuanto más al futuro llegaba su imaginación, más niños la rodeaban. En el punto donde aparecía el correspondiente marido, Malika solía quedarse dormida.

Cierra la puerta del aula y guarda el pesado manojo de llaves en el bolso. Lola, como siempre, ha sido un placer. Nunca protesta cuando los deberes consisten en estudios aburridos. Malika ha alargado veinte minutos la clase de hoy porque la niña quería enseñarle una composición propia. Ahora se apresura hacia la salida y corre a casa de sus padres.

Sobre el mapa de la ciudad, casi toda la vida de Malika se desarrolla en un triángulo acutángulo. La distancia mayor es la que separa la casa de sus padres de la escuela de música; la más pequeña es entre su piso y el de sus padres.

Hubo una época en que la separaba de ellos una distancia más sana, cuando también ella tenía a un hombre y formar su propia familia parecía algo inminente. Sin embargo, desde que ningún otro amante la requiere, Helmut y Viktoria lo hacen siempre que les apetece.

Jorinde se marchó un buen día, como era de esperar.
En lugar de a Berlín, bien podría haberse ido a Nueva York... La diferencia solo habría sido mental.
Cuando a su madre se le declaró el cáncer de mama, Jorinde estaba en un rodaje en Francia, así que Malika la acompañó en todas las vicisitudes. Cuando a su padre le

quitaron la válvula aórtica defectuosa y se la sustituyeron por una nueva hecha de tejido animal, nació el hijo de Jorinde, Jonne. Fue Malika quien visitó todos los días a su padre y aplacó los miedos de su madre. Cuando entraron a robar en el piso de sus padres, Jorinde se quedó en Berlín por el Festival Internacional de Cine, y Helmut y Viktoria se mostraron muy comprensivos con ella.

Nada había cambiado.

La preferida, el orgullo y la alegría siempre había sido Jorinde.

Incluso de pequeñas, cuando volvían juntas del colegio, era Jorinde la que entraba por el pasillo y no paraba de hablar. La mayoría de las veces se trataba de algo que tenía que conseguir a toda costa. «Siempre he soñado tener uno», decía, y se colgaba con ambos brazos del cuello de su madre, cantando, charlando y poniéndole ojitos, y aunque hasta entonces nadie había oído hablar nunca de ese capricho, acababan concediéndoselo puesto que hacía «tantísimo» que lo deseaba.

Para cuando Malika abría la boca, la atención de su madre ya estaba más que agotada.

También algo después, en la adolescencia, durante aquella horrible época de alboroto físico y mental, fue sobre todo Jorinde quien mantuvo ocupados a sus padres. Llegar a acuerdos le interesaba tan poco como acatar las prohibiciones. Fumaba, bebía y se hizo un tatuaje en secreto. Sus amigos de izquierda radical ensuciaban las fachadas de edificios renovados escribiendo con espray los lemas habituales. Jorinde fue responsable de algunos «Palo al poli» y «Muerte a Alemania».

Sin embargo, el suceso que se grabó de una forma más negativa en la memoria de sus padres fue cosa de Malika.

La mañana de la competición nacional de jóvenes intérpretes *Jugend musiziert*, Malika destrozó el arco de su violín. Tenía diecisiete años. Las audiciones de solistas en la categoría de instrumentos de cuerda tenían lugar en el conservatorio Johann Sebastian Bach y empezaban a las diez de la mañana. Un primer puesto habría significado la participación en la competición nacional, y las probabilidades de Malika no eran pocas.

Viktoria despertó a su hija a las cinco y media para que desayunara con tranquilidad y tuviera tiempo de practicar una o dos horas. A las seis volvió a entrar en su habitación, a las seis y media le apartó las mantas. Sobre las ocho, al ver que Malika seguía sentada desayunando, Viktoria sacó el violín del estuche, tensó el arco y empezó a afinar el instrumento.

—No pienso practicar más —dijo Malika—, ya he practicado suficiente.

A esa frase le siguió un silencio amenazador que Malika ya conocía. Bajó la cabeza y tragó una cucharada de muesli de chocolate con la mirada gacha.

—Pero mira que llegas a ser tonta... —espetó Viktoria—. ¡Es tu oportunidad! La mayoría se alegraría de tener una ocasión como esta una vez en la vida y se prepararía, en lugar de atiborrarse de muesli y acabar engordando. ¡Podrías ser una estrella, Malika! ¡Una estrella!

Tras decir eso, le acercó el violín y el arco, pero Malika se levantó, le arrebató el arco y lo estampó con todas sus fuerzas contra el borde de la mesa.

Ella misma se sorprendió. Se quedó ahí de pie, inmóvil y con el arco roto en la mano. A su madre se le había congelado el gesto. Sus hermosos rasgos algo asimétricos se volvieron grotescos a causa de la perplejidad, pero en lugar de soltar otra sarta de insultos siguió un plan más frío.

Tenían que conseguir otro arco de violín. El preludio era lo único que importaba.

Malika vio la salida en ese mismo instante. Si ganaba la competición, las cosas solo empeorarían.

Mientras Viktoria llamaba por teléfono, ella regresó a su habitación, cerró la puerta y giró la llave. Puso en el reproductor la cinta de rock y heavy metal que sus padres odiaban y se dejó caer en la cama. «This is not a love song», de PIL, salió a todo volumen de los altavoces y tapó los gritos de Viktoria que empezaron a oírse justo después al otro lado de la puerta, acompañados de fuertes tirones del pomo.

Ese día se recordaría en la historia de la familia Noth como «el día que Malika se destrozó la vida».

Fue Jorinde quien cumplió los sueños de Viktoria y, con su graduación en la Escuela de Arte Dramático Ernst Busch, consiguió que sus padres olvidaran todas las noches en vela y los disgustos sufridos por su culpa.

Cuando Malika terminó el Magisterio Musical con el que complementó sus estudios de violín tras un año sabático, enseguida fue a ver a sus padres con el título. Había sacado notas excelentes en todas las asignaturas.

Por el camino recordó que Helmut estaba de gira en Asia con la orquesta. Por un momento pensó en cancelar la visita. Desde que Viktoria había empezado con la menopausia, su estado anímico todavía era más inconstante que de costumbre. Sin Helmut para poner paz, había más peligro de que discutieran. Aun así, hasta su madre tendría que alegrarse de que se hubiera sacado la carrera con esas notas.

Aceleró el paso, dio tres timbrazos seguidos, subió por la escalera en lugar de por el ascensor y entró en el piso pasando junto a su madre a toda velocidad. En vez de saludarla, Viktoria se la quedó mirando con expresión interrogante. Iba sin maquillar y llevaba una toalla enrollada en la cabeza como un turbante.

—¿Llego en mal momento? —preguntó Malika.

—No, no —masculló Viktoria, y cerró la puerta.

Su hija soltó la bolsa, sacó el título y lo sostuvo para que su madre lo viera.

—Sí, espera un momento...

Viktoria fue por el pasillo hasta el cuarto de baño y salió poco después, peinada y con una expresión más serena en el rostro.

— Bueno, ahora sí —dijo.

Alcanzó el título y buscó nerviosa sus gafas de leer, que llevaba colgadas del cuello. Después de sentarse y reacomodarse varias veces, alisó con un cuidado exagerado una ligera doblez en la esquina superior derecha del papel. Fue entonces cuando pareció darse cuenta de lo que tenía en las manos. Sus ojos se movieron despacio de arriba abajo y de izquierda a derecha. Asintió y dijo:

—Profesora de música... Y pensar a lo que podrías haber llegado...

El ataque de migraña que le dio en cuanto llegó a casa fue más intenso que de costumbre. El estrechamiento extremo del campo visual la obligó a ir al baño a rastras. Vomitó tres veces, consiguió regresar al dormitorio, trepó a la cama y se quedó tumbada sin moverse.

Deseó que un sentimiento tan poderoso como el odio le hubiera hecho llegar las palabras adecuadas, pero, al verse frente a su madre, lo único que sintió en su interior fue una decepción profunda y paralizante.

Las semanas siguientes, Malika solo salió de casa para comprar. La primera llamada de su madre empezó con la frase: «¡Pero no seas tan susceptible!», y terminó con una disculpa a medio gas. Todo lo demás fue como si no lo hubiera oído.

Vio temporadas enteras de una serie estadounidense de médicos, comió lo que le apeteció, dejó de lavarse el pelo y no sacó el violín del estuche. Cuando en el supermercado se encontró con una conocida que le miró la barriga de reojo con curiosidad, Malika le espetó: «No estoy embarazada, solo gorda».

Poco a poco fue cayendo en un visible estado de abandono. Alternaba ataques de llanto con atracones, y a veces se quedaba agazapada en una esquina del piso e imaginaba que no encontraban su cadáver hasta que los vecinos se quejaban del hedor. Aunque estaba cansada, apenas dormía, lo cual finalmente la llevó a visitar al médico. Los tres medicamentos de venta libre que había probado no le habían dado ningún resultado, así que esperaba conseguir una receta para algo más fuerte.

Muy a su pesar, en la sala de espera de la consulta de la doctora Judith Gabriel no había ninguna revista de cotilleos. El ejemplar de la publicación de cultura y política *Cicero* lo tenía una señora mayor, y el *Rondo, Revista de Música Clásica y Jazz* no le apetecía.

De los dos altavoces salía una suave melodía de piano: Bach, las *Suites francesas*. En toda la sala había colgadas fotografías de un caballo de mirada arrogante. Incluso en el mostrador de la auxiliar médica había un retrato del animal. Unas veces su pelaje relucía marrón dorado al atardecer, otras parecía casi negro.

La antipatía de Malika por la doctora Gabriel creció. No le gustaban ni los caballos ni las personas que montaban.

Cuando el viejo doctor Uhlenbrock se jubiló, toda su familia pasó a manos de la joven doctora. Malika había pensado más de una vez en cambiar de centro. La mirada de Judith Gabriel contenía el desdén que solía encontrar en personas deportistas y disciplinadas. Consideraban que el sobrepeso era la expresión de la debilidad y la desmesura, o una enfermedad, en el mejor de los casos. En una ocasión, la doctora Gabriel le recomendó sin ningún empacho un gimnasio que acababan de abrir.

Aun así, gracias a la organización visiblemente rigurosa de la consulta los tiempos de espera no eran demasiado prolongados, y la doctora parecía ser una buena profesional.

En la consulta entró un hombre que llevaba la mano izquierda envuelta en un pañuelo. La sangre había empapado el pañuelo y le goteaba por el brazo. Aguardó con paciencia a que la auxiliar terminara de hablar por teléfono, y entonces explicó que era carpintero y que se le había escapado una sierra, y por último preguntó si podía sentarse en la sala de espera. Cuando la auxiliar médica vio la sangre, corrió a avisar a su jefa.

Ni dos minutos estuvo el hombre sentado junto a Malika antes de que la doctora lo hiciera pasar. Él se levantó, sonrió, se encogió de hombros como disculpándose y entró en la sala de curas.

Malika se quedó aturdida. No podía apartar la mirada del lugar que había ocupado el carpintero. Había dejado una marca hundida en el tapizado del asiento, su aroma pendía aún en el aire.

Entonces la puerta volvió a abrirse de golpe y la voz resuelta de Judith Gabriel gritó: «¡Siegrun!». La auxiliar médica dejó lo que estaba haciendo y corrió para allá.

A Malika le hubiera gustado entrar también.

La excitación que había provocado en ella la cercanía física de ese hombre era intensa; el cosquilleo de su bajo vientre era tan ardoroso que tuvo que apretarse la tripa con ambas manos. Fantaseó con que era su mujer, se imaginó a la doctora Gabriel hablando con ambos y dándole a Malika indicaciones para los cuidados de la mano herida.

Al cabo de un rato, la puerta de la sala de curas se abrió y el hombre salió de allí. Sin mirarla, fue al mostrador a por una receta, se despidió y abandonó la consulta.

Como una semana después se lo encontró delante de ella en la taquilla del cine. Malika había aprovechado mientras hacía cola para informar a sus alumnos de que los siguientes catorce días no habría clase de violín. Le habían ofrecido sustituir a un violinista en una gran orquesta. Seguramente su padre había movido hilos.

Estaba redactando en su móvil una prolija explicación con su cuidadoso estilo cuando percibió un leve aroma.

Era él. Lo supo sin levantar la mirada.

Lo tenía justo delante y, como ella, iba solo.

Malika fue enumerando a todas las personas que estaban antes que ellos como si fueran las cifras de una cuenta atrás. Justo cuando iba a tocarle a él, decidió seguirlo a cualquier película.

Entonces llegó el momento, y la decepción la paralizó por un instante. El hombre compró un tique regalo por valor de dos entradas. Sacó una gastada cartera de cuero del bolsillo del pantalón y pagó.

No volvería a encontrárselo otra vez por casualidad.

—¿Qué tal va esa mano? —preguntó a toda prisa cuando él ya se marchaba.

El hombre se detuvo, sorprendido.

—Se sentó a mi lado en la consulta de la doctora.

Y así empezó lo que debería haber empezado de cualquier otra manera, porque nada le quedaba tan lejos a Malika como hacer una conquista.

No le costó ningún esfuerzo empezar a comer menos y a moverse más. Los compañeros del trabajo le hacían cumplidos, y por primera vez se tomó en serio los numerosos comentarios positivos de los alumnos y sus padres. Se contemplaba a sí misma a través de los ojos de los demás, y le gustaba lo que veía.

Tenía la sensación de que había más luz, más belleza, más amabilidad. Y aunque sabía lo poco que valía la admiración de un profano, el entusiasmo de Götz le sentaba muy bien. Siempre quedaba impresionado al oírla tocar el violín. Escuchaba cuando practicaba, observaba las partituras en el atril y, sacudiendo la cabeza, comentaba: «No sé cómo puedes aclararte en medio de ese caos».

El tiempo de la soledad había terminado. Con el poder del amor de Götz, Malika fácilmente sacaba partido a sus mejores características.

Más adelante hubo de reconocer que con la felicidad había olvidado toda precaución. En el primer encuentro de Götz con sus padres, su madre consiguió anular las humillaciones anteriores, además de su alegría de vivir.

De hecho, Malika había creído que por una vez tendría ventaja frente a su hermana. Ni Viktoria ni Helmut se tomaban muy en serio a Torben, el novio de Jorinde. Malika también había estado presente en la visita de presentación de este en casa de los Noth. Todo empezó con la nada auspiciosa explicación de que Torben procedía de un hogar antiautoritario. Como siguiendo una coreografía, Helmut y Viktoria se volvieron el uno hacia el otro levantando las cejas y sonrieron, sincronizados.

Después de comer, Torben aprovechó para aleccionarlos a todos sobre lo que era una vida ecológicamente correcta, cosa que habría bastado para perder la simpatía de Helmut, pero Torben aún tanteó los límites un poco más. Afirmó que, en un régimen injusto como la RDA, él habría pertenecido a la oposición.

Helmut rio a carcajadas. A continuación se puso de pie, desapareció en la sala de música sacudiendo la cabeza y, sin dar más explicaciones, empezó a practicar la parte de chelo del trío en mi bemol mayor de Schubert que tenía pensado tocar en el marco de un encuentro musical de aficionados.

No volvió a salir en toda la noche, y Viktoria ahogó su correspondiente enfado en vino tinto.

Al recordar esa escena, Malika estaba convencida de que con Götz nada podría salir mal.

Por la tarde, él la llamó cuando iba de camino.

Le preguntó por las flores preferidas de Viktoria y los gustos de Helmut en cuanto a bebidas alcohólicas, y poco después se presentó con un ramo de hortensias y un intenso vino tinto español. Malika lo vio por primera vez con camisa blanca y americana, y de nuevo se preguntó cómo podía ese hombre tan apuesto ser su novio.

Fueron juntos en bici por el parque y durante todo el trayecto conversaron animadamente sobre un libro que ambos habían leído. Se titulaba *El poder del pensamiento positivo*. Mientras le hablaba a Götz de los fragmentos que más la habían impresionado, Malika se sorprendió pensando que sería mejor no contarles nada de eso a sus padres.

La voz de Helmut salió por el interfono.

—¿Sí?

—Somos nosotros —contestó su hija.

—¿Nosotros quiénes? —preguntó Helmut.

—Götz y yo, papá.

—¡Ah! ¿Era hoy?

Antes de que ella pudiera decir nada, oyó que su padre exclamaba hacia el interior del piso:

—¡Vicky! Es Malika. Ha traído a su novio.

Después de eso, silencio.

Unos segundos más y se oyó el zumbido de la puerta al abrirse.

Helmut los esperaba en la entrada.

—Bueno, pues pasad —gruñó. Se volvió hacia el pasillo y, sin detenerse, comentó—: ¡Conque restaurador de muebles, eh! Nosotros tenemos un par de piezas con algún pequeño defecto.

—Podría echarles un vistazo —repuso Götz.

Viktoria salió disparada de la cocina y extendió los brazos.

—¡Bienvenidos! —exclamó.

Normalmente realizaba cualquier tarea doméstica vestida con sus mejores galas, pero ese día se había puesto un delantal. Estaba inmaculado, todavía se le marcaban las dobleces. Debía de haberlo sacado de su envoltorio un momento antes.

La cena improvisada consistió en una ensalada de tomate con demasiada cebolla, pan tostado y huevos revueltos.

—Unos huevos deliciosos —dijo Helmut, haciendo ruido con los labios.

Götz fingió no darse cuenta de nada. Malika vio la desgana en los ojos de sus padres, después miró las maravillosas flores y el vino caro, y sintió oleadas de decepción y de compasión.

El primer y único encuentro entre los consuegros tuvo lugar cuando Malika y Götz llevaban saliendo un año justo. Hubo que retrasar la cita tres veces, y en cada ocasión los causantes de ello fueron Viktoria y Helmut.

Götz y Malika fueron a buscar a los padres de él al hotel para ir andando juntos hasta el restaurante. Solo unos días antes, Helmut había amenazado en broma con echarse a reír en cuanto sus consuegros de Suabia dejaran caer las palabras «dinero» o «ahorro», por el tópico sobre los suabos. Teniendo en cuenta esa posibilidad, a Malika le había parecido más seguro que se reunieran en territorio neutral.

El paseo desde el hotel hasta el local los llevó por las iglesias de San Nicolás y Santo Tomás. Malika les habló a sus suegros sobre Felix Mendelssohn Bartholdy, que había contribuido de manera decisiva a que un Bach por momentos olvidado volviera a interpretarse y fue el primero que encargó un monumento a su figura. Acercarse hasta la estatua más antigua de Bach solo suponía un pequeño desvío, pero el padre de Götz consultó el reloj y dijo:

—Bueno, yo ya tengo hambre.

La madre asintió dándole la razón y lo tomó del brazo. El tema estaba zanjado.

Ya en el saludo, el padre de Götz dejó claro que él los invitaba a todos y, después de pedir la bebida y elegir la comida, dijo con un extraño orgullo en la voz que su mujer y él solo habían estado dos veces en los antiguos estados alemanes del Este, y que esa era la segunda.

—Una vez por cada década de Reunificación —comentó Helmut, que enseguida se volvió hacia Viktoria y preguntó—: ¿Cuántas hemos estado nosotros ya en el Oeste, Vicky? ¿Setenta, ochenta?

Viktoria se echó el pelo hacia atrás con un gesto exagerado y empezó a calcular en voz alta.

—Debemos de ir ya por ciento veinte... —concluyó.

Sonrió, y sus hoyuelos y las diminutas arrugas que rodeaban sus ojos verdes eran de tal belleza que Malika sintió una punzada.

La madre de Götz contestó enseguida:

—Pues parece que nos queda bastante para ponernos al día.

El resto de la velada hablaron sin entenderse.

Mientras Viktoria se empeñaba obstinadamente en otorgar cierta profundidad a la conversación guiando la selección de temas, los padres de Götz describieron los caminos que habían seguido sus otros tres hijos. Cotorrearon sobre el más pequeño de sus nietos, la remodelación de la casa y las ventajas y desventajas de un coche de gerencia. Helmut se aburría y solo iban por los entrantes. Movía nervioso los pies, salió varias veces a la puerta para fumar y enredó a Götz en una extraña conversación sobre la carcoma.

También Viktoria se vio obligada a hablar de sus hijas. Solo que enumeró sobre todo los éxitos de Jorinde: su preciosa nieta Ada, el último papel en un telefilme de la ARD y las numerosas otras ofertas de trabajo entre las que Jorinde podía elegir. La mención del telefilme hizo que la madre de Götz escuchara con interés. Había visto la película, y por un momento su comportamiento rayó en el servilismo.

Helmut y Viktoria cruzaron unas miradas muy significativas.

Malika no tenía ninguna duda: la vida de ama de casa de la madre de Götz, su veneración por una actriz televisiva y su desconocimiento del Este serían la comidilla de Helmut y Viktoria durante la mitad de la noche. Por desgracia, además, el padre de Götz había pronunciado muchas veces la palabra «dinero». La burla y la guasa era algo que siempre había unido a los padres de Malika.

Götz pareció reparar en lo incómoda que estaba y le puso una mano en la nuca. Un agradable escalofrío le recorrió la espalda.

Con él, a Malika no podía sucederle nada malo. La influencia de sus padres acababa allí donde empezaba el amor de Götz.

Entra en la floristería preferida de su madre. Con el violín a la espalda, el bolso colgado del hombro y un brazo cargado de hortensias preciosas, sigue su camino esa tarde de finales de verano. Le corren gotas de sudor entre los pechos y por la espalda. Detesta el calor polvoriento de la estación agonizante, detesta la sequedad y las hojas agostadas, la hierba achicharrada y el cansancio de todo lo vivo. Los plátanos que bordean la calle se desprenden de pedazos enormes de corteza vieja. Sus troncos se muestran por debajo claros y desprotegidos, y un viento como del desierto levanta las primeras hojas caídas. Malika entrecierra los ojos y enfila hacia el barrio de los músicos.

Vicky estará resplandeciente, aunque ya no tan guapa como antes. Ya nadie la llama por su apodo. Hace mucho que, a base de cigarrillos y copas, perdió su derecho a ser «la Bella». La desesperación que siente al verse marchitar se manifiesta en el cuarto de baño.

Allí tiene una crema diferente para cada zona del cuerpo, y para las regiones especialmente delicadas, como el contorno de los ojos, un sérum adicional. Extractos de algas, ácido hialurónico, aloe vera y vitamina A deberían rellenar y nutrir la piel fina, casi transparente de Viktoria. Las atenciones y el tiempo que dedica a su cuerpo deteriorado conmueven a Malika. Tras los frascos y los botecitos de cosméticos caros vive el miedo. También su madre es frágil.

A Helmut no parece que le preocupe envejecer.

En la repisa de su lavamanos solo hay un vaso con el cepillo de dientes, un platillo con jabón para afeitar, una brocha y una cuchilla. Su orondo rostro casi no tiene ninguna arruga.

Malika abre la puerta del edificio.

Desde que sus padres estuvieron enfermos, tiene su propia llave. Aprieta el botón del ascensor, que luego la sube tras su enrejado de hierro forjado modernista. Arriba, las salas ya no son las mismas que aquellas en las que creció. Con la renovación del edificio, los enormes pisos se subdividieron. Sus padres vivieron durante tres años dos calles más allá, pero luego regresaron a su piso reducido y con un alquiler multiplicado por diez.

En el ascensor, se mentaliza y piensa en la imagen que el psicoterapeuta le aconsejó en su última sesión. En ella, lleva puesto un traje protector invisible que repele todo lo hiriente y deja pasar todo lo agradable.
Mete la llave en la cerradura del piso, abre y entra.

¿Había algo más hermoso que ese momento?
Ella estaba preparando algo en la cocina.
La luz del atardecer entraba por la ventana que daba al oeste y caía en la mesa ya dispuesta. Encima de los platos había servilletas de tela; la botella de agua con piedras preciosas estaba llena.
Entonces oía la llave de él en la cerradura, sus pasos en el pasillo. No se volvía. Esperaba a que sus manos le tocaran los hombros, a que le apartara el pelo a un lado y le besara la nuca.
No había nada más hermoso que ese momento.

Llevaban más de dos años como pareja, y desde hacía aproximadamente uno y medio vivían juntos en ese luminoso piso de tres habitaciones, no muy lejos de la tienda y el taller.

El desequilibrio de su amor no molestaba a Malika. Sus sentimientos por Götz fueron inquebrantables desde el principio.

Ella fue la fuerza motriz de sus primeros encuentros.

Ella decidió el momento de irse a vivir juntos.

Aun así, no lo compartían todo.

A él, la música clásica solo le llegaba a un nivel emocional. Leía crónicas de viajes y libros sobre formas de vida alternativas, pero no había leído ni una sola de las grandes novelas de la historia de la literatura. Tenía un tipo de inteligencia diferente a la que Malika había conocido en su hogar. Se fundamentaba en la experiencia, la observación y las vivencias de sus años de oficial de carpintería itinerante.

En la cama quería cosas que a ella no le gustaban. Y las quería a menudo y con intensidad. Ni siquiera la menstruación le impedía explorar su cuerpo a plena luz del día. La curiosidad que mostraba Götz la dejaba helada, la forma abierta de expresar sus deseos la avergonzaba.

Ella prefería acogerlo en su cuerpo a la luz tenue del anochecer, en silencio y con los ojos cerrados. Cuando la respiración de él se aceleraba y todo su cuerpo se tensaba, también Malika profería un par de sonidos ardorosos.

Estando con Götz, su deseo de tener un hijo se convirtió en una pulsión poderosa, y el hecho de que Jorinde se le hubiera adelantado lo reforzaba aún más.

Un día vio la cama infantil en la tienda. Era de una antigua granja de Baviera. Deslizó ambas manos por el cabecero curvo, por las flores de genciana y edelweiss delicadamente pintadas y, cuando Götz se le acercó, la rodeó con los brazos desde atrás y le preguntó: «¿En qué estás pensando?», ella contestó: «Esta cama tiene que ser para nuestro hijo».

En lugar de decir nada, él rio, la tomó de la mano y se la llevó atrás, al taller.

Dos años después, la cama infantil seguía en el mismo sitio. Cualquiera podía verla por el escaparate, desde la acera. Más de un cliente le había preguntado el precio, pero Götz siempre daba la misma respuesta: «Esa cama no está en venta».

Entretanto, cada vez que Malika iba al baño al final del ciclo sentía miedo, cada tirón en el vientre era un presagio de la próxima decepción. Y cuando la esperanza de Malika de tener un hijo quedaba ahogada en sangre menstrual un mes más, a menudo se pasaba horas tumbada en la cama con las cortinas corridas.

También ese sofocante día de verano fue así.

Por la tarde oyó los pasos de él en el pasillo, como siempre. Sacó el gratinado de berenjenas del horno, se quitó las manoplas, encendió una cerilla y la acercó a la mecha de la vela que había en la mesa. Enseguida sentiría su barba raspándole la nuca, sus cálidos labios le rozarían la piel, y entonces el dolor quedaría mitigado.

Götz exclamó un «¡Hola!» desde la entrada, pero luego pasó de largo por delante de la puerta de la cocina y se metió en el baño.

Malika se volvió.

Vio los zapatos que él había dejado tirados sin ningún cuidado a medio camino, en el pasillo. La puerta del cuarto de baño estaba cerrada con pestillo. El agua corría; ella se quedó muy quieta y escuchó.

En cuanto cesó el rumor del grifo, regresó deprisa a la cocina. Justo después entró él, pero en lugar de dedicarle las carantoñas de costumbre, solo le dio un raudo beso en la mejilla.

Mientras cenaban, Götz mencionó que otra clienta se había interesado por la cama. Explicó que había estallado una tormenta cuando él contestó con su habitual «Esa cama no está en venta», e incluso recordó el nombre de la joven y sacudió la cabeza sonriendo mientras lo pronunciaba: «Brida Lichtblau».

A ella se le aceleró el pulso, se le secó la boca, lo único que percibía era el lenguaje no verbal de él, su mirada. La invadió un miedo terrible.

Poco después, mientras cambiaba las sábanas, Malika descubrió una caja de preservativos remetida entre la estructura de la cama y el colchón. Hacía tiempo que no tomaban precauciones, estaban de acuerdo en el tema de los niños. Nada era más importante en la vida de Malika, así que tiró los condones sin vacilar.

Esa misma noche, Götz los buscó.

Necesitaba hacer una pausa en esa presión por concebir, explicó con enfado. Porque tenía la sensación de que ya no se acostaban con ganas el uno del otro, sino con el único objetivo de que ella quedara embarazada.

Malika sintió crecer el miedo una vez más. La sospecha de que tras su rechazo se escondía alguna otra cosa la torturaba.

No dijo nada cuando él empezó a vestirse con más esmero.

No dijo nada cuando sus viajes se hicieron más frecuentes y más largos y Götz no tenía ganas de poseerla al regresar.

Tampoco preguntó por qué él empezó a silenciar su teléfono en casa y a llevarlo siempre encima.

Por la noche, las pesadillas la llevaban a mundos oscuros.

Despertaba asustada.

No podía perder a Götz.

—¡Malika!

Viktoria corre hacia ella y la abraza. El leve olor a alcohol de su aliento se entremezcla con el hedor de un cigarrillo recién fumado. Acepta las hortensias, hunde la nariz en el racimo de flores, inspira exageradamente y corre a la cocina.

La cantidad de invitados es fácil de abarcar. Faltan algunas caras habituales.

Son los que desde siempre tuvieron problemas con la forma de pensar de Helmut. Los que siempre se indignaban cuando planteaba sus heréticas preguntas. Malika lo presenció muchas veces.

«¿De verdad el orden social tardocapitalista del Occidente liberal es el mejor sistema? —soltaba su padre con placer ante una alegre concurrencia—. ¿Debe cualquier idiota tener derecho a voto? ¿Qué opinaríais de un rey sabio?»

Todo aquel que ni siquiera quería pensar en esa dirección era, según el grado de rechazo que mostrara, «estrecho de miras», «de mente cerrada» o directamente «corto de entendederas». Pero no fue hasta que los medios cayeron sobre la Alemania Oriental y recriminaron a la población que se tomara la democracia tan al pie de la letra cuando esa diferencia de opiniones entre amigos acabó en ruptura. Con los que le han quedado, Helmut habla sin morderse la lengua.

Malika ve a la mejor amiga de Viktoria, Ruth, y a su marido, Karl-Ursus, al clarinetista serbio Milovan con su mujer, Una, y al violinista ruso Vasili con toda su familia. Saluda a la viola polaca Agata, a la redactora musical Viola Lenz, y a Rüdiger, que ya tiene el pelo cano y hace tiempo que no oye lo de Rudi Tela Asfáltica.

En la sala de música encuentra a un pequeño grupo de gente nueva. Un hombre impecablemente vestido y con unas gafas de montura al aire, cuyo rostro no presenta ninguna característica llamativa, le tiende la mano.

—Me alegro mucho de conocerla —dice, y se presenta como Bertram Weisshaupt.

Malika se estremece un instante. Su voz se parece a la de Götz. Escucha con atención lo que le cuenta, lo mucho que disfrutó con los cuartetos para cuerda de Schubert en la velada de música de cámara del palacete de Gohlis.

Malika era una de las intérpretes. Parece que lo impresionó, y por lo visto entiende algo de música.

Mientras Viktoria va de invitado en invitado con una bandeja de copas de champán, Bertram Weisshaupt sigue hablando. De vez en cuando se lleva el índice izquierdo a las gafas y sonríe con timidez. Su porte tiene algo de desmañado, está como doblado ante ella. Seguro que no la atosigaría con necesidades sexuales varias veces a la semana. Tal vez ese hombre de extremidades desgarbadas sea lo mejor que pueda pasarle.

Cuando su padre propone seguir la conversación sentados, Malika los sigue a la cocina y toma asiento al lado de Bertram, que de camino ya le ha preguntado si puede tutearla.

Aguardaba escondida en un portal.

Los vecinos entraban y salían. Algunos la miraban con desconfianza, otros le sostenían la puerta o preguntaban a quién iba a visitar.

Ella no apartaba los ojos de la tienda. Götz salió una vez a la puerta con dos hombres, se despidió de ellos con un apretón de manos y volvió a entrar enseguida. Después no ocurrió nada durante un buen rato.

Dos veces se había pasado ya la mitad de la tarde en diferentes portales, esperando. La primera ocasión fue la lluvia lo que la obligó a dejarlo; la segunda, una reflexión sobre la dignidad.

Esa vez no hubo nada que la detuviera.

Götz salió antes de la hora de cerrar. Se había cambiado de ropa, colgó en la puerta el cartel de CERRADO, entró su vieja bicicleta y poco después salió con la bici de carreras al hombro. La apoyó en la pared, se puso en la pernera derecha la cinta de cuero que ella le había regalado por su cumpleaños para sujetar el pantalón, montó y echó a pedalear.

A Malika le costó seguirle el ritmo. Dos veces cruzó la calle a lo loco para no perderlo.

Fue tras él por Giesserstrasse, cruzó el canal Karl-Heine, aceleró por Josephstrasse hasta Lindenauer Markt y por fin lo vio entrar en un edificio que quedaba más o menos delante de la iglesia de Natanael.

Allí, en la parte de atrás del templo, Malika se apostó entre dos arbustos espesos y un muro.

Más o menos una hora y media después, Götz salió del edificio acompañado de una mujer.

No se tocaban, pero caminaban muy juntos y se miraban a los ojos. Desataron las bicicletas de una farola y siguieron caminos diferentes. Ambos se volvieron una vez más a mirarse y se despidieron con la mano.

La mujer vestía una falda acampanada con flores de colores y un top negro muy escotado. Se había recogido el pelo rubio oscuro en una trenza que llevaba sujeta sobre la cabeza. Tenía un cuerpo firme y compacto, sus movimientos resultaban elásticos. Cuando pedaleaba de pie, sus caderas oscilaban cimbreantes.

Paró en una droguería. Dejó la bicicleta apoyada en la pared del edificio, sacó el móvil del bolso, leyó un mensaje y sonrió. Luego escribió algo, volvió a guardar el teléfono y entró.

Se detuvo junto a las cremas faciales. Se decidió por un producto ecológico caro y siguió hacia la sección de cuidado capilar, donde metió en la cesta un aceite que parecía conocer. También compró un cóctel de frutos secos y dos tabletas de chocolate negro.

En la caja, Malika, que solo dejó en la cinta un paquete de chicles y las monedas justas, se pegó tanto a ella que pudo verle el vello rubio de la nuca. Con esos hombros tirantes y delgados y su ligera lordosis, casi parecía un arco que se ha tensado demasiado.

—¿Tique de caja? —preguntó la dependienta.

—No, muchas gracias, no lo necesito —dijo la desconocida. Su voz era áspera y oscura.

Malika la observó mientras metía sus compras en una bolsa de tela negra en la que ponía NECESER, vio cómo se apartaba un par de cabellos rebeldes de la frente y salía de la tienda con pequeños pasos caprichosos.

Sin duda era una de esas mujeres a las que Götz solía describir como «agotadoras» y por las que, no obstante, se sentía atraído. Mujeres que no existían si no recibían atención y que convertían hasta una compra en el supermercado en una salida a escena.

Fuera, metió la bolsa de tela en la cesta de la bicicleta, montó y se alejó.

Malika empujó su bici. Tendría que cancelar el ensayo con la orquesta de cámara. También llamaría a la escuela de música para decir que estaba enferma. Lo que sucedería en los días siguientes era impredecible.

Cuando subió la escalera y abrió la puerta de su piso, entró en el recibidor y se quedó quieta.

Götz salió del cuarto de baño.

—Pensaba que estabas dando clase —dijo, y le dio un beso en la mejilla. Llevaba una toalla alrededor del cuello, tenía el pelo mojado. No rehuyó su mirada—. ¿Va todo bien? —preguntó mientras se secaba el pelo con la toalla.

Malika se acercó mucho a él y, para su propia sorpresa, dijo:

—Estoy embarazada.

Bertram pone la mano sobre su copa. Tiene los dedos largos y finos.

—¡Ay, venga! —exclama Viktoria con insistencia.

Las personas que no beben le resultan sospechosas.

—Pero solo un sorbito —murmura Bertram con cara de enfado tras recolocarse un instante las gafas.

Satisfecha, Vicky le llena la copa de vino hasta la mitad, y él sigue discurseando sobre las cuentas de la lechera del gobierno, según las cuales las jubilaciones futuras se generarán gracias a inmigrantes con poca formación, a menudo ni siquiera suficientemente alfabetizados en su propio idioma.

Tiene un amplio conocimiento de los hechos, ni siquiera Helmut es capaz de seguirlo. Malika ve el esfuerzo que está haciendo su padre por cómo le tiemblan y tiran hacia abajo las comisuras de los labios. Vuelve a fijar su mirada en Bertram.

A diferencia de Götz, solo despierta en ella un frío interés mezclado con un ligero escepticismo. Los nuevos amigos de su padre tienen algo en común: sueltan peroratas y hacen pocas preguntas. Su visión del mundo parece compacta, por lo visto tienen respuestas inequívocas para casi todo. Malika no sabe cómo encaja Helmut ahí. Él nunca se fio de los convencidos.

Escucha durante un rato, pero después repasa su propio discurso, el que tiene previsto soltarle luego a Jorinde. Lo primero será contestarle con un «¡No!» a lo del niño. A partir de ahí desplegará todas las injusticias que ha tenido que soportar por parte de sus padres por culpa suya, y al final del todo soltará: «¿Por qué no le preguntas a Viktoria? Ella sabe muy bien lo que es deshacerse de sus hijos».

Es un dolor que no desparece nunca.

Apenas tres semanas después de que Malika naciera, Viktoria y Helmut la llevaron con una maleta llena de ropa y pañales a casa de la madre de ella en los Montes Metálicos. Malika pasó todo su primer año de vida con su abuela. Viktoria continuó sus estudios y, supuestamente, visitaba a su hija siempre que podía. Si había que creer a la abuela, eso sucedía una vez cada tres meses, así que fueron un total de cuatro ocasiones. Tras regresar con sus padres, Malika entraba todos los días en el jardín de infancia a las seis de la mañana y nadie iba a buscarla hasta las seis de la tarde.

A Jorinde, por el contrario, como fue prematura, Viktoria la amamantó durante medio año, y en esos meses no la dejaron al cuidado de extraños ni una sola vez.

Todo eso y mucho más contendría el «¡No!» de Malika.

—Disculpadme un momento.

Helmut se levanta y va hacia el baño con su típico arrastrar de pies.

Malika lo sigue con la mirada. Espera que no tarde en volver.

—Admiro a los artistas como tu padre y tú —dice Bertram—, pero soy economista. Me siento más cómodo en el mundo de los números y los hechos.

—Yo no soy artista —replica Malika—, soy una artesana de mi instrumento.

Esa diferencia ya le había resultado importante antes, con Götz. Fue él quien salvó esa distancia y puso sus dos profesiones a un mismo nivel.

—Qué interesante —opina Bertram, y empieza a hablar del arte como educador del individuo.

Su discurso se ramifica hasta que a Malika ya no le apetece seguirlo más. Asiente, sonríe y piensa en Götz. Ve su bello rostro ante ella. Con él no necesitaba hacer ningún esfuerzo. Podía amarlo sin más.

Cuando la palabra mágica dejó de resonar, Malika seguía oyéndola. Había salido de su boca sin que ella hubiese tenido nada que ver.

—¿Embarazada? —preguntó Götz.

—Sí.

—Pero si hemos tomado precauciones.

—Sí —repuso ella—, a veces ocurre de todas formas.

Él asintió en silencio, la abrazó y la estrechó con fuerza.

Durante una temporada, Götz volvió a casa con puntualidad. Era amable y atento con ella, aunque también estaba callado y pensativo.

El frecuente llanto de Malika podía justificarse por el supuesto embarazo. Incluso su necesidad de cariño podía achacarse fácilmente a las hormonas.

Ese niño parecía ser la salvación.

Solo que no había ningún niño, y Malika se acostaba casi todos los días con Götz con la esperanza de convertir la mentira en realidad.

El día que le vino el período, Götz había salido temprano de casa. Tenía que transportar y montar un pequeño armario. Durante el desayuno le habló con entusiasmo del antiguo sistema de clavijas. El mueble del siglo XIX estaba hecho sin un solo tornillo. Ella lo escuchaba solo a medias, le oía hablar emocionado de «espigas» y «cuñas» mientras empezaba a notar los típicos dolores en el bajo vientre.

Cuando la puerta del piso se cerró tras él, Malika se tumbó en la cama y cerró los ojos. Sintió cómo la sangre salía de su cuerpo en coágulos, cómo le corría caliente por las nalgas y manchaba las sábanas.

Algo más tarde cogió el tranvía para ir a la consulta de su ginecóloga. Una vez allí, se detuvo en la acera, llamó a Götz y le pidió que fuera a buscarla.

En casa, él cambió las sábanas, le llevó una infusión y se sentó a su lado.

—La próxima vez saldrá bien —dijo—. Un aborto natural no es nada extraño.

De nuevo volvieron a acumularse las noches en las que él no llegaba a casa hasta tarde. También sus viajes se alargaron otra vez. Malika estuvo a punto de hablar con él en un par de ocasiones, pero la salvación del amor residía en su capacidad de mirar para otro lado. Helmut había hecho exactamente lo mismo; había cerrado los ojos y había callado.

Mientras duró la infidelidad de Götz, Malika no dejó de engordar. Cada vez que se miraba al espejo, su odio por la otra mujer crecía. Las enfermedades se encadenaban sin darle tregua. El sufrimiento se convirtió en algo cotidiano.

Una noche, un ruido despertó a Malika. Götz estaba borracho en el pasillo. Se había caído junto al zapatero y se quejaba.

Pasó el resto de la noche en el suelo, delante del retrete. De vez en cuando conseguía incorporarse y colocaba la cabeza sobre la taza hasta que ya no le salía nada más. Ella limpió la tapa y le quitó a él restos de vómito de la cara con un trapo mojado.

Götz pasó durmiendo todo el día siguiente. Por la tarde, a Malika le pareció que acababa de despertar de un sueño. Estaba en el dormitorio, de espaldas a la ventana abierta, y todo le resultaba muy cercano y muy auténtico. La niebla que la rodeaba desde hacía tiempo había desaparecido.

Götz la miró y alargó un brazo hacia ella. En sus ojos había gratitud.

Las semanas siguientes casi fueron demasiado felices.

Como estaban en las vacaciones de verano, él solo abría la tienda unas pocas horas. También descansó del trabajo en el taller. Por la mañana dormían hasta tarde y desayunaban juntos; por la tarde salían en bici, iban al lago de Kulkwitz y allí nadaban hasta la orilla contraria. Se tumbaban desnudos al sol poniente en una cuesta con manzanos y por fin volvían a hablar de cosas que quedaban en el futuro.

La aventura había acabado.

Malika estaba segura.

Su última tarde juntos, Götz dejó un gran trozo de carne en la mesa.

—¿Puedes prepararla? —pidió—. Es caza. Una pieza recién abatida.

—¿De dónde la has sacado? —preguntó Malika mientras desenvolvía la carne del papel encerado.

—De un cliente —respondió él, y se metió en el baño.

—¿Es corzo o ciervo? —quiso saber ella.

—Me parece que ciervo —exclamó Götz.

—¿No lo sabes?

—No.

Malika se quedó helada. El Götz que ella conocía lo habría preguntado. Habría escuchado la historia entera de la cacería y le habría pedido detalles al cliente.

Levantó la carne con ambas manos y sintió que por dentro todavía estaba congelada. Recién abatida, como él había dicho, no podía ser.

Se le aceleró el pulso.

La única forma que conocía de preparar la caza era una receta con salsa de vino tinto y arándanos rojos. Envió a Götz a comprar los ingredientes. Él se puso su parca verde oscuro, se metió la cartera en el bolsillo trasero de los pantalones y salió a la escalera. Allí se detuvo, regresó y cogió el móvil, que estaba en la mesita de la entrada.

La razón no invitaba a pensar en ninguna relación entre la carne y el teléfono. Sin embargo, el instinto de Malika hizo saltar las alarmas, y el estómago se le encogió igual que aquella otra vez, cuando empezó todo. Puso las manos cálidas sobre la carne. El interior helado empezaba a temperarse. Un fino reguero rojo goteó a su vestido desde el borde de la mesa. Todos y cada uno de sus pensamientos iban en la misma dirección, y al final de cada pensamiento había una imagen.

No conseguiría mirar para otro lado una vez más.

Su mirada se posó entonces en el reloj de pared. Hacía rato que Götz debería haber vuelto. La tienda no estaba ni a quinientos metros. Se levantó, se limpió las manos en el vestido, sacó un cuchillo del taco y lo clavó en la carne. Una y otra vez.

Cuando Götz regresó, ya había oscurecido.
Malika estaba sentada en su silla, en silencio.
—Lo siento —dijo él—, pero no puedo seguir así.

Bertram se dirige a Helmut con insistencia. Su cara, que al principio a Malika no le transmitía nada, ahora resulta dura y decidida.

Desde que Helmut ha vuelto del baño, Bertram ya no muestra ningún interés por ella.

Malika busca con la mirada a Viktoria, que está apoyada en el marco de la puerta, junto a Ruth. Pilla un par de palabras, nombres de cantantes y músicos clásicos. Deben de estar hablando sobre el último Festival de Händel, porque Viktoria ha acudido a casi todos los conciertos.

—Preguntémosle a mi hija —dice Helmut de repente, y da un golpe con la mano en la mesa—. ¿Existe un lugar natural para la mujer y el hombre? En un nuevo orden social, esa cuestión debe aclararse.

Malika sonríe. Tampoco Bertram ha podido esquivar el tema preferido de Helmut.

—¿Qué nuevo orden social? —pregunta ella para ganar tiempo.

—El que es inminente —interviene Bertram socorriendo a Helmut—. La dictadura de los moralistas no durará para siempre. El mundo se vuelve otra vez más conservador, y hombres y mujeres deben delimitar de nuevo sus papeles con claridad.

Si todo hubiera salido como ella deseaba...

Pero no fue así.

Dirigiéndose a Helmut, contesta un poco más cortante de lo debido:

—¡Tonterías! ¿Qué lugar natural va a ser ese?

—Cuando tenías a tu artesano suabo, hablabas de otra forma —la contradice su padre.

—¿Y qué? —pregunta ella—. ¿Qué queréis hacer con las mujeres sin hijos, como yo? ¿Meternos en un convento? ¿Casarnos a la fuerza?

Helmut ríe.

—¿Por qué no? —responde, y da un buen trago a su copa de vino.

Bertram sacude la cabeza con vehemencia.

—No —dice—, no era eso lo que queríamos decir. Se trata de que deberíamos reconocer las diferencias y los límites de nuestra autodeterminación.

Malika rechaza la idea de que una persona pueda darse forma a sí misma y dar forma al mundo a voluntad, pero mientras busca las palabras adecuadas suena un móvil. Bertram echa mano al bolsillo interior de su americana. Corta la llamada y deja el teléfono encima de la mesa. La imagen de fondo es un dóberman de pelaje brillante.

En ese momento, Jorinde entra en la cocina.

Malika siente que la tensión abandona su cuerpo.

Helmut se levanta. Extiende los brazos y espera a que Jorinde se le arrime con cariño.

—Mi gatita... —le dice con voz dulce, y mira más allá de ella en dirección al pasillo.

Sin embargo, ni Torben ni los niños están ahí. Jorinde ha llegado sola.

Malika cierra los ojos un instante y sigue el consejo de su terapeuta. En lugar de compararse con su hermana, se contrapone a su antiguo yo. Ve lo mucho que ha evolucionado, todo lo que ha conseguido, que ha llegado a ser una profesora de violín muy valorada.

Entonces se levanta y se vuelve muy erguida para saludar a Jorinde.

Su hermana ha salido a sentarse en el balcón. Sola. Malika habría podido seguirla, pero la conversación con Bertram se había puesto interesante. Mientras los invitados se apiñan en la cocina alrededor de la mesa de los canapés, ella va al cuarto de baño. Cierra con pestillo y se sienta en el borde de la bañera. Es evidente que Bertram le ha sonreído mientras ella se abría paso entre los hambrientos. Parece que intelectualmente están más cerca de lo que había supuesto. Malika ha resumido sus coincidencias guiñando un ojo:

—No todo lo nuevo es bueno. No todos los extranjeros vienen en son de paz. No todas las fronteras coartan.

Él ha asentido aliviado, y entonces ella se ha levantado.

Aun así, no supera la comparación con Götz.

Aquel día azul y frío de noviembre, cuando le dieron el alta de la clínica psiquiátrica, vio el futuro ante sí con claridad.

Vicky y Helmut la esperaban junto a un piano de cola tapado en mitad de un oasis de plantas tropicales de interior. Los apáticos pacientes se repartían por los sillones amarillos de polipiel que había por todas partes y no apartaban la mirada de sus móviles. Malika bajó la escalera peldaño a peldaño y pensó que su vida a partir de entonces sería una búsqueda inútil. Jamás volvería a amar así. Y no quería amar menos.

Después de trasladarse, la ayudó el hecho de contar con un ritmo estable compuesto por el trabajo, la terapia y un tiempo libre bien organizado. Los dos veranos siguientes incluso fue de vez en cuando al lago, a la cuesta de hierba de los manzanos. Nadaba hasta la otra orilla y regresaba. No volvió a ver a Götz.

Cuando los recuerdos dejaron de pesar como el plomo sobre cada pedazo de felicidad presente, algo le llamó la atención en el expositor de la librería a la que solía ir. La mujer de la fotografía era Brida Lichtblau. Su libro se titulaba *Modelo de vida*.

La tarde de la presentación, Malika estaba segura de que lo encontraría allí. En primera fila. Orgulloso de su mujer, que estaba en la mesa de honor, donde leería. Lo buscó por las hileras de sillas. Delante, a la derecha, reconoció a la doctora Gabriel. Junto a ella estaba sentada la dependienta de rizos pelirrojos. Solo faltaba Götz.

Su mirada volvió a recorrer la sala. No estaba allí.

Apenas se enteró del contenido del libro. La cabeza no le paraba quieta. La ausencia de él podía significar cualquier cosa, y entre ellas también la posibilidad de un nuevo intento. Sin embargo, las palabras de Brida al final de la lectura destruyeron todas sus esperanzas. Le dio las gracias a su marido, Götz, que por desgracia no había podido asistir porque su hija pequeña estaba enferma.

A la mañana siguiente, Malika fue a la tienda y miró a través del cristal del escaparate. La cama infantil ya no estaba. Siguió en bicicleta hasta la librería y compró un ejemplar de *Modelo de vida*.

Desde entonces lee todo lo que escribe Brida Lichtblau. Todos los personajes masculinos tienen rasgos de Götz. Eso es lo más que se ha acercado a él.

Según la dependienta de la librería, Malika es la mayor fan de Brida.

Se coloca ante el espejo y se recoge la melena en un moño alto y suelto; se pinta los labios. Esto tiene que terminar. Lo sabe.

Ve a alguien de pie al otro lado del cristal esmerilado de la puerta del baño. Un último vistazo de comprobación y después sale al pasillo.

—Vamos al dormitorio —le dice a su hermana—, allí no nos molestará nadie.

Están de pie ante el arcón de Jorinde, repleto de chaquetitas de punto y peleles de su primer año de vida, su primer par de zapatitos, su muñeca preferida, Lilli, varios animales de peluche, una bolsita de tela con canicas, una caja de zapatos llena de libretas, dibujos y redacciones de cuando se iba haciendo mayor.

Viktoria ha eliminado casi todos los recuerdos físicos de la infancia de Malika. No existen ni ropitas de bebé ni juguetes, solo un par de dibujos y cartas de la escuela de primaria, y también dos certificados de participación en competiciones de violín poco importantes.

—¿Te lo has vuelto a pensar? —Jorinde la mira con miedo.

Qué pequeña es su hermana... La prestancia que irradia en las películas y sobre el escenario no tiene nada que ver con sus atributos físicos. Se trata más bien de una seguridad en sí misma que emana de dentro afuera.

Y sí. Se lo ha vuelto a pensar.

Malika se ha pasado noches enteras imaginando situaciones concretas. Se ha preguntado qué haría si Jorinde le exigiera que le devolviera al niño. Ha fantaseado con cómo actuaría el niño cuando, más adelante, se enterara de que en realidad su tía era su madre. Ha anticipado las reacciones de sus padres, sus compañeros de trabajo y amigos. Y cada imagen, cada palabra era un argumento incontestable en contra del plan de Jorinde.

Aun así, siente el doloroso deseo de criar a ese niño como si fuera suyo.

Jorinde se sienta en el borde de la cama de sus padres, se tapa la cara con las manos y llora. Los sollozos le salen de muy adentro, su cuerpo tiembla.

Malika, de pie, la mira sin decir nada. No se deja engañar por unas lágrimas de escenario. Demasiadas veces ha sido testigo de las representaciones teatrales de su hermana. Jorinde se frota los ojos llorosos y se limpia la nariz con la manga del vestido.

—Por lo menos siéntate a mi lado —pide.

Pasan unos segundos sentadas juntas en silencio.

—Mi matrimonio está acabado —explica Jorinde sin inflexión alguna en la voz—, y tú sigues furiosa conmigo. —Mira a Malika—. Tendrías que estar furiosa con nuestros padres, no conmigo. Yo solo era una niña. Tu hermana pequeña.

Entonces pone la cabeza en el regazo de Malika y busca su mano.

A Malika le caen lágrimas por las mejillas. Mira hacia la puerta. No tienen mucho tiempo, Viktoria no tardará en ir a buscarlas.

Esto es un comienzo, solo que aún no sabe de qué.

—Dame un par de días —dice—. Iré a verte a Berlín y entonces hablaremos.

Jorinde

Jorinde pone el dedo en el interfono.

Tensa las comisuras de los labios hacia arriba y abre mucho los ojos. Sabe cómo conseguir esa luminosidad interior. Ahora solo tiene que durarle hasta la tercera planta.

Suena el zumbido de la puerta al abrirse, corre a la escalera y sube los peldaños de dos en dos. Arriba, la puerta del piso está entornada. Cuando su madre va a su encuentro por el pasillo, Jorinde abre los brazos, apresura el paso hacia ella y exclama con su voz más profunda y segura:

—¡Feliz cumpleaños, Vicky!

No han pasado ni tres horas desde que Torben, a solo unos centímetros de ella, estaba gritándole que se había vuelto completamente loca. Que estaba enferma y chiflada, tarada. Que una idea así solo podía ocurrírsele a alguien que venía de una familia de trastornados. Cuando se ha desahogado, agotado, le ha soltado que ya podía irse ella sola a ver a la loca de su madre y al nazi de su padre, que los niños y él se quedaban en Berlín.

Jorinde se ha marchado.

Del todo ausente, se ha sentado en el tranvía rumbo a la estación central, ha atravesado el vestíbulo como accionada por control remoto y ha bajado por la escalera mecánica hasta las vías subterráneas 1 y 2. Se ha pasado todo el trayecto Berlín-Leipzig mirando por la ventanilla del tren en lugar de estudiar las frases para su próximo rodaje. Un papel secundario en un episodio de la serie policíaca *Tatort*; menos es nada.

Mientras veía pasar el paisaje de siempre, ha decidido que pondría una enfermedad como excusa de que su familia no la hubiese acompañado. Después, sus pensamientos no han dejado de girar en torno a lo que tiene que hablar con Malika.

—¿Y dónde están mis amores?

Viktoria da un paso atrás. Parece escéptica y cargada de reproches a partes iguales. Sin vacilar, Jorinde le habla de un virus que se ha contagiado por todo el colegio y adorna la historia con detalles repugnantes que, como era de esperar, extinguen el interés de Vicky.

En la cocina, Malika está sentada a la mesa con su padre y otro hombre. Jorinde no lo conoce, pero con un vistazo le basta. No le interesa. Helmut se levanta.

—Mi gatita... —le dice, y busca más allá de ella.

La historia del virus oculta por segunda vez la fea realidad de que su matrimonio hace aguas y ella está embarazada de un tercer niño.

Cuando, justo después, los blandos brazos de su hermana la estrechan, Jorinde solo quiere llorar.

Ha luchado por el amor de Malika desde que tiene memoria.

¿Cuántas veces aguardó frente a la puerta cerrada de la habitación de su hermana? Llamaba y rogaba y daba patadas furiosas cuando Malika volvía a soltarle un: «¡Piérdete, tengo que ensayar!». Entonces corría con su madre, se dejaba consolar por ella y criticaba a Malika.

La mirada de su hermana le dice que no ha cambiado de opinión. Aun así... Vale la pena hacer un último intento.

Los tres de la mesa siguen con su conversación. Jorinde se acerca a la ventana con una botella de gaseosa y hace como si hubiese algo digno de ver ahí fuera.

—Solo una sociedad que valora más la comunidad que el individuo resiste —dice el hombre sin color sentado junto a Malika.

—Lo cual puede verse muy bien con la RDA —señala su hermana con ironía.

—El fracaso de la RDA tuvo otras causas —replica él—; la revolución pacífica...

—No fue ninguna revolución pacífica —interrumpe Helmut—; fue una restauración capitalista. El pueblo vendió su alma al consumo, y nadie nos protegió de ello.

Los grandes temas, como siempre. Helmut no lo puede evitar. Jorinde contempla el parque de al lado. Antes iban allí a dar de comer a las ardillas. Algunas eran tan confiadas que comían de su mano. Una vez, durante uno de esos momentos tan especiales, Malika se puso a dar palmas y el animal salió corriendo. Jorinde lloró a mares y su hermana se quedó una semana entera sin ir a la piscina, y por aquel entonces nadar era lo que más le gustaba.

Ahora en la mesa hablan de inmigración. Por suerte, Torben está muy lejos. Él diría cosas de las que ella se avergonzaría, y Helmut sonreiría con indulgencia. Torben carece de la menor sensatez política, y la amabilidad de Helmut no hace más que empeorarlo todo.

Las diferencias en cuanto a la visión del mundo entre su familia y ella se han reducido. Jorinde ya no es una activista antifascista. «Oportunista», «sin sustancia» y «cobarde», la había llamado Torben por ello.

Vicky revolotea por la fiesta y sirve alcohol sin que se lo pidan. No se dará por satisfecha hasta que la mayoría de los invitados estén tan borrachos como ella. A pesar del maquillaje, se le ve la nariz roja. Bebe demasiado desde hace muchos años, sufre por los efectos visibles del alcohol y sigue bebiendo para olvidarlo.

—En eso estás completamente solo... —dice Vicky, y se pone a discutir con Helmut.

Jorinde, sin embargo, no quiere unirse a ellos. No le apetecen los debates políticos.

Al principio, también a ella le extrañaron las nuevas opiniones de su padre, las cuales su madre suele secundar. La tolerancia de sus amigos y compañeros termina en el centro del espectro político. Son liberales de izquierdas y cosmopolitas, lo cual conlleva el desprecio por el nacionalismo y los límites, y siempre repiten como un mantra sus opiniones moralmente superiores para ahogar las dudas que surgen de todos modos.

Tardó en tomarse en serio el nuevo conservadurismo

de sus padres. Un conflicto generacional. Nada más y nada menos. Pero ahora, al reflexionar en ello con mayor detenimiento, el cambio de opinión de Helmut y Vicky le parece menos contradictorio. Nunca compartieron ese optimismo del progreso que se instaló tras la unificación sin condiciones con el Oeste durante los años noventa. Tal vez Jorinde estaba entonces más cerca de sus padres de lo que suponía. Hoy ya no es capaz de posicionarse. Mientras Torben se siente como en casa en la izquierda, ella busca un hogar sin encontrarlo.

Jorinde no volvería a casarse con Torben. Lo conoció trabajando en uno de los teatros libres de Berlín. La chispa saltó al instante. El desasosiego interior que lo impulsaba a él la perseguía también a ella. El miedo a perderse algo fundamental se encargaba de que siempre fuesen los primeros en hundirse en la embriaguez y siempre fueran de los últimos en marcharse de cualquier fiesta. Aun así, su hambre de vida nunca quedaba saciada.

Se lo bebían todo, follaban, fumaban paquetes enteros de cigarrillos y a menudo llegaban tarde a los ensayos. El contacto de Jorinde con su casa se limitaba a las ocasionales llamadas de Vicky, y entonces parloteaba a tal velocidad que no permitía que su madre intercalara ninguna pregunta sobre la maravillosa vida del mundo del teatro, el próximo éxito inminente o el extraordinario talento de su novio. Era lo que Vicky quería oír y lo que luego podría contarle a todo el mundo. El papel de niña problemática lo encarnaba Malika.

Helmut se mofó de Torben desde su primer encuentro, pero Jorinde no lo dejó marchar. El motivo más importante para no hacerlo fue ese gusanillo que ya llevaba en el vientre el día que Torben fue a conocer a sus padres, aunque solo midiera unos milímetros y nadie supiera aún nada de él.

Ada fue el freno de emergencia. Jorinde dejó de fumar de la noche a la mañana. Ya no bebía alcohol; amainaba las olas que antes había levantado. Cuando coincidió con Vera en el «curso de jadeos», como llamaba Torben con desdén a la preparación al parto, los días de desenfreno eran contados, incluso para el futuro. La agencia de casting de Vera fue el trampolín de Jorinde a las películas.

Torben siguió haciendo lo de siempre. Solo se encarriló un poco cuando vio, oyó y sintió a Ada, y fue en la seguridad de esa fase cuando se casaron.

Más adelante, sin embargo, cuando los años y los niños obligaron a acomodar los deseos a la realidad, dejó de entregarse. Prácticamente no se comprometía con nada, ni siquiera en su profesión. Su falta de tacto, que hacía pasar por sinceridad, le costó numerosas amistades y oportunidades laborales.

Delante de sus padres, Jorinde seguía defendiéndolo. A nadie le gusta admitir un error como ese.

—¡Menudo fantasma! —exclamó Helmut después de conocerlo, y su valoración no hacía más que corroborarse una y otra vez.

Su marido es un niño que mide casi un metro noventa y que, a pesar de todos sus defectos, pretende que lo quieran sin condiciones. Solo que ella no es su madre.

A su hermana también le ha ocultado hasta ahora toda la verdad sobre la salud de su matrimonio.

Mira de soslayo a Malika y al hombre de los ojos fríos. La delicada curva de sus labios ofrece un curioso contraste con la parte superior de su rostro. Cuanto más lo mira, más interesante le parece. Si ella quisiera, podría atraer su atención, pero ni eso le apetece.

Tiene que hablar con su hermana. El tiempo apremia y su última llamada telefónica terminó mal.

—¿Por qué no se hace cargo Torben de su hijo? —quiso saber Malika.

—Porque el niño no es suyo.

La voz de su hermana se volvió dura:

—¿Cómo ha podido pasarte? Hay formas de protegerse.

Y Jorinde preguntó con insolencia si a ella nunca le habían podido las ganas. Malika colgó sin decir una palabra más.

Los fumadores regresan del balcón, Rudi Tela Asfáltica el primero.

Jamás olvidará lo que Malika le contó una vez sobre Vicky y Rüdiger. En aquel momento le pareció que su hermana se había inventado la historia, hoy ya no está tan segura.

Jorinde sale al balcón. Las plantas son extravagantes. Su madre desprecia los geranios y demás especies de floración larga. En lugar de eso, tiene bolas blancas de flores de agapanto junto a girasoles y liátrides de color lila. Jorinde se sienta en un sillón de mimbre y contempla a través de la barandilla la acera de abajo, donde hay una mujer con cuatro niños.

Dentro de tres semanas ya será demasiado tarde, terminará el plazo legal para abortar. El padre del niño no sabe nada; su mujer y su hija pequeña seguirán deslumbrando junto a él en las fotografías de la prensa rosa. Ese hombre es un cliché con todas las letras. La sola mención de su nombre hace que cualquier mujer inteligente tire su dignidad por la borda. Su talento interpretativo lo disculpa todo. En las relaciones personales, un cero; pero menuda presencia física. En eso tenía ella puestos los ojos, y por eso más tarde, en su habitación de hotel, contestó que sí cuando él le preguntó si tomaba precauciones. No quería ninguna interrupción, y punto.

Abortar sería el camino más fácil, pero ¿quién no querría un hijo de ese hombre?

Si el rodaje de su primer papel protagonista en una película para cine no empezase precisamente unas semanas después del parto, todo sería la mitad de horrible. No puede llevarse al bebé al trabajo, eso afectaría a la calidad de su interpretación. Debe estar libre. Aunque no haya escenas de desnudo, su cuerpo tiene que ser del todo suyo.

Torben le ha dejado muy claro que él solo se ocupará de Ada y de Jonne. Y eso que todavía no sabe que el padre del niño es otro.

Se vuelve y, por la puerta cerrada del balcón, ve que los invitados empiezan a reunirse en la cocina. Ojalá no tuviera que volver a entrar.

La idea de confiarle el niño a Vicky la desechó al instante. Recuerda demasiado bien las escenas que vivió tras la llegada de Ada.

Vicky se presentó con una montaña de regalos y se lanzó sobre la niña llena de entusiasmo. Mientras tanto, no dejaba de lamentarse por lo difícil que lo había tenido ella, sin los recursos tecnológicos de hoy en día, sin que nadie le echara una mano, con un marido que siempre estaba de viaje con la orquesta y que consideraba indigno de él cambiarle los pañales a un bebé. Y encima Malika, que se ponía enferma constantemente y no se hacía querer demasiado. Jorinde, por el contrario, había sido un encanto desde el principio, y durante su primer año de vida no hizo más que reír.

Mientras hablaba, iba de aquí para allá con la pequeña Ada en brazos, la sacudía con nerviosismo y al mismo tiempo se preguntaba por qué no dejaba de gritar.

—A ti te irá mejor —le decía a Jorinde levantando la voz por encima de la cabecita de Ada—. Yo te ayudaré, cuidaré a la niña y así tendrás tiempo para ti.

Solo que Jorinde no quería tiempo para sí. Quería estar con Ada. En aquel entonces, las cosas entre Torben y ella aún funcionaban, y lo único que le molestaba era su madre.

Más adelante, cuando Ada empezó a ser agotadora de verdad y desarrolló un espíritu de contradicción fomentado por Torben, Vicky ya no quiso saber nada más de su oferta.

Exactamente dos veces le pidió Jorinde ayuda a su madre.

La primera, ella estaba embarazada de Jonne, y Vicky fue a pasar el día a Berlín. Salieron a comer helado y, como la bola de Ada goteaba, Jorinde la empujó un poco con un dedo para meterla más en el cucurucho.

—¡Quiero que el helado vuelva a salir! —vociferó la niña, que por entonces tenía tres años, impasible ante las explicaciones de su madre de que el helado ya no podía volver atrás—. ¡Que vuelva a salir! —seguía gritando cuando hacía ya tiempo que el helado se había derretido y había acabado en una papelera.

—¿Podrías llevártela unos días a Leipzig? —pidió Jorinde.

Vicky lanzó una mirada escéptica a su nieta, entregada a una histeria sin freno.

—No —respondió, categórica.

Los nervios de Helmut no lo aguantarían, dijo. Últimamente sufría de acúfenos, y la doctora Gabriel le había recomendado tranquilidad.

La segunda vez, Ada ya iba al colegio. Había salido por la mañana con el monopatín, se había caído y se había roto el brazo izquierdo. Daba la casualidad de que ese día Helmut y Vicky estaban en Berlín para asistir a un concierto de la Filarmónica. Jorinde llamó a su madre al móvil sobre las dos de la tarde y le preguntó si Helmut y ella podían pasarse por su casa y quedarse entre una y dos horas. Torben no estaba, Ada se quejaba por el yeso y el dolor, y ella tenía la nevera vacía.

Jorinde oyó con claridad cómo Vicky le decía a Helmut:

—Fractura del antebrazo, enyesada cuatro semanas. Y con el temperamento que tiene...

A Jorinde, le dijo:

—La verdad, nos gustaría, pero hoy nos va muy justo.

La primera en enterarse de este embarazo fue Kira. Jorinde se hizo la prueba en el baño de un estudio de cine y luego se echó a llorar con el maquillaje ya a punto. Kira tuvo que empezar su trabajo otra vez desde el principio. Mientras disimulaba los ojos arrasados en lágrimas de Jorinde, la escuchó con atención.

—¡Para! —exclamó cuando los labios de Jorinde volvieron a temblar. La miró a los ojos para sondearla y encendió un cigarrillo—. ¿Por qué no hablas con tu hermana? Ella siempre ha querido tener hijos, ¿no?

En la cabeza de Kira no existían los límites. Aceptar sus consejos implicaba saltarse todas las normas. Sin embargo, cuantas más vueltas le daba Jorinde, menos descabellada le parecía la idea.

¿Qué tenía que perder? La relación con Malika era complicada, pero no irrecuperable. Cuando se veían en los cumpleaños de sus padres y las fiestas habituales, normalmente todo transcurría en calma. Además, en el mejor de los casos su hermana vería un niño como un sueño cumplido.

El punto en el que el plan se tambaleaba era el momento en que Jorinde quisiera recuperar a su hijo. Y así, de la idea de una tutela provisional surgió la de cederle el niño a Malika para siempre.

La puerta del balcón se abre de golpe.

—¡A pasar revista, que la comida está lista! —exclama Vicky, y se ríe de su propia ocurrencia.

Así era como la señora Ahavzi llamaba a sus gatos cuando las escudillas estaban listas en el cuento de *El pequeño Muck*, y también Malika y Jorinde lo oían a menudo cuando su madre las avisaba para que fueran a la mesa. Jorinde casi siempre se acercaba saltando y brincando, y a veces tomaba a Malika de la mano para arrastrarla consigo. «¡Suelta!», le espetaba su hermana.

Dentro, los invitados se apretujan alrededor de la mesa de los canapés y las ensaladas. No se ve a Malika por ninguna parte. Tampoco está en la sala de música ni en el salón. Jorinde se queda en el pasillo y mira la puerta del baño mientras los invitados empiezan a repartirse por todo el piso con los platos llenos.

La puerta se abre. Malika se ha recogido la larga melena negra en un moño suelto muy alto. Lleva su pintalabios rojo intenso, el que reserva para sus apariciones estelares.

—Vamos al dormitorio —dice—, allí no nos molestará nadie.

—¿Abres tú, Ada?

Jorinde se lava las manos en el fregadero, se seca con un paño de cocina y corre al pasillo detrás de su hija.

—¿Qué hay de comer, madre? —pregunta Ada mientras aprieta el botón para abrir el portal.

—Déjate de «madre». Si lo que quieres es hacerme enfadar...

—No quiero, madre.

Jorinde toma aire. Después necesitará la ayuda de Ada.

—La verdad es que no he hecho tu plato preferido... —dice con zalamería—, pero sí tu postre preferido.

Contempla la expresión obstinada de su hija. No siempre es fácil quererla. No es fácil ser justa. Y el mayor reto es no hacer mal uso del poder de una madre.

En el rellano se abre el ascensor. Malika ya se ha descolgado la mochila y deja sus cosas junto al umbral. Su rostro no revela ninguna respuesta. Han pasado tres días desde el cumpleaños de Vicky, y en todo ese tiempo no han hablado. Malika no ha querido.

Ada le da la mano.

—Buenos días, querida tía —la saluda con voz meliflua.

Jorinde pone los ojos en blanco esperando que surja cierta complicidad entre hermanas, pero, como tantas otras veces, no sucede.

—Buenos días, querida sobrina —responde Malika—. Me alegra encontrarte con buena salud. Estoy agotada del viaje. ¿Tendrías la amabilidad de llevar el equipaje a mis aposentos?

Ada recoge la mochila y se la lleva con alegría hacia la habitación de invitados. Malika la sigue. Jorinde siempre siente una punzada al ver cómo se relaciona su hermana con los niños. Se le dan muy bien. Y no solo Ada y Jonne, sino cualquier niño. Su autoridad natural y tranquila hace que parezca que los educa sin esfuerzo. Sabe por Helmut que las solicitudes de matrícula para sus clases de violín superan con mucho su disponibilidad. Sus alumnos sobresalen en los festivales de clase, y hay dos que han alcanzado puestos destacados en *Jugend musiziert*. Sin embargo, desde niña Malika solo ve en los elogios una crítica encubierta. Para ella, el vaso siempre está medio vacío. El único momento en la vida de su hermana en que esa perspectiva cambió fue cuando estaba con Götz.

Pone la mesa para todos. Torben no está. Jorinde le comunicó ayer que el niño que espera no es suyo y que quiere el divorcio.

Él no pareció sorprendido. «Entonces tendrás que pagarme la manutención», repuso con indiferencia. Hasta ese momento, el matrimonio aún podría haber tenido una minúscula posibilidad de salvarse.

Torben se ha ido temporalmente a casa de unos amigos, sus hijos no saben nada todavía. A ella le aterra el momento de anunciárselo. Ahora que ha llegado Malika, por lo menos no tendrá que soportar sola el dolor de los niños.

Durante la comida, Jonne hace preguntas hirientes.

—¿Dónde está tu marido, Mali? ¿Por qué no tienes hijos? ¿Es que no te gustan los niños?

El tacto no es algo innato. Mientras Malika contesta con paciencia, Jorinde piensa que tendrá que enseñarle a tener tacto.

—No estoy casada —dice su hermana—, me habría gustado tener hijos, pero no puedo, y por supuesto que me gustan los niños. Sobre todo vosotros dos.

—En realidad mi madre no quería tener hijos —suelta Ada—. Un día oí que le decía a Kira: «¿Por qué me habré cargado con los niños? ¡Debo de estar loca!».

Jorinde siente la mirada de su hermana.

—No lo decía en ese sentido, Ada, estaba estresada.

—Siempre estás estresada.

—¡Joder, Ada!

—¿Sí, madre?

Jorinde suelta los cubiertos con estrépito y se levanta de la mesa.

Cuando regresa, Malika está explicando que las madres también son personas con sentimientos. Lo que dice es tan sensato e inteligente que a Jorinde casi le dan ganas de vomitar.

Su hermana no sabe lo que es esa carga. Aparte de su gato y de ella misma, no ha de ocuparse de nadie. No tiene ni idea de lo que es el día a día con los niños. No sabe que siempre se ponen enfermos en el peor momento, que no tienen ninguna consideración hacia las necesidades de sus padres y que en los instantes de mayor estrés es cuando más atención exigen.

De repente Jorinde duda de si ha hecho bien recurriendo a ella. De si su plan no será un error enorme. De si no sería mejor abortar.

Ada toma a Jonne de la mano y se lo lleva al sofá, delante de la tele. No le apetece vigilarlo mientras juega con sus dinosaurios, así que el niño tendrá que ver los dibujos japoneses con ella.

—Volveremos dentro de una hora —dice Jorinde.

No recibe respuesta.

Malika camina muy erguida a su lado. Con zapatos de tacón casi le saca una cabeza. Desde Zionskirchstrasse siguen por Anklamer hasta Ackerstrasse, y de allí hasta el monumento conmemorativo del Muro de Berlín. Malika habla, y lo que dice suena sensato.

No todo lo que es factible es también correcto. Un niño tiene que estar con su madre. Jorinde debería aceptar la responsabilidad, aunque eso implique interrumpir su carrera.

—Es que no puedo permitírmelo —aduce ella con rabia, y argumenta que hay otras formas de sociedad donde los niños crecen en grandes comunidades, sin un vínculo estrecho con los padres.

La mirada de Malika lo dice todo.

Cuando llegan a la Capilla de la Reconciliación, se sientan en un banco.

—Si fuera por Helmut, volveríamos a levantar el Muro —comenta Jorinde con una risa amarga.

—Qué va —replica Malika—. Solo es que no le apetece vivir en una colonia del consumismo.

—¿Por qué defiendes siempre a nuestros padres? Yo en tu lugar...

—Pero no estás en mi lugar.

Un grupo de turistas estadounidenses pasa por delante.

—Los colonialistas del consumismo —susurra Jorinde con voz conspirativa.

Malika ríe. Es el primer momento relajado entre ellas. Jorinde apoya la cabeza en el hombro de su hermana y mira hacia el cielo del atardecer.

—¿Y qué hago yo ahora? —dice.

Cuando regresan, Jonne echa a correr hacia ellas por el pasillo.

—¿Cuándo vuelve papá? —exclama.

Ella mira el esperanzado rostro del niño. El candor

que contiene la desarma. También Ada se acerca desde la sala de estar.

—¿Dónde está papá en realidad? —pregunta.

Jorinde mira a Malika y luego a los niños. Habría deseado que fuera de otra forma: alrededor de una mesa, con sensatez y calma. Cuando pronuncia la temida frase, a Ada se le doblan las rodillas y Malika la sostiene justo en el último momento. Jorinde tiende las manos hacia la niña temblorosa y la abraza. Ada no se resiste. El dolor le ha transformado la cara en una fracción de segundo.

Jonne está arrodillado junto a ellas sin decir nada.

—Pero ¿por qué? —pregunta entonces.

Se sientan los cuatro en el pasillo. Llorando, Jorinde les explica a sus hijos que se van a divorciar. Nunca se ha sentido tan bien por tener una hermana.

Cuando los niños duermen ya es casi medianoche. A Jorinde le arden los ojos de cansancio. Malika deja la botella de vino vacía junto al cubo de la basura, llena el hervidor de agua y mete dos bolsitas de manzanilla dentro de una jarra. Sus labios se mueven.

Jorinde ve los gestos que hace su hermana con las manos, oye los sonidos y las palabras, pero la voz de Malika le llega como de lejos. Sus frases la alcanzan, solo que no entiende lo que quieren decir. Ahora que ha conseguido pasar a los hechos, viene el miedo. Ya no ama a Torben, pero la pena de los niños la ha dejado sin aire. Malika deja una taza en la mesa. La loza se encuentra con la madera. Jorinde levanta la vista.

—¿Me has oído? —pregunta Malika.

Asiente, luego niega con la cabeza.

—Hay una forma en que puedo imaginarme esto, pero tendrías que venir con los niños a Leipzig.

—¿A Leipzig?

—Sí.

—¿Cuándo?

—Lo antes posible. Antes del parto.

—Sí —dice sin pensárselo—, entonces lo haremos así.

Sin ofrecer resistencia, deja que Malika la lleve a la cama y la arrope. Y consigue conciliar el sueño.

Malika se ha pasado meses revisando anuncios y preguntando a conocidos. Un piso de cinco habitaciones con dos baños y una cocina grande tampoco es fácil de encontrar en Leipzig. Jorinde logra subir los últimos escalones. La barriga le parece más grande que en sus dos embarazos anteriores, y eso que aún le faltan dos meses.

—¿Sus maridos trabajan? —pregunta el agente inmobiliario, y las invita a pasar.

—¿Maridos? —dice Malika.

Jorinde sonríe, mira alrededor y va de una habitación a otra. Por todas partes hay luz, espacio y un ambiente agradable. El piso es perfecto. Orientación este-oeste, parqué, un gran patio trasero y vistas a una zona verde por delante.

—No encontraremos nada mejor —susurra Malika, que ahora está detrás de ella.

—Yo también lo pienso —coincide Jorinde.

Desearía que las dudas se acallaran de una vez. El espíritu dominante de su hermana, la negativa de Ada a cambiar de colegio, la frágil salud de Jonne desde la separación..., la suma de los problemas es considerable. Ninguno de los factores, ni siquiera por separado, es insignificante.

Enseguida se ponen de acuerdo en el posible reparto de habitaciones. Eso es buena señal. Y cuando salen juntas al balcón para ver el patio, las dos exclaman: «¡Qué bonito!». Jorinde sopesa una última vez la otra opción: sin Malika, ella sola con los niños. Pero esa idea desemboca en el caos, como siempre.

—Mi hermana y yo nos quedamos con el piso —le dice al de la inmobiliaria.

—¿Su hermana y usted?

—Sí. Y nuestros tres hijos.

—Ajá.

El hombre hojea sus documentos.

—Deberían aportar un par de cosas —murmura mientras saca varios impresos de su carpeta—. Certificado de solvencia, comprobante de ingresos y, por favor, no me malinterpreten, a ser posible también un aval de sus padres.

Jorinde ve cómo se oscurecen los ojos de Malika.

—Dos mujeres y tres niños... —añade el agente encogiéndose de hombros—, el propietario pedirá garantías.

Se percibe una extraña tensión en el ambiente.

Mientras Vicky juega al Halma con los niños en la cocina, Helmut estudia el plano. Frunce los labios, se levanta y camina; parece sentirse incómodo.

—El piso es estupendo —dice Jorinde sin poder contenerse—, el parque está justo enfrente, y tampoco queda muy lejos de vosotros. Ese piso es un premio gordo, un pleno en la lotería, bueno, puede que un pleno no, pero casi.

Y mientras ella sigue soltando palabras sin parar, Helmut deja el plano en la mesa y se vuelve hacia otro lado. Se detiene junto a la ventana con los brazos cruzados, hunde la cabeza en el pecho.

Jorinde enmudece.

No hace falta que su padre diga nada. Ella mira hacia Malika en busca de ayuda. El rostro de su hermana refleja una gran tristeza.

—¿Por qué? —pregunta.

—¿Que por qué? —Helmut se vuelve hacia ellas—. ¿Por qué? Porque alguien tiene que quitaros los pájaros de la cabeza.

»Ya me he resignado a que tú estés sola —dice, dirigiéndose a Malika—, pero ¿tú? —Mira a Jorinde—. ¿Qué clase de vida es esa? ¡Tres hijos que ni siquiera son del mismo padre! ¡Compartiendo piso con tu hermana! ¡Sin marido! —Resopla y toma aire—. ¡No pienso apoyar esto!

Jorinde aprieta los labios. Mira a Malika, en cuyo rostro no hay más que perplejidad.

—¡Vámonos! —dice Jorinde, y tira de su hermana para llevársela de allí.

Entonces abre de golpe la puerta de la cocina y llama a Ada y a Jonne, que están en mitad de la partida y no quieren irse.

—Nada de preguntas —zanja—, nos vamos y punto. Luego os lo explico.

No hay sorpresa en los ojos de Vicky.

Ada señala una pila de cajas de mudanza.

—Todo eso se puede tirar —dice.

Las cajas contienen juguetes y libros infantiles, cosas que le están pequeñas, cajitas con conchas, botellitas con arena del mar Báltico, todas sus muñecas junto con su vestuario, y el contenido de su caja de disfraces al completo. Es como si quisiera deshacerse de todas las pruebas de su infancia, como si le diera vergüenza haber sido niña.

Jorinde asiente. Aun así, lo organizará para que después lleven todas esas cosas descartadas al camión de mudanzas.

En la habitación de Jonne todo está como siempre. Los juguetes cubren el suelo. Las cajas que hay por ahí siguen vacías. Cada vez que decide guardar algo, empieza a jugar con eso y se le olvida que tiene que empaquetar.

También Jorinde se desprende de muchas cosas. Lo mejor de las mudanzas es poder corregir los excesos del pasado. ¿Para qué necesita doce pantalones vaqueros? ¿Qué va a hacer con veintiséis cuencos de postre? El efecto purificador de tirar cosas hace que el caos que la rodea resulte más fácil de soportar.

En el pasillo le vibra el móvil.

Llama, por favor. Mamá.

No recuerda la última vez que Vicky se refirió a sí misma como «mamá». Resulta ridículo. Por supuesto que no llamará. La última vez que hablaron por teléfono, a Vicky casi se le quebró la voz. El motivo había sido una tarjeta.

«¡Viva el matriarcado!», escribió Jorinde en ella antes de meterla en un sobre junto con una copia del contrato de alquiler y enviársela a su padre.

Habían conseguido el piso aun sin aval. Una sola llamada al propietario del edificio había bastado. Jorinde dejó caer como de pasada el nombre del personaje de quien esperaba un hijo, y probablemente la invitación al estreno de su próxima película hizo el resto.

Cuando Helmut leyó la tarjeta, por lo visto su corazón palpitó dos veces muy rápido y luego se paró durante al menos tres latidos. Después de eso, se pasó la mitad del día en la cama y por la tarde llamaron a la doctora Gabriel, que le aconsejó con insistencia que visitase a un cardiólogo. ¡Y todo por culpa suya! En realidad no le habían encontrado nada, pero a saber... ¡Jorinde se estaba comportando fatal! Que si debería ponerse en el lugar de sus padres, que si Helmut no hacía más que preocuparse...

Lo cierto es que Jorinde ha intentado entender a su padre, y sabe muy bien lo que puede hacerte la preocupación. Hace poco, un día que Ada llegó muy tarde a casa y tampoco contestaba al teléfono, Jorinde primero la abrazó con fuerza y luego se puso a gritarle y a decir cosas que ahora le encantaría poder retirar.

La preocupación de Helmut, por el contrario, es de otra clase. No es solo lo que su padre les dijo. Es, sobre todo, cómo lo dijo. Sacarles los defectos a sus hijas parecía causarle satisfacción. En su voz resonó algo extraño, algo que a Jorinde le dio miedo.

Va cerrando caja tras caja sin desfallecer y no se da cuenta de que Torben ha entrado. Con una sonrisa arrogante, deja caer ante ella el documento firmado que la autoriza a llevarse a los niños, cambiar de domicilio y matricularlos en sus nuevos colegios. Jorinde necesitará su aprobación para cualquier detalle también en el futuro. Tendrá que dar su consentimiento para cada salida con la clase y cada tratamiento médico. No se deshará de Torben. Jamás.

Le sorprendió que se rindiera sin luchar. La razón se la encontró por casualidad en el vestíbulo del teatro, donde Jorinde lo estaba esperando un par de días antes con los documentos.

Era joven. Tan joven que ella sintió compasión. Aun así, una advertencia no habría servido de nada. El enamoramiento se encargaría de que la chica no fuera capaz de ver la realidad.

El día de la mudanza llega un grupo de voluntarios. Instruidos por Jorinde y dirigidos por Kira, sus amigos meten en cajas las últimas cosas, cuidan de los niños, preparan comida y limpian las habitaciones vacías. El camión con los muebles sale de Berlín por la tarde, y algo después Jorinde, Ada y Jonne llegan también a Leipzig.

Malika vive en el piso nuevo desde hace unos días. A ella la ayudó Helmut con el traslado, y ya se habían visto dos veces antes de eso. Al principio Jorinde se enfadó muchísimo, pero después se obligó a tener en cuenta las circunstancias.

Malika siempre ha ido detrás de su padre. Es una persecución inútil; lo que se ha perdido de buen principio ya nunca se puede recuperar. Durante todo su primer año de vida, Malika estuvo separada de sus padres, y no fue hasta el nacimiento de Jorinde cuando Helmut descubrió que los niños pequeños también necesitan cerca la figura de un padre.

Ella no puede compartir el dolor de su hermana, pero la frialdad de Helmut y Vicky sí la entiende.

También ella ha dejado a menudo a sus hijos. Por rodajes varios en lugares varios y durante varias semanas. En casa, fue una cuidadora quien se enteró de que Ada había montado en bicicleta por primera vez con solo tres años y, al bajar, había perdido el habla. Y fue Torben quien la consoló y tuvo paciencia con la niña. Las palabras regresaron al tercer día, pero Jorinde no estaba allí.

Cada vez que regresaba tenía que ganarse la confianza de sus hijos desde cero. A los niños les daba igual que Torben se pasara casi todo el día sentado y metido en internet, que por la noche pidiera pizza y por la mañana no les preparara la papilla de avena, que descuidara la casa y olvidara las citas. Él estaba, ella no. Nada más contaba. De ese dolor surgió un distanciamiento con los niños. Y en la distancia, la calidez se enfrió.

Sube la escalera. Ada y Jonne la adelantan corriendo. Arriba está Malika, en la puerta. Huele a cebollas sofritas y a queso fundido. Jorinde abraza a su hermana y después cruza el umbral a una nueva vida.

Los primeros días juntas pasan en una monotonía atareada. Malika se encarga de que las cajas se vacíen a buen ritmo, de que la nevera esté llena y el piso limpio. En cuanto se trata de asuntos de los niños, se retira a un segundo plano con discreción.

Sin embargo, pronto son los propios niños los que se dirigen a Malika. Jorinde pone reparos sin demasiada convicción un par de veces, pero en realidad agradece toda la ayuda. Poco después del traslado, Jonne acompaña a Malika a la escuela de música siempre que puede. Después de unas improductivas clases de prueba con el piano y la flauta, se decide por la guitarra.

Ada solo quiere hacer los deberes con ayuda de su tía. Cuando Jorinde las ve a las dos sentadas a la mesa de la cocina e inclinadas sobre los libros, sale sin hacer ruido. En cuanto Ada no entiende algo, a ella se le desata el pánico. En Berlín habían vivido escenas terroríficas tras las cuales, por supuesto, la niña, atemorizada, tampoco había estudiado con más facilidad. Para Jorinde es un misterio cómo Malika es capaz de explicar lo mismo diez veces seguidas y mantenerse completamente calmada.

Por la noche se sientan juntas en la cocina.

Van avanzando a tientas mientras hablan, y a veces Jorinde siente como si nunca hubieran vivido en un mismo piso y con los mismos padres. La soledad de Malika debió de ser inconmensurable.

Cuando les resulta demasiado doloroso, lo dejan y ven una película. El cine es el segundo hogar de Malika; tiene muy buen gusto escogiendo, y las historias de extraños se superponen con las imágenes de su propio pasado.

Lilli llega una fría noche de abril.

Jorinde acaba de quedarse dormida cuando, poco antes de medianoche, empiezan los típicos dolores. Hace ya una hora que va de un lado a otro. Del baño a la cocina, al pasillo y vuelta al baño otra vez. Con cada contracción se apoya, luego camina de nuevo.

Vicky está avisada y ya va para allá. Malika aguarda en la puerta con la bolsa preparada. Las contracciones se presentan en soportables intervalos de unos doce minutos. Todavía hay tiempo.

En el taxi, de camino al hospital, su hermana le da la mano. En los pasillos y hasta la sala de partos, es su remanso de tranquilidad y su sostén. No se aparta de su lado. En las cuatro horas. Y cuando la comadrona deja a Lilli sobre el pecho de Jorinde, Malika llora.

Las semanas que siguen al nacimiento de la pequeña, Jonne es la única presencia masculina en el piso. La concentración de lo femenino contiene una fuerza indefinible. Jorinde se recupera más deprisa que tras los partos de sus otros hijos. El círculo de mujeres le sienta bien.

Cuando Vicky le pide que deje ir a Helmut, contesta que no.

No entiende por qué Malika ha seguido manteniendo el contacto con su padre. Tal vez ya tenga lleno el cupo de decepciones.

Cuando se acerca el comienzo del rodaje, Jorinde se plantea abandonarlo todo. No quiere separarse de Lilli. No quiere exigirle esa distancia a la niña. Esta vez tiene la oportunidad de hacerlo bien. Todo su ser se resiste a la idea de estar lejos durante semanas. En retrospectiva, la ocurrencia de darle el bebé a Malika le parece una monstruosidad. Solo con pensarlo se echa a llorar y, como si fuera posible enmendarlo, una tarde le comunica a su hermana que no interpretará el papel de la intelectual nazi Elsa Bruckmann.

Malika está en el pasillo. Jonne y ella han pasado la tarde en la ciudad mirando guitarras para él. Tiene un zapato en la mano, el otro todavía puesto.

—¿Estás loca? —dice su hermana.

Jonne desaparece al instante en su habitación.

—¿Qué idea descabellada es esa? Ya lo habíamos hablado.

Jorinde va de un lado a otro con Lilli en brazos. No aparta la mirada del bebé.

—Es que no puedo separarme de ella —replica.

Malika se quita el segundo zapato y la lleva consigo a la cocina. Siguen hablando a puerta cerrada, y Jorinde no encuentra nada que contestar a las sensatas palabras de su hermana. Tiene razón: es una persona inconstante. A menudo sus decisiones se basan en sensaciones e ideas espontáneas, y rechazar el primer papel protagonista en una película de cine sería una auténtica locura.

—Te conozco desde que naciste —dice Malika— y sé que te arrepentirás.

Cada nuevo día de rodaje, Jorinde se despierta con un aviso de mensaje en el móvil. A veces Lilli está sola en la foto de la mañana, a veces la tiene Jonne en brazos, a veces Ada. Malika no sale nunca. No le gusta verse en fotografía.

También por la noche recibe un mensaje de casa. Casi siempre se ve a Lilli en la cuna de colecho, que han trasladado a la cama de Malika durante la temporada que Jorinde estará fuera.

En todas las pausas del set, se retira con el sacaleches para poder seguir dando el pecho cuando regrese. A diferencia de sus compañeros, no bebe alcohol y se va a dormir en cuanto la hora lo permite. Trabaja más concentrada que nunca. El precio que paga Lilli tiene que estar justificado.

Las ventanas están abiertas. Los vencejos cazan en pequeños grupos volando a toda velocidad. Es el tercer mes de mayo que vive en la ciudad. Felicitas se le acerca corriendo. Maúlla, mira a ver si hay comida, da media vuelta y sale de la cocina. Lilli debe de haberla espantado de la habitación de Malika. Lilli adora a la gata; a la inversa no ocurre lo mismo.

Jorinde lava los filetes de pechuga de pollo y los seca con papel de cocina. Piensa en la despedida en la estación. Ada solo ha levantado la mano y ha subido al tren sin volverse a mirarla. No quería ir. Tampoco Jonne quería esta vez. Su mejor amigo celebra su cumpleaños, pero el maldito acuerdo entre Torben y ella establece que los niños vayan a verlo a Berlín cada dos semanas. Allí se pasan todo el día dentro del piso, que está equipado a medias y tiene una cocina pequeña, y su padre casi siempre los deja solos. Torben llama a eso libertad.

Desde hace poco lleva una vida con inclinaciones esotéricas. Hierbas y sahumerios parecen tener un papel fundamental. Cuando los niños regresan, no solo la ropa y el pelo les apestan a madera quemada, resinas y hierbas, sino también las bolsas, los cepillos, los cuadernos del colegio y los peluches. Jorinde lava enseguida todo lo que puede lavarse, incluidos los niños.

Al principio, Ada solo quería volver a Berlín. Su ira no se aplacó hasta que hizo nuevos amigos en clase, y al cabo de poco empezó a negarse a pasar uno de cada dos fines de semana con Torben. Había perdido las antiguas amistades de Berlín, y tener que compartir habitación con Jonne le parecía insoportable.

Jorinde cedió un par de veces. Disfrutaba viendo que los niños estaban más calmados y contentos en la estructura estable que habían creado Malika y ella. Sin embargo, Torben recurrió entonces a los servicios sociales de la Oficina del Menor y todo empezó de nuevo. Los viernes, después del colegio, tiene que volver a casa corriendo, preparar las bolsas, ir a la estación y meter a los niños en un tren que los lleva a un mundo sin reglas, sin horarios de comidas y sin sus nuevos amigos. El domingo por la tarde, otro tren los escupe de vuelta. Jorinde se pasa días luchando con las consecuencias de ese intervalo y, cuando las relaciones vuelven a estabilizarse, Ada y Jonne tienen que subir de nuevo a un tren.

Pone jengibre en el mortero, añade ajo, cayena, cúrcuma y pimienta y lo maja todo bien. Después sofríe cebolla, echa la pasta en el aceite caliente, vierte leche de coco por encima e incorpora la carne troceada.

A Lilli le encanta la carne. De cualquier tipo. Incluso se zampa el hígado con placer.

Los dos mayores le tienen envidia. Ella nunca tiene que marcharse. Su padre paga su silencio con dinero y no se inmiscuye. Solo dijo que, cuando la niña sea lo bastante mayor, él estará a su disposición.

En las comidas, Lilli se sienta al lado de Malika.

Suena un mensaje en el teléfono de Jorinde. Ada y Jonne tienen una regla: nada de aparatos electrónicos en la mesa. Las discusiones por eso son arduas, sobre todo porque Jorinde no cumple lo que predica. Mira de soslayo a Malika, pero después saca el móvil del bolsillo y lee:

> Ya estoy aquí. Victor's Residenz-Hotel. Vienes pronto?
> Un beso, Albrecht

Lo conoció en el rodaje tras el nacimiento de Lilli. Él interpretaba a Hugo von Hofmannsthal y ella a Elsa Bruckmann, esposa del editor Hugo Bruckmann, *salonnière* de Munich y posterior mecenas de Hitler.

La película no fue bien, pero por suerte los críticos se cebaron en el pésimo guion. La caracterización que hizo Jorinde de Elsa Bruckmann, en cambio, recibió elogios unánimes. Si algo salvaba la película, era ella. Si algún motivo había para ir a verla, era por verla a ella. Los periodistas la hicieron subir de nivel, justo hasta donde los papeles empezaban a ser interesantes.

Desde que trabajaron juntos, con Albrecht la une una amistad que más tarde llevaron al terreno físico. Algo que Malika no entendería.

> Sí, salgo ahora mismo

Escribe, y hace clic en «Enviar».

Mientras tanto, Lilli ha apartado la verdura al borde del plato; solo devora la carne. Cada uno de sus hijos es diferente. Ada, excéntrica y con una inteligencia extraordinaria; Jonne, introvertido y sin ningún interés por el colegio; y Lilli, simplemente alegre. Con su risa borboteante, su gusto por la música y su forma concentrada y efectiva de engullir en la mesa, da la sensación de que todo su ser rebosa alegría. Nada parece molestarla. Apenas llora, duerme bien y se amolda a todo lo nuevo con una naturalidad pasmosa. Por un momento le tienta la idea de tumbarse con Lilli a dormir, pero entonces llega otro mensaje de Albrecht.

 El champán está frío. Date prisa!

—Hoy tengo que salir —le dice a Malika—. ¿Puedes acostar tú a Lilli?

Malika asiente y le recuerda por enésima vez que las noches siguientes no podrá cuidarla.

—Ya lo sé —contesta Jorinde, y les da un beso a ambas como despedida.

No es fácil. Para coordinar sus agendas, a menudo surge la necesidad de recurrir a una niñera. Malika da clases sobre todo por la tarde. La organización de la casa y sus opiniones tan dispares en cuanto a la educación también son causa de discusión de vez en cuando. Sin embargo, al contrario que Torben, su hermana está dispuesta a hablar las cosas. Es fácil llegar a un acuerdo con ella, y después Jorinde nunca se siente engañada.

Para Lilli, Malika es lo más de lo más. Su primera palabra sonó muy parecida a «violín», solo que sin pronunciar la uve ni la ene; luego vinieron «mamá» y «Mali», más o menos a la vez.

En ocasiones Malika consigue poner cierta distancia. Cuando Lilli la llama a ella demasiadas veces, o se acurruca demasiado junto a ella, aparta a la niña con delicadeza y le dice: «Ve con mamá, anda». Con cada cambio de estación, anuncia que quiere irse del piso que comparten. La primera vez, Jorinde se lo tomó en serio, también la segunda se asustó.

Pero Malika sigue con ellos.

En el taxi saca el espejo de mano, se pone rímel y se pinta los labios de rojo. Que ella sepa, en la vida de su hermana no hay ningún hombre aparte del de los ojos fríos. Evitan el tema. Los pocos intentos de hablar de ello han topado con el silencio de Malika.

Su hermana va al cine o a algún concierto con Bertram Weisshaupt, deja que la invite a comer o lo acompaña a alguna salida por los alrededores. Sin embargo, parece ser una relación asexual e indefinida. A veces él está desaparecido durante semanas, luego vuelven a verse cada pocos días. Él nunca entra en el piso. La alergia al pelo de gato se lo impide. Y como a Malika no le gusta su dóberman, tampoco ella va a visitarlo.

El taxi se detiene frente al hotel.

—Suerte con el turno de noche —dice el conductor guiñando un ojo.

Cuando Jorinde lo entiende, el hombre ya se ha ido.

Albrecht la espera en el vestíbulo. Está de pie en mitad de la sala, sonriéndole. A ella le gusta su seguridad. Los hombres inseguros no le interesan. Suben a la tercera planta y no se dicen mucho. En la habitación, él se hace una prueba rápida del VIH delante de ella. En Londres, donde pasa la mayor parte del año, las venden en todas las farmacias.

Jorinde rechaza la suya.

—Yo no tengo nada que comprobar —dice.

Él arruga la frente con incredulidad.

—Si ya hace casi cuatro meses...

—Bueno... —Jorinde se encoge de hombros—. Tendrás que venir más a menudo.

Albrecht le acaricia la mejilla, después llena dos copas de champán y se bebe una muy deprisa.

Su test da negativo.

Se desnudan, cada uno solo, aunque con la mirada puesta en el otro. A media altura en el cuerpo de él encuentra la prueba visible de que la desea.

Jorinde envejece, los tatuajes que lleva en ambos brazos y en la espalda, esos de los que se ha arrepentido cientos de veces, se difuminan y se deforman. Por la piel de las nalgas y los muslos se extienden estrías cicatrizadas, pero a Albrecht no parece molestarle. La satisface como casi ningún hombre antes que él. Jorinde no lo ama. Solo a un hombre al que no ama es capaz de confesarle sus deseos más secretos.

A la mañana siguiente toma un taxi para volver a casa. Los encuentros con Albrecht la alejan de su entorno habitual, así que ella misma se mueve como si fuera extranjera. Deja que conduzcan por ella y contempla la ciudad con los ojos de una viajera.

Malika y Lilli no están.

Eso le deja un rato para ella sola. La transformación de la vuelta es una metamorfosis que le absorbe la energía; como una mariposa que se viera obligada a regresar al capullo y salir de nuevo con colores apagados.

Jorinde tiene la sospecha de que Malika no conoce esas escisiones. Ser madre habría sido más fácil para ella, pero la vida no funciona así.

Todavía está en la ducha cuando Lilli entra dando saltos y coloca el asiento para niños en el retrete. Se baja los leotardos de cualquier manera, empuja el escalón del lavamanos hasta el váter y se sube.

Ada y Jonne no eran tan independientes a esa edad.

—¿Todo bien por ahí dentro? —pregunta Malika.

—Sí —responde Jorinde—, está sentada en el váter.

Cuando ya se ha secado y se ha vestido, pregunta:

—¿Dónde estabais?

—En el parque infantil. ¿Dónde estabas tú, si se puede preguntar? No me había enterado de que fueras a pasar la noche fuera.

—¡Malika! Todavía soy joven. A veces necesito...

—¡Cuidado! —exclama Malika.

Lilli entra corriendo en la cocina. Lleva a rastras el estuche del violín y lo deja caer delante de su tía.

—Ahí tienes a tu próxima alumna —dice Jorinde mientras su hermana comprueba que el instrumento no se haya dañado.

—Tienes que ir con más cuidado —le dice a Lilli con un tono severo—. Este violín es mío, Lilli. No tuyo. Mío.

—Mío —repite la niña.

—Es que no puede ir arrastrando por el suelo un violín de veinte mil euros —dice Malika sacudiendo la cabeza.

Jorinde presta atención.

—¿Y de dónde lo sacaste? —pregunta.

—¿El violín?

—No, el dinero.

—Papá y mamá contribuyeron con quince mil —responde Malika, dubitativa.

Su mirada delata su mala conciencia. A Jorinde jamás le han dado una cantidad así. ¿Qué pensarán sus padres? ¿Que todos los actores son ricos? La preciosa ropa que lleva en las fotografías de las revistas es prestada. El precio por alquilar un vestido de noche vistoso ronda los trescientos euros. Con joyas, maquillaje, peluquería y taxi, una gala puede salir por unos quinientos euros. Y tiene que hacer apariciones públicas. Debe cuidar los viejos contactos y conseguir nuevos, y todo eso con tres hijos. Entre sus compañeras de profesión, las de mayor éxito o no tienen niños o como mucho tienen solo uno.

Lilli se ha aferrado a su pierna. Lo llaman «el juego del koala». Jorinde tiene que pasearse por todo el piso con ella a rastras, porque los koalas pequeñitos van colgando de sus mamás. Lo han visto en el zoo. Da una vuelta a la mesa del comedor y después aparta a Lilli con dulzura.

—Por cierto —dice Malika—, Viktoria ha llamado hace un rato.

—¿Y?

—Dentro de un mes, Helmut tocará por última vez con la orquesta. Quiere que estemos en el concierto de despedida. Tú también.

Jorinde niega con la cabeza.

Malika dice que la ciudad es demasiado pequeña para estar evitándolo continuamente, pero no es cierto. Sus caminos nunca se cruzan y Jorinde no tiene pensado cambiar eso.

No ha vuelto a hablar con su padre desde el día en que les negó el aval. Han pasado ya más de dos años. Estar dos años sin hacer algo resulta más largo que hacer algo durante dos años. Einstein lo explicaría mejor, pero también ella sabe que el tiempo no es una medida constante.

Los niños, sin embargo, ven a sus abuelos con asiduidad, y les gusta. Ada es la que más aprecia ese contacto. A veces Malika lleva también a Lilli.

Cuando deje la orquesta, Helmut quiere meterse en política. Jorinde sospecha en qué dirección irá eso. Solo falta que se presente a un cargo para el que tengan que hacer un cartel con su cara y su nombre. Entonces Torben le explicaría a todo el mundo de quién es hija. Ya cuando interpretó a Elsa Bruckmann, él comentó con burla que el papel le iba que ni pintado: «La hija de un nazi en el papel de mecenas de Adolf Hitler».

Algunas veces se avergüenza de haber sido pareja de Torben.

Otras, ya no recuerda por qué tendría que disculparse Helmut con ella. Bien mirado, lo único malo fue el tono. Quizá solo sigue sin hablar con él porque hace demasiado que no habla con él.

Lilli intenta entrar en la habitación de Malika una y otra vez.

—¡Lilli también! —lloriquea.

Jorinde se pone a la niña bajo el brazo y la lleva a su habitación. Allí juegan un rato en la cama, pero, en cuanto se despista, la pequeña sale corriendo al pasillo y va directa a la puerta de su tía. Jorinde se pone una chaqueta, agarra a su hija y sale del piso.

La pequeña adora la bicicleta de carga. Se sienta delante, en el cajón, recostada sobre pieles suaves, con un cojín en la espalda y su suricata de peluche en brazos.

Desde Rosental llega el olor amargo del ajo silvestre. Antes de que floreciera, fueron muchas veces al bosque y arrancaron las hojas jóvenes. Después estuvieron comiendo platos con ajo silvestre durante días, porque Malika nunca se cansa.

Primero dan una vuelta por la gran pradera de Rosental y luego se meten en el bosque. A Jorinde le gusta estar cerca del agua. Pasan junto a los ríos Elster Blanco y Parthe, y al final siguen por el carril bici que recorre el Neue Luppe. En el lago de Auensee, atan la bicicleta y montan en el tren del parque: un ferrocarril de vía estrecha que antes se llamaba «El Tren de los Pioneros». La locomotora echa humo y rodea el lago, donde los patines a pedales se deslizan sobre el agua. Parecen cisnes gigantes. Lilli se queda muda unos instantes. Señala las aves con la boca abierta, y a Jorinde le da por pensar que, cuando el asombro termina, la muerte debe de andar cerca.

El domingo, el tren de Berlín llega con cuarenta minutos de retraso.

Jonne es el primero en bajar.

—¿Dónde está Ada? —pregunta Jorinde con miedo.

—Se ha sentado en otra parte.

Entonces ve a su hija de pie algo más allá en el andén; se echa la mochila al hombro y se acerca caminando exageradamente despacio.

—Papá es un capullo —dice en lugar de saludar.

Apoya la cabeza en el pecho de Jorinde y deja que la abrace.

Su look desaliñado ha alcanzado nuevas cotas. En los pies lleva calcetines Nike blancos con chancletas de baño Adidas; unos pantalones anchos de chándal cubren sus piernas flacas. Antes de que Jorinde pueda preguntar nada, Ada se pone los auriculares en las orejas y echa a andar.

—¿Qué ha pasado? —le pregunta a Jonne, que camina a su lado.

Su hijo responde con la cabeza gacha:

—Que no podemos volver a ver al abuelo y a la abuela.

Jorinde se detiene.

—Eso no puede decidirlo él.

—Pues dice que sí.

—¿Y por qué?

—Porque el abuelo le ha dicho a Ada que mejor se cambie de acera cuando se cruce con un grupo de árabes.

Jorinde gime.

—Lo siento mucho —dice—, ya lo aclararé.

En el tranvía, Ada se quita los auriculares y pregunta sin preámbulos:

—¿Papá puede decidir si puedo ver al abuelo o no?

—No —responde Jorinde—. Tienes derecho a visitar a tus abuelos.

Visiblemente satisfecha, su hija vuelve a entregarse a su música, de la que Jorinde solo pilla un breve fragmento al vuelo. Si no ha oído mal, es la *Suite n.º 1* para chelo de Bach. Ada es un misterio.

En casa, Malika los espera impaciente. Está maquillada y se ha vestido para el concierto de cámara de esa noche en una pequeña ciudad de los alrededores.

—¿Es Weisshaupt el que espera delante de casa? —pregunta Jorinde, y se prepara para atrapar a Lilli, que corre hacia ella a toda velocidad y no parece tener la menor duda de que acabará aterrizando a salvo en los brazos de su madre.

El ímpetu que lleva alcanza para que den un par de vueltas juntas.

—Sí, me acompaña en coche —responde Malika.

Luego se vuelve hacia Ada y Jonne y les pregunta qué tal el fin de semana.

—No pienso volver a ir —dice Ada.

—Entonces yo tampoco voy —se le une Jonne.

Malika se queda quieta y lanza una mirada interrogante a Jorinde. Su hermana hace un gesto con la mano para quitarle importancia.

—Tienes que irte ya, mañana hablaremos de esto.

Malika asiente. Lilli corre tras ella hasta la escalera y grita todo lo fuerte que puede:

—¡Adióóós!

A la mañana siguiente, cuando los niños ya han salido de casa, se prepara un té y desayuna con tranquilidad. Su hermana duerme todavía. Llegó tarde, pasada la medianoche. Jorinde estaba despierta en la cama, oyó cerrarse la puerta y se preguntó cómo se habría despedido Malika de Ojos Fríos.

Poco después, cuando su hermana se asoma a la cocina, masculla un «Buenos días» y se arrastra al baño, el teléfono suena por primera vez. Es de la agencia. Han llegado dos nuevas ofertas para un papel. Una es interesante: un *biopic* sobre la pintora sueca Hilma af Klint. Ventaja: sería la protagonista. Desventaja: nadie conoce a Hilma af Klint.

Justo después de colgar, vuelve a sonar. Esta vez es el funcionario de la Oficina del Menor. Le informa de que Torben quiere un cambio en el convenio de visitas. La cita propuesta para las conversaciones es dentro de catorce días.

—Entonces no puedo —dice Jorinde—, tengo una audición para una película.

—Pues la semana siguiente, ¿el miércoles por la mañana?

Hojea su agenda.

—Lo siento, estaré dos días rodando en Hamburgo.

El carraspeo de él no le pasa desapercibido.

—Señora Amsinck, si antepone su interés personal al bienestar de sus hijos...

—El padre de mis hijos no paga manutención. Tengo que trabajar para ganar dinero.

—Eso está muy bien, pero el padre de sus hijos sí encuentra tiempo. Me ha dicho que podrá venir a cualquier cita que le proponga.

Jorinde respira para contener la creciente ira.

—¿Y para esta misma semana ya no tiene nada libre? Evidentemente, me gustaría aclarar esto lo antes posible.

Oye un susurro de papeles y entonces el hombre contesta:

—Mañana por la mañana me han cancelado una cita.

—Perfecto —dice ella—. ¿Llama usted a mi exmarido?

Cuando cuelga, siente náuseas.

Por la noche, Lilli se pone a llorar. Está caliente al tacto. Lo primero que piensa Jorinde es en esa cita. Torben acudirá. Si ella cancela el encuentro, será otro punto negativo en su contra. El termómetro marca treinta y ocho con nueve. Va cansada a la cocina y consulta el calendario. Malika ha apuntado una cita con el dentista, así que no estará disponible. Podría pedírselo a Vicky, pero no quiere hacerlo. Regresa a la habitación de Lilli con un paño mojado, le refresca la frente y se tumba con ella. Falta poco para la una y media.

Sobre las tres, le da un antipirético y media hora después están dormidas las dos. El despertador suena a las seis menos diez.

A Jonne tiene que llamarlo tres veces para que se levante.

—¿Quién me lleva hoy a clase de guitarra, Malika o tú? —pregunta, y da un trago a su leche con cacao.

Jorinde mira a su hija.

—¡Yo no! —exclama Ada—. ¿Es que no puede ir solo? Dos paradas, mamá, y caminar cinco minutos.

Jorinde se vuelve hacia Jonne.

—¿Crees que podrás?

—Poder sí —responde él con la boca llena—, pero no quiero.

Se sienta a su lado y le acaricia la cabeza. Justo entonces se fija en la sudadera con capucha de Ada. THERE IS A FUCKIN' IDIOT STARING AT ME («hay un imbécil que no deja de mirarme»), pone en diagonal sobre el pecho. Ada sonríe de oreja a oreja y le enseña la espalda; STILL STARING AT ME («sigue mirándome»).

—¿De dónde la has sacado? —le pregunta a su hija.

—De papá.

Se despide de sus hijos con un beso y un «Te quiero mucho» a cada uno. Tienen ese ritual desde que a la hija de una amiga la atropelló un camión de camino al colegio y murió. Se habían despedido enfadados. «¡Que te vayas ya!», fueron las últimas palabras de la madre a su hija.

Son las siete de la mañana cuando se sienta a la mesa del desayuno con un café solo bien cargado y se pregunta si Ada, Jonne y Lilli lograrán superar la infancia más o menos ilesos. Si se convertirán en adultos fuertes. Todos los adultos juzgan si hay más o menos maldad en este mundo según lo tocados que están.

Después piensa en Malika. En la ira que albergaba su hermana de niña, en lo terca y al mismo tiempo lo callada que era. Y en que el único hombre al que amó la engañó y la abandonó. Aún hoy, Malika sigue sin hablar de ello. Sus padres la encontraron en la puerta del taller de él y se la llevaron al hospital. Allí, la indiferencia que se apoderaba de ella todas las mañanas y todas las noches tras tomarse la medicación fue lo único que consiguió liberarla de Götz.

En el armarito del baño sigue habiendo una caja de antidepresivos, y tal vez sea ese nivel elevado de serotonina lo que le hace posible la vida a Malika.

Torben la mira con desdén. Su enorme sonrisa transmite una seguridad inquietante. Él tiene tiempo. Cada pocas semanas le sale con una nueva exigencia de la que Jorinde tiene que ocuparse, y cada vez lo odia más por ello.

En la mesa de la sala de reuniones hay una botella de agua y dos vasos. Torben sirve solo uno. Se bebe el vaso de una sentada, vuelve a dejarlo con ímpetu en la mesa y empieza a silbar bajito. Lilli lo mira con curiosidad. Está acurrucada contra Jorinde y se ha metido el pulgar en la boca.

—Nos hemos reunido hoy por deseo del padre de los niños —dice el señor Kölmel, el funcionario asignado a las familias cuyo apellido empieza por A—. Se trata de los niños Ada y Jonne Amsinck. —Saca el bolígrafo, alisa una hoja de papel en blanco y asiente animando a Torben a hablar—. Por favor, señor Amsinck, cuando quiera.

Lo que Jorinde oye entonces suena a algo redactado por un abogado y contiene ya la réplica a cualquier posible protesta. Torben se ha preparado bien.

La argumentación es sencilla. Su nueva compañera y él esperan un hijo, y quieren que Ada y Jonne vivan con ellos. A diferencia de Jorinde, él ofrece a los niños una estructura familiar estable: padre, madre, hijos y un nuevo hermanito. A diferencia del padre de Jorinde, los padres de él no contaminarían a los niños con propaganda derechista. Ella ve en sus ojos lo mucho que disfruta mientras ofrece una descripción de su suegro que tiene más o menos tanto que ver con Helmut como el verdadero Torben con el actor que está sentado ante ella. Dice que no desea que los niños vuelvan a tener trato con ese hombre.

Cuando ella quiere objetar algo, el señor Kölmel interviene.

—Aquí nos comunicamos sin agresividad, señora Amsinck. Eso quiere decir que todo el mundo puede terminar de hablar.

«Tengo que deshacerme de ese apellido», piensa Jorinde mientras Torben prosigue y Kölmel vuelve a escribir algo con diligencia.

A diferencia de Jorinde, dice, él es leal y de confianza. Le gustaría recordar que Lilli, ahí presente, fue engendrada durante una infidelidad. Seguramente Jorinde lo engañó en más ocasiones, y no puede imaginarse que el estilo de vida de su mujer haya cambiado de una forma tan radical. Durante dos años, sintiéndolo en el alma, se ha conformado con ser un padre de fin de semana, pero eso es muy poco.

Lilli se deshace del abrazo de su madre. Camina por la sala sin hacer ruido y alcanza una perforadora del escritorio.

—No pasa nada —dice el señor Kölmel.

La cabeza de Jorinde es un hervidero ideas. La amenaza de Torben ha cobrado sentido de repente. Cuando ella solicitó a la administración un adelanto de la manutención de los niños porque él no había pagado, Torben la llamó.

—¡El Estado me quita todo el puto dinero! —le gritó por teléfono—. ¡No hago más que recibir cartas de la Oficina del Menor!

—Es que son tus hijos —replicó ella—. Ya puedes estar contento de que el Estado se haga cargo de tus responsabilidades.

Él rio con burla y colgó. Poco después volvió a llamarla.

—Te arrepentirás de esto —le dijo con frialdad.

La mirada del señor Kölmel la sondea.

—Señora Amsinck —dice con la entonación de un terapeuta—, ¿puede imaginar usted que los niños vivan con el señor Amsinck de manera permanente?

Mientras espera su respuesta, el hombre le enseña a Lilli cómo funciona la perforadora. Entusiasmada, la niña empieza a agujerear la portada de un folleto. Jorinde carraspea y contesta:

—El señor Amsinck ni siquiera paga la manutención de sus hijos. ¿Cómo puede pretender algo así?

Torben sonríe.

—Eso ya no será necesario —contesta—. La manutención que aún queda pendiente podría saldarse con el dinero que tendrá que pagarme mi exmujer.

Ella se lo queda mirando.

—¿Les has preguntado al menos a los niños qué es lo que quieren? No quieren vivir contigo. Ni siquiera quieren ir a Berlín a verte.

Él se reclina en la silla y cruza los brazos.

—¿Y tu hermana sustituye a su padre? ¿O cómo es eso?

El señor Kölmel deja el bolígrafo y hace un gesto conciliador con la mano.

—Aquí solo nos ocupamos del bienestar de los niños.

—Los niños están bien —dice Jorinde—. Rechazo la propuesta del señor Amsinck.

Por un momento ve alivio en los ojos de Kölmel. Si está de su lado, ha sabido ocultarlo condenadamente bien.

A Torben se le demuda el rostro.

—Entonces nos veremos en los tribunales.

Ella percibe su ira. Un par de palabras más que lo provoquen y el fino hilo de la paciencia se romperá. Al señor Kölmel no le gustaría en absoluto el Torben desatado.

Por lo visto Lilli ya ha agujereado suficiente. Mira qué más tiene que ofrecer el escritorio del señor Kölmel y sube de nuevo al regazo de Jorinde con una cinta correctora de típex. Vuelve a tener la frente caliente, le brillan los ojos por la fiebre.

—Dejémoslo aquí —dice Jorinde—, mi hija está enferma.

Se despide con Lilli en brazos. Torben solo hace un gesto con la cabeza.

—¡Esto no se ha acabado! —sentencia—. ¡Ni mucho menos!

Fuera la espera Malika. Le ha pedido prestado el coche a Ojos Fríos e incluso ha pensado en ponerle la sillita infantil. Tiene la mejilla derecha hinchada.

—Una muela menos —farfulla encogiéndose de hombros.

Jorinde instala a Lilli en la sillita y le abrocha el cinturón.

—Me llevará a los tribunales —dice sin inflexión alguna en la voz—, no sé si lo conseguiré.

Como siempre, el abrazo de Malika resulta blando, como si quisiera evitar el contacto de verdad. No obstante, sus palabras contradicen esa impresión.

—No tienes que pasar sola por esto. Yo estoy a tu lado.

Después conduce por el tráfico denso sin decir nada más. En el siguiente semáforo, Jorinde se vuelve hacia Lilli. Tiene los rizos oscuros pegados a la frente, los ojos medio cerrados. Más de una vez la han tomado por hija de Malika, y siempre ha sido la propia Malika quien ha aclarado la confusión.

En casa, se tumban las tres juntas en la cama de su hermana, y Lilli se duerme entre ambas. Jorinde contempla a Malika, que se ha tomado un analgésico y también parece dormir.

Puede imaginarse viviendo así mucho tiempo.

Es la *Sinfonía de la Resurrección*. La segunda de Mahler.

Helmut está pletórico. Poder subir al gran escenario una última vez. Cinco movimientos. Una hora y media de música grandiosa.

Asombrosamente, los niños no han protestado. Ada ha pedido dinero para comprarse un vestido para la ocasión, Jonne ha dicho que a lo mejor también le gustaría ser músico. Cuando ella ha objetado que para eso tendría que practicar mucho, el niño no ha hecho caso.

Jorinde ha sopesado incluso un momento si llevar también a Lilli.

—¡Que tiene dos años! —ha exclamado Malika con ojos de incredulidad—. ¿Qué va a hacer en una sinfonía de Mahler?

Por supuesto, tienen los mejores asientos del centro de la tribuna. Cuando empieza el *Allegro*, los ritos fúnebres, Vicky busca un momento la mano de Jorinde. En el quinto movimiento, la resurrección, se seca un par de lágrimas del rabillo del ojo.

A Jorinde nunca le ha gustado Mahler. Demasiado rimbombante, demasiado marcial, demasiados instrumentos. Escucharlo la supera y la agota. Solo está ahí por su padre.

Al final del concierto, cuando el aplauso va desvaneciéndose poco a poco, el director de la orquesta toma la palabra. Le pide al violoncelista Helmut Noth que se levante, le da las gracias a un músico excepcional y a una parte fundamental de la orquesta por su leal servicio durante décadas, y anima al público a ofrecerle un último aplauso. Entonces, una niña sale al escenario con unas flores y hace entrega del ramo a Helmut. Ni un minuto después, la mayoría de los asistentes se levantan de sus asientos y se dirigen hacia la salida.

Se acabó.

En casa lo esperan con champán y algo de picar. Brindan entrechocando las copas. Después Vicky echa a todos los invitados y cierra la puerta.

Helmut tiene las manos metidas en los bolsillos del pantalón, las piernas bastante separadas. La cabeza le cae un poco hacia delante, como siempre, pero su mirada no se aparta de ella.

Jorinde se le acerca despacio.

Agradecimientos

Quisiera dar las gracias a Philipp Keel y a los trabajadores de Diogenes, incluidos los representantes que recorren todo el país y se desloman por nosotros. Todos ellos me recibieron con un cariño abrumador. Fue como llegar a casa, y eso que era mi primer libro con la editorial.

Gracias también a mi editora Kati Hertzsch, que ha estado a mi lado con un entusiasmo inquebrantable. Esta novela solo ha sido posible gracias a su ayuda.

Para escribir un libro se necesita sobre todo tiempo. Por haberme conseguido ese tiempo para trabajar, les doy las gracias a mi madre, Susanne Gabel, a Lena Wingerter, Lene Stange y Elisabeth Holler. Sin ellas, gran parte de esto habría sido más difícil, y algunas cosas, imposibles.

Steffen Golibrzuch me ha dado su apoyo de formas tan diversas que es imposible enumerarlas todas. Su amor y su confianza en mis capacidades constituyen una base sobre la que todo puede suceder.

Mi agradecimiento también a mi hija Clara, cuya predilección por los finales felices ha ejercido su influencia.

Con Tanja Graf, en cuya editorial aparecieron mis dos primeros libros, empezó todo. Sin ella, seguramente jamás habría publicado nada.

Christof Schauer, Vigor Fröhmcke, Uschi Lehner, Birka Sonntag, Dany Wieländer, Ivo Eiberle, Egbert Pietsch, Anke Theinert y Frank-Michael Kroschel fueron interlocutores muy inspiradores para mí, asesores profesionales y una gran ayuda psicológica.

Por su comprensión y su paciencia en el último año y medio, quisiera dar las gracias a Katia Klose-Soltau, Sylvia Kroneberger, Viola Grandke, Manuela Schmidt y Anna Weber.

«Para viajar lejos no hay mejor nave que un libro.»
Emily Dickinson

Gracias por tu lectura de este libro.

En **penguinlibros.club** encontrarás las mejores recomendaciones de lectura.

Únete a nuestra comunidad y viaja con nosotros.

penguinlibros.club

Penguin Random House Grupo Editorial

penguinlibros

Prospect Heights Public Library
12 N. Elm Street
Prospect Heights, IL 60070
www.phpl.info